文春文庫

警視庁公安部・青山望

最恐組織

濱 嘉之

文藝春秋

警視庁公安部・青山望
最恐組織　目次

都道府県警の階級と職名

階級＼所属	警視庁、府警、神奈川県警	道県警
警視総監	警視総監	
警視監	副総監、本部部長	本部長
警視長	参事官級	本部長、部長
警視正	本部課長、署長	部長
警視	所属長級：本部課長、署長、本部理事官	課長
	管理官級：副署長、本部管理官、署課長	
警部	管理職：署課長	課長補佐
	一般：本部係長、署課長代理	
警部補	本部主任、署係長	係長
巡査部長	署主任	主任
巡査		

警視庁組織図

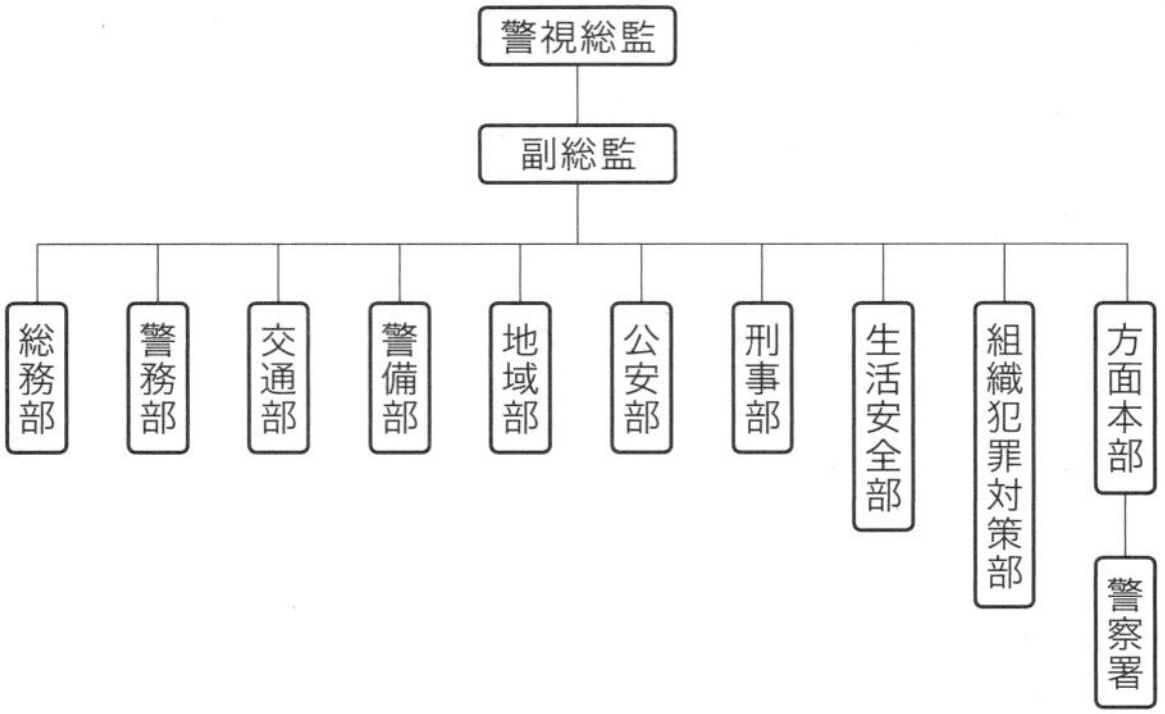

主要登場人物

青山　望……　公安部長特命担当兼公安総務課担当理事。前久松警察署長。元麻布警察署警備課長。中央大剣道部出身。

大和田博……　総監特命担当理事官と総務部企画課長補佐を兼任。前戸塚警察署長。元浅草警察署刑事組対課長。早稲田大野球部出身。

藤中克範……　警察庁長官官房分析官。前神田警察署長。元科学警察研究所総務部総括補佐。元新宿警察署刑事課長。筑波大ラグビー部出身。

龍　一彦……　刑事部捜査第二課理事官。前愛宕警察署長。元築地警察署刑事課長。関西学院大アメフト部出身。

清水　保……　経済ヤクザの走りで元岡広組のナンバー3。現在は引退し、高野山に隠棲する。青山とは博多の味噌汁屋で顔を合わせており、その存在を知っている。

白谷昭義……　岡広組総本部若頭補佐。商社マン時代に青山に助けられて以来、兄貴と慕い協力する。

国嵜源蔵……　岡広組総本部総組長。

神宮寺武人…　極東ホールディングスを率いる元暴走族グループ「東京狂騒会」幹部。清水保の甥にあたる。

袁　偉仁……　元大手総合商社マン。龍華会グループを率い、関東チャイニーズマフィアのトップとなった。

周　永漢……　上海マフィアのトップ。神宮寺と関係がある。

黄　劉亥……　香港マフィアのトップ。清水保が立ちあげた清水組との関係が深い。

榎原哲哉……　芸能プロダクション「アルファースター」会長。

青山文子……　青山の新妻。武末組対部長の娘で、藤中の妻、節子の従妹。

校長…………　警察庁警備局警備企画課（通称・チヨダ）の理事官。

警視庁公安部・青山望

最恐組織

プロローグ

「二十キロか……あと二十二キロと百九十五メートル。このペースを三十五キロまで維持することが大事だ」

「そうですね。三十五キロからが勝負と言いますからね」

「泉岳寺《せんがくじ》からが本当のマラソンだ。それまではこうして話しながらでも走ることができるだろう」

東京マラソンに初出場を果たした四井銀行本店総務部総務部長の竹之内《たけのうち》邦夫《くにお》と副部長の土山《つちやま》啓介《けいすけ》の二人は、最初の二十キロを一時間十五分のペースで走っていた。二人の目標は三時間半を切ることで、そのためにこの一年間、平日は雨が降ろうが一日も休まず、朝、昼に皇居を一周、帰りに二周走ってきた。

最初に皇居一周を始めた時には、大手門《おおても》交差点《ん》をスタートして清麻呂《きよまろ》公園から竹橋《たけばし》という、いわゆる内堀通りを通って、乾門《いぬいもん》、千鳥ヶ淵《ちどりがふち》から再び内堀通りに戻り、半蔵門《はんぞうもん》までの約半周続く上り坂だけで息が上がったものだった。その時はまだ、皇居一周約五キロメートルを走るのに二十分を超えていた。ペースから言えばその時とほぼ同じなのだが、五キロを走るペースとフルマラソンの四二・一九五キロメートルを走るペースでは全く違う。事実、先週二人で最後の皇居一周を走った時には十六分ちょうどだった。しかも半蔵門の下り坂から始まる約二・五キロメートルを、まさに転がる石のように五分で走り切っていた。

東京マラソンは都庁前をスタート後、日本橋から北上し、約十五キロ地点の浅草雷門を経て蔵前橋を渡り、清澄《きよすみ》通りに進入。南下して門前仲町《もんぜんなかちょう》の交差点を左折し、永代《えいたい》通りに入ると富岡八幡宮《とみおかはちまんぐう》の先でUターンし、再び門前仲町の交差点を右折してようやくハーフポイントを迎えようとするコースだった。

「それにしても、富岡八幡は大変でしたね」

富岡八幡宮先でUターンをしながら、土山が言うと、頷きながら上司の竹之内が答えた。

「一族が途絶えたんだからな……」

年末の十二月七日、富岡八幡宮宮司《ぐうじ》が、神社近くの路上で前任宮司の実弟に日本刀で斬りつけられ殺害され、殺害した本人も共犯の妻を殺害した後に自殺するという連続殺人事件が発生していた。

「そう言えばお前の実家はこの近所だったな」

「あの日、私は父の名代《みょうだい》で亀戸《かめいど》駅近くの店で『警察官友の会』の懇親会に出席していたんですよ」

「何だ、その警察官友の会……というのは」

「まあ、一言で言えば、警察官の激励を行いながら、市民と警察官との親睦を図ることを目的とする組織ですね」

「なるほど……その団体に入っていれば、交通違反を見逃してくれる……とか、何かメリットがあるのか？」

「全くありません。社会全体の福祉に寄与するという自己満足だけのようですが、それなりの人間関係の醸成にはなります」

「ふーん。それで、その日に何があったんだ？」

「その会に被害者の女性宮司が出席していたんですよ。しかも、その帰り道で弟に殺されたんです」

「すると、生前最後の目撃者……ということか？」

「結果的にそうなります。家に帰る途中にパトカーが五月蝿《うるさ》かったんですが、帰ってテレビを観てビックリでした」

「現場には見に行かなかったのか」

「行きませんよ」

「そうか……俺だったら写真を撮ってＳＮＳにアップしたかもしれないな」

「懇親会の集合写真に亡くなった宮司が写っているんですよ」

「お前、その写真を持っているのか？」

「親父の名代だったので、私のスマホでも写真を撮ってもらったんですよ」

「後で見せろよ。何だ、もっと早く言えば忘年会の話題になったのに……」

二人は相変わらずのペースでハーフポイントを過ぎ、土山は給水所でボランティアが手渡した栄養ドリンクを受け取った。

「部長、ドリンクは？」

「俺はこの先で甘酒を飲むことにしているんだ」

「甘酒か……まあいいや。私は先に頂きます」

土山が栄養ドリンクをゴクゴクと咽喉《のど》に流し込んだ。これを見ていた竹之内が言った。

「栄養ドリンクはゆっくり、少しずつ飲まないと一気に疲れが来るぞ」

「そんなもんですか？　今日はやけに咽喉が渇くんですよ。こんなに曇って肌寒いのに、どうしてでしょうね」

「体調管理は十分にやっていたんだろう？」

「この三日はゆっくりストレッチだけで、炭水化物も摂《と》っています」

「初マラソンでハーフポイントまで来たから、身体が水分を求めているのかもしれないな。汗はそんなにかいていないだろう?」

「はい……」

その時、土山が急に腹部を押さえてその場に蹲《うずくま》った。

「土山、大丈夫か?」

「すいません。急に差し込みが……」

竹之内はその場で足踏みを続けながら土山の様子を見ていた。

「すぐに追いつきますから先に行って下さい。何か食いものに当たったのかな」

土山の両腕に鳥肌が立っている。

竹之内が近くのボランティアに大きく手を振った。ボランティアが駆け寄ってきた。

「ちょっと腹が痛いらしいんだ。脇で休ませてやってくれないか」

「わかりました。できるだけ棄権にならないよう気をつけて案内します」

ボランティアが土山に声を掛け、これに土山が答えているのを確認して竹之内が言った。

「土山、ペースを崩さずに走っているから無理をせずについてこいよ。時間はまだたっぷりあるからな」

竹之内は土山が頷くのを確認して再スタートした。

竹之内が両国近く、二十三キロ地点の千歳《ちとせ》三丁目交差点に差し掛かった時、前方からサイレンを鳴らし、赤色灯を付けた救急車がやって来た。竹之内は土山の鳥肌が立った両腕を一瞬思い出したが、その思いを打ち消すように首を振って少しペースを上げた。

警視庁第九機動隊のマラソン小隊巡査の大渕昭雄《おおぶちあきお》はこの日、通称ランニングポリスと呼ばれる警備を兼ねた伴走者として東京マラソンに参加していた。ランニングポリスは二〇一五年から毎年六十人態勢で新たな警備方式として採用されていた。

第九機動隊は深川警察署の管内にあり、大渕巡査もこの辺りの地理には詳しかった。

ハーフポイントを過ぎた時、前方の道路脇に座り込んでいるランナーを発見した。ランニングポリスが被っている帽子にはカメラが取り付けられており、リアルタイムに警視庁本部に動画が送信されるシステムになっていた。

大渕巡査は座り込んでいるランナーに近づき中腰になって声を掛けた。

「大丈夫ですか?」

ランナーからの返答はなかった。大渕巡査は座り込んでいるランナーの正面に座って顔を覗き込み、普通の状態ではないことに気付いた。

すぐにランナーの右手を取って脈を計った。

「至急至急。RP二三から警視庁」

「RP二三どうぞ」

「カメラ画像のとおり、ランナーに脈がなし。至急救急隊の派遣を乞う」

「脈がない。警視庁了解。瞳孔《どうこう》はいかが？」

「現在チェックするも反応なし。原因不明につき、人工呼吸及び心臓マッサージは行わず」

「警視庁了解。現時点一一九番転送済み。救急隊の到着を待て。なお、深川現本にも速報済み」

「RP二三了解」

この「RP」はランニングポリスの略号で、「二三」は総勢六十人参加しているランニングポリスの個別番号である。「現本」は深川警察署に設置されている現場警備本部を意味する。

五分ほどで救急車が到着した。この日の天候は前日よりも六度以上低く、一般ランナーにとっては走りやすい天気だったが、着用しているウェアーによっては体調を崩す者も出ていた。このため、東京消防庁の救急車はフル回転の状態だった。

「心肺停止状態ですが、まだ体温は残っていますので墨東《ぼくとう》医科大学病院に搬送します」

救急隊も心臓マッサージは行わず、手際よくストレッチャーにランナーを載せると、酸素マスクと人工呼吸器を装着してすぐに救急搬送を行った。

救急隊は警察と連携してゼッケンから患者の特定を行った。ただし、家族や知人の名義を借りて応募し、当選者本人と実際に走るランナーが違っている場合があるので断定はできない。さらには出走権をオークションに出品するといった転売行為や不正出走がいまだに行われていることを消防も熟知していた。

墨東医科大学病院に到着するまで、救急患者の心肺停止状態は変わらなかった。

病院は高度救命救急センターに指定されていたが、懸命の蘇生処置にもかかわらず患者の心臓が動き出すことはなかった。

高度救命救急センターとは、重篤《じゅうとく》な患者に対する救急医療を行うことが目的とされている救命救急センターのうち特に高度な診療機能を提供するものとして厚生労働大臣が定めるものである。重篤な疾病《しっぺい》等の中でも広範囲熱傷や指肢切断、急性中毒等の特殊疾患患者に対する救急医療が提供される。このため、心肺停止患者の搬送が多数を占め、患者死亡率も一般の救命救急センターよりも高い傾向にあるのが実情である。

遺体は高度救命救急センターから大学病院の法医学室に移送された。

「司法解剖なの？」

「判定はこれからです」

「警察は来ているの？」

「いえ、いえ、何分《なにぶん》にも先ほど救命救急センターから移送されてきたばかりですから」

この日の当直医で法医学室の准教授が助手の医師に訊ねていた。

「担当医の見立ては？」

「救命救急センターでは病死ではないか……という連絡でした。救命救急センターに到着時にはすでに心肺停止状態だったようです」

「病死か……」

「ショック性のＭＯＦの疑いではあるようなのですが、マラソン中の急病だったようです」

ＭＯＦ（multiple organ failure）とは多臓器不全のことで、救急外来では一般的に英語の略語で呼ばれることが多い。

「マラソン？　今日の？　フルマラソン経験は？」

「遺品のゼッケンから警察に確認したところ初参加のようです」

「初参加ね……マラソンを舐めてたんじゃないのかね……遺族に連絡はついているの？」

ぶっきら棒に言う当直医の趣味はマラソンで、今回の東京マラソンは抽選で漏れていた。

「いえ、先ほど警察に連絡したばかりで、刑事課の司法警察員がこちらに向かっています」

「ＭＯＦという診断はどこから出てきたんだ？」

「現場で対応した応急手当指導員と、救急隊の救急救命士からの聞き取りが前提にあったようです。その後、蘇生治療の中で血液分布異常性ショックが認められたようです」

「腎臓は？」

「血液検査の結果では腎不全の兆候があったようです」

この日は二時間後に朝一番に発生した刺殺による殺人事件の検視が入っていた。

「どちらにしても次の検視の後になるが、行政解剖となったにしても、一応遺族の了解を取っておいた方がいいだろうな。警察に任せよう。それにしてもいくら素人ランナーだったにしても、マラソン大会中に死ぬということは、登山家が山で死ぬようなものだからな……決してほめられたことじゃない」

「でも偉大な冒険家だった植村直己さんはマッキンリーで遭難された後に国民栄誉賞を受賞されていますよ」

「彼自身、生前には『冒険で死んではいけない。生きて戻ってくるのが絶対、何よりの前提である』という言葉を残していたんだ。生前の人々に勇気を与え続けている彼の名言や活動は高く評価するが、やはり死に方がな……。国民栄誉賞の授与については、俺は疑問を持っている」

「お詳しいのですね」

「これでも山岳部だったからな。山がダメになったのでマラソンに切り替えたんだ」

「そういうことだったのですか……遺体は予備室に入れておきますか？」

「ああ、そうしてくれ。それまでには警察が連絡を取ってくれるだろう」


その後、検視官と一緒に行った検視の結果、事件性はないと判断されたが、遺族が死因を知りたい旨の意思を表明したことから、行政解剖が行われることになった。

「心臓、腎臓、胃を確認しましょう」

准教授は検視官と助手の医師とともに解剖を開始した。行政解剖の場合でもその全てはビデオ撮影される。

「冠状動脈を中心として血管が異常に拡張していますね。その割に静脈が収縮しています……これが原因で急性心不全を起こした可能性が高いですね」

「原因は何でしょう？」

「改めて血液採取は行いますが、胃の内容物を見てみましょう」

准教授はテキパキと執刀を進めた。

「胃はほとんど空ですね……その割に胃壁が荒れています。残余物と組織を少し取ってみましょう」

検視官が訊ねた。

「マラソンの時は空腹にしておくものですか？」

「マラソンと言っても、彼が参加したのはあくまでも市民マラソンの部類です。何か食べていてもおかしくないというか、ここまで空だと身体が持たないと思うんですけどね。現場で対応した応急手当指導員の報告では嘔吐もしたようですが、途中で栄養ドリンクでも摂るつもりだったのかもしれません。マラソンを舐めていたのでしょうね」

ここでも准教授は厳しく言った。

「胃には液体も残っていません。一応、組織の他に特に臭いもありませんが胃壁下部の湿部を採っておきましょう」

准教授のこの判断が結果的によかった。

行政解剖は小一時間で終了した。

「病歴を調べてみなければ何とも言い難いのですが、血液分布異常性ショックによる多臓器不全……ということでしょう」

第一章　急性覚醒剤中毒

「高濃度のメタンフェタミンが検出されました」

墨東医科大学の法医学室長の木《き》村《むら》公一《こういち》の下に検体分析センターから回答が来たのは行政解剖から五日後のことだった。

「メタンフェタミン？　胃の中からか？」

「血液中には全く反応がありませんでしたし、採取した毛髪にも反応はありませんでした」

「メタンフェタミンを飲む馬鹿がいるかな……しかも、高濃度となれば口に入れただけで吐き出すほどの苦さがあるはずだが……」

　メタンフェタミンは精神興奮薬の中でも一般的には覚醒剤と呼ばれるものだった。

「マラソンで二十キロメートルを過ぎた地点です。ゴクリと飲んでしまった可能性があります。急性覚醒剤中毒と言える状況です」

「常習性は認められないようだから、自分で持っていたものじゃないだろう？」

「おそらく、ボランティアが運営している給水所で飲んだ可能性がありますね」

「ボランティア運営の実態はマラソンの組織委員会しかわからないだろうからな……偶然とはいえないだろうし……すると事件か……警察にすぐ連絡しなさい」

連絡を受けた深川警察署刑事課長は直ちに署長に報告した。

「これは一大事だな。東京マラソン史上初の事件が発生したことになる。都知事、いや二年後のオリンピックを控えて官邸まで大騒ぎになるかもしれない」

「署長、捜査第一課長には署長から報告された方がよろしいかと思います」

深川警察署長の藤倉誠二郎《ふじくらせいじろう》警視はすぐに卓上の警察電話に手を伸ばした。

「金子《かねこ》課長、藤倉でございます」

「おう藤倉、珍しいな。深川はどうだ？」

「課長、実は大変なことが起こりまして、速報する次第でございます」

警視庁刑事部捜査第一課長はノンキャリ警察官の憧れの警視正ポストである。一課長として失敗しない限り、次は新宿や渋谷という最大規模の署長を経て警視長に昇任し、刑事部参事官、警察学校長、警視庁本部の部長ポストまで昇りつめる可能性がある。

警視庁本部における筆頭課長は総務部企画課長で、階級は警視正ではあるが、総務部参事官を兼務する場合が多い。企画課長がノンキャリにとっての管理部門のトップであるならば、捜査第一課長は現場のトップと言えた。企画課長に就任しても新聞に載ることはないが、捜査第一課長に就くと全国紙に写真付きで紹介されることが多かった。

深川警察署長から報告を受けた金子卓也《たくや》捜査第一課長は直ちに理事官と管理官に指示を出すと、自ら刑事部長に電話を入れた。

刑事部長はキャリアである。警察社会におけるキャリアとは、現在でいう国家公務員試験総合職に合格した警察官僚のことである。警視庁には、トップの警視総監以下、副総監、総務部長、警務部長、刑事部長、警備部長、公安部長、交通部長の本部部長だけで八人のキャリアがいた。この他、参事官、各部の課長にもキャリアは多い。

「金子さん。どうされました？」

「重大事件が発生しました」

刑事部長は途中まで報告を聞くと即座に言った。

「すぐに総監室に参りましょう」

警視庁で刑事部長の上位になる幹部は総務部長、副総監、警視総監の三人だけだった。

刑事部長は総監秘書官に来客の有無を確認すると、副総監、総務部長にも秘書官から連絡を取らせて金子捜査第一課長を伴って総監室に向かった。

「知事部局と長官にも速報だな……」

報告を聞いた内山正尚《うちやままさなお》警視総監は腕組みをして言った。

「官邸は如何いたしますか？」

「長官から報告してもらった方がいいな。広報は副総監がやってくれ。慎重に臨むべき案件だ。五輪への影響や模倣犯の可能性も踏まえねばならない」

「警務部参事官でなくてよろしいのですか？」

「内部問題じゃないからな。副総監が行った方がいいだろう。官邸に報告が入ったことを確認した後、広報課に会見の準備をさせてくれ。官房長官からも直接問い合わせが来るだろうから、その答弁責任者も副総監がやってくれ。同時に刑事部長は特別捜査本部設置の電報を発出してくれ」

内山総監の指示は実に明快だった。内山総監は警備畑だったが、警視庁公安部長、警察庁警備局長を経験し、多くの事件にもかかわってきていた。

いわゆる御前《ごぜん》会議が終わると内山総監は大和田博《おおわだひろし》を自室に呼んだ。

大和田は総監特命担当理事官と、総務部企画課長補佐を兼務しており、いわば「警視総監の御庭番」として大型事件の全体像を把握する立場にある。

警視庁の警視の階級は、管理官級と理事官級の二つに大別されている。管理官級とは、所轄の課長警視から本部の管理官ポスト、所轄の副署長までを指す。理事官級は、所轄の副署長から本部の理事官ポスト、所轄の署長、そしてそこから本部の課長に至るまでのいわゆる所属長級の警視を指す。このため、管理官は本部の各課に属するが、理事官は各部に属することになる。たとえば、公安総務課管理官、公安部理事官という具合だ。

この中で理事官ポストはさらに二通りあり、副署長と署長の間で理事官になる者が大半であるが、本部の重要所属には署長を経験した後、警視正以上のキャリア課長を補佐する理事官がある。

これまで、このような署長経験者の理事官は、警務部の人事第一課担当と警備部の警備第一課担当にのみ置かれていたが、この春の異動で新たに総務部総監特命担当、刑事部長特命担当、公安部長特命担当の三部門に理事官ポストが置かれた。

この人事は警視庁内だけでなく、警察庁内でも「カルテット用人事対策」と呼ばれていた。

大和田と、捜査一課出身の藤中克範《ふじなかかつのり》、捜査二課の龍一彦《りゅうかずひこ》、そして公安部のエース青山《あおやま》望《のぞみ》は警察学校の同期同教場の出身で「同期カルテット」と呼ばれ、各部のエースとして昇り詰めると同時に担当の枠を超えて協力し、大型の事件を解決してきた。四人組の存在は既に幹部も周知するところとなっている。

「大和田君、嫌な事件が起きたんだ」

「嫌な事件……ですか？」

細身で長身の内山総監と並ぶと、大和田は早稲田大学硬式野球部のレギュラーキャッチャーだっただけあって、お庭番と言うよりはボディーガードを思わせるような屈強さがにじみ出たような体軀だった。しかし、前年までの母校、早稲田を管轄する戸塚警察署長勤務で、表情にはゆとりにも似た穏やかさが出て、所属する総務部の職員からは「元締《もとじめ》」というあだ名まで付けられていた。

「東京マラソンで死亡したランナーが急性覚醒剤中毒だったことが判明したんだ」

「急性覚醒剤中毒……ですか？」

「そう。多量の覚醒剤を飲まされたようなんだ」

「注射ではなく、飲まされたのですか……」

大和田が首を傾げた。

「現時点では速報段階だが、死因はほぼ間違いないだろう。深川署に特別捜査本部が設置される予定だ」

「遺体はもうないわけですよね」

「その代わりに行政解剖を行った際の検体は残っている。本件は捜査一課が担当すると思うが、君はいつもどおり、カルテットと組んで独自に動いてもらえないか？」

「一課が入るとなると、藤中がどういう立場でかかわるのかが問題になります」

「藤中君は警察庁でも刑事局ではなく長官官房だから独自に動くことができるだろう」

藤中は現在、警察庁におり、警察庁長官官房分析官の任にあった。長官官房に所属している限り、警視庁捜査一課に限らずあらゆる部局を超えて動けるオールマイティの立場といってよい。

「わかりました」

「ところで大和田君、君は政治に興味はないのか？」

内山総監の突然の質問に大和田はその意図がわからなかった。

「政治……ですか？」

「そうだ。君もそろそろ五十になるだろう。このまま警察に残っていれば最低でも参事官くらいにはなるだろうが、それでいいのか？」

「先のことはあまり考えたことはありませんが、定年延長になれば、あと十年以上あります。五年くらい前になって考えようと思っていたところです」

「階級に執着しないのもいいかもしれないが、同期カルテット全員が本部の部長になれるわけではない。四人の中では君が一番優秀なのだから、いいところもう一人……というところかな。現時点では第二候補が藤中君かな。組対《そたい》部長の姻族だしな。元警察庁長官の覚えもあることだ」

藤中の妻、節子《せつこ》の叔父武末《たけすえ》は組対部長まで昇り詰めていた。

「各級の学校成績や昇任試験の成績を考えなければ、実務家として一番優秀なのは青山だと思っていますが……」

「青山君も確かに優秀ではあるんだが、公安部内の派閥抗争に巻き込まれているようなんだな」

「それは、公安部が弱体化している……ということですか？」

「二人の参事官が上手くいっていない。しかも部長と総務課長のワンツーがキャリアなのは公安部だけだからな。公安部参事官というのは実質的な力をもっていないのが実情だろう」

公安部には二人の参事官がおり、一人はキャリア、他方はノンキャリアの公安部叩き上げのエースが就任していた。キャリア参事官が形式的な存在であるのに対し、ノンキャリア参事官は絶大なる実務管理能力を持っていた。このためノンキャリア参事官の中には時に「影の公安部長」と呼ばれるほどの存在となる者が現れていた。

しかし、現在のキャリア参事官は自己主張が強く、時に部下の公安総務課長に対して嫉妬にも似た感情を顕《あら》わにして現場を混乱させることが散見されていた。

「なるほど……おっしゃる意味がわかりました。ところで話を戻しまして、政治というのはどういうことなのでしょうか？」

内山総監はフッと息を吐いて言った。

「実は私は来年、国政に打って出ることになっている」

「えッ。警視総監からノークッションで国会議員ですか？」

「だから、半年早く辞任して後進に道を譲って議員になるんだ」

「参議院選挙ですね。比例単独……ということですか？」

「そうなるな。そこで……だ。君は選挙区から出てみないか？」

「私が参院選に出馬するのですか？」

「参議院を一期やってから衆議院に鞍替えすればいい。実は党本部から人材を求められている。君は小川《おがわ》幹事長を知っているようだな」

大和田は想定外の話に驚くしかなかった。

「小川幹事長も青山からの紹介でお会いしました」

「なるほど……そうだったか。しかし、小川幹事長は君を随分褒めていたぞ。ああいう人材が欲しい……とな。早稲田の後輩だし、野球部のキャプテン時代のこともよく覚えていたほどだ」

「幹事長はラグビー部でしたから、その流れだと思います」

「それで……だ。真剣に考えてもらえないか。選挙区は東京都。都連の一任も取り付けているようだ」

「都議は今バラバラですからね。しかもオリンピックにも絡んできます」

「だから君のような人材が欲しいんだろう。候補者も民自党選挙区では君一本に絞るぞうだ。天変地異でもない限り当選は固いだろう」

大和田はそれ以上口を挟むのがはばかられた。

「熟慮してみます」


大和田は悶々とした思いの中で急性覚醒剤中毒の事案について考えていた。急性覚醒剤中毒で死亡させるには、覚醒剤についての相応の知識がなければならない。覚醒剤の純度に合わせた適度な致死量を計算しておかなければならないからだ。

その時ふと、以前、大阪で発生した覚醒剤中毒による殺害事件を思い出した。大和田はもともと現在の組対四課に当たる捜査第四課出身で暴力団関係の事案には詳しかった。殺害されたのは暴力団組員で、しかも同じ組員の面前で覚醒剤を無理矢理飲まされて殺害されたのだった。

この時、被害者は組の覚醒剤を横流ししながら、自らもその一部を使用して覚醒剤中毒に近い症状になっていた。この被害者の使用方法は注射や〝焙《あぶ》り〟ではなく、水溶液にして陰部に塗布した後、情婦と性行為を行う手口だった。愛人は覚醒剤中毒に陥っていたが、本人は常時使用するわけではなく、新しい情婦を得た際、同女にわからないように塗布して行為に及んでいた。

女性は覚醒剤を陰部から体内に吸収するのだが、注射等で使用したのと同等、あるいはそれ以上の快感を得るということだった。

覚醒剤の横流しが発覚し、しかも自ら使用していたことを知った組の幹部は、

「そないにシャブを喰いたいんやったら、喰わしてやれ」

と命令し、苦しみを味わわせながら処刑した。

大量投与された被害者は、頻呼吸《ひんこきゅう》、痙攣《けいれん》等の中枢神経症状が起こり、体温上昇、発汗、瞳孔拡大と共に胃痙攣と激痛が襲い、七転八倒の苦しみを味わうという。

この処刑は、この組ではかなり前から行われていたようで、覚醒剤を扱っている組員に、ある種の見せしめとして行われていた。

「シャブの生産地は固体やったら、その形状や分子構造である程度は判明するんやけど、液体になってしもたら照合でけへんからな。身体の中に結晶を残さんよう量を考えなあかんのや」

大和田が参考人として取り調べた組幹部が木で鼻を括《くく》ったように述べていた。

「何のために……」

東京マラソンで殺害された都市銀行員に反社会的勢力との接点は特に見受けられなかった。

深川署に設置された特別捜査本部の捜査は暗礁に乗り上げた状況だった。その最大の原因は、被害者の上司で一緒に東京マラソンにも参加していた竹之内をはじめとした四

井銀行の職員が捜査に対して極めて非協力的だったからで、被害者本人が何度もの銀行統合によって現在の地位に就いていたことも大きく影響していた。

大和田は同期生の公安部長特命担当理事官、青山望に連絡をした。

「青山、公安部は今回の東京マラソンの事件に関して動いていないのか？」

「公安部長にも総監命で捜査指示が出ているようだが、なにせまだ、海のものとも山のものともわからない案件だからな。ただ、手口的にはシャブを喰わせているんだからヤクザもんの仕業じゃないのか？」

「俺もそうは思っているんだが、マル害の勤務先だった銀行側が口を噤《つぐ》んでいるようなんだ」

「現在の四井銀行になるまでに、どれだけの都市銀行、地方銀行が統合されているか……マル害の年齢等を加味して考えると、総務部所属だけに何か裏があるんじゃないかとは思うんだが……」

青山にしては珍しく言葉の端々《はしばし》に言いよどみがあった。

「そうだろうとは思うんだが、なかなかいい情報に辿り着かない。公安部で何かネタを摑んでいないか……と思ってさ」

「公安部から銀行に天下った人を知らないからな……というよりも聞いたことがないのが実情だ。銀行としても下手に警察上がりを懐《ふところ》には入れたくないだろうからな。僕の情報ルートに訊ねてはみるが……」

「わかった。無理はせず、できる範囲でいいから当たってみてくれ」

三社祭《さんじゃまつり》は、毎年五月に行われる東京都台東区浅草の浅草神社の例大祭である。

都内では最大の祭りでありながら、三社祭は江戸三大祭には入っていない。

江戸三大祭は江戸時代から「神輿《みこし》深川、山車《だし》神田、だだっ広いが山王様《さんのう》」と表されたように、神田明神で行われる神田祭、日枝《ひえ》神社で行われる山王祭、そして富岡八幡宮で行われる深川祭を指す。

神社の歴史としては、神田明神は天平二年（七三〇年）、日枝神社は太田道灌により文明十年（一四七八年）、富岡八幡宮は寛永四年（一六二七年）にそれぞれ創建、勧請されている。これに対して浅草三社祭の浅草寺《せんそうじ》境内にある浅草神社は推古天皇三十六年（六二八年）創建で、圧倒的に浅草神社が古い。

諸説あるようだが、江戸時代からの江戸三大祭は、将軍の上覧拝謁《じょうらんはいえつ》、世嗣《せし》祝賀《しゅくが》等、徳川将軍家に関係のある祭りと言われている。

一方、三社祭は近年になって盛んになり、明治になって神仏分離令により浅草神社が浅草寺から分離独立した後の祭りと言われる。

また、江戸の中心からやや離れた浅草という土地柄、新吉原を抱える街として江戸の武士階級からは、やや蔑まれていた……という伝承もある。さらには、江戸時代後期の町火消《まちびけし》、鳶頭《とびがしら》、香具師《やし》、俠客《きょうかく》であり、江戸城の無血開城の陰の立役者となり、徳川慶喜とともに水戸から駿府へも同行した新門辰五郎《しんもんたつごろう》が祭を仕切る頭になったことも、その後の発展に大きく影響している。

新門辰五郎の台頭により、三社祭に香具師、俠客が増えたともいわれる。一時期、神輿を担ぐ同好会「浅姿睦《あさしむつみ》」の約七割が暴力団と関係があると報道され、神輿の上に全身の刺青《いれずみ》を露出した暴力団構成員が乗る姿が三社祭の代表的な光景となっていた。

さらには神輿を担ぐ際の「ワッショイ」という掛け声も三社祭では独自に変化し「ソイヤ、ソイヤ」が主流になっていった。浅草に五十年以上居住している氏子でも「今はあの掛け声がイヤで三社祭は観にいかなくなったよ」と語っている。

暴力団を排除するためという理由により、担ぎ手に刺青禁止のルールを設けたのは二〇一五年のことである。

とはいえ、未だに三社祭には、反社会的勢力の抗争が持ち込まれていると言っても決して過言ではない。

朝六時からの宮出しは、一本締めが終わると同時に、一之宮、二之宮、三之宮の三基の神輿が一斉に担ぎ上げられるところから始まった。大勢の担ぎ手が担ぎ棒に殺到し、あちらこちらで神輿の奪い合いから喧嘩が発生するが、警備の機動隊員は見て見ぬふりを決め込む。一般観衆が巻き込まれない限り、少々の怪我は自己責任なのだ。

混乱は小一時間続き、当番町会がフォーメーションをとって観音堂前に現れ、大勢の観客の前で三基の神輿練りが披露され、仲見世を抜け、各町内に渡御していった。

三つの神輿が雷門を出たころ、黒い祭用のダボの上下姿の、一見して明らかに暴力団関係者と思われる五人組が大汗をかきながら仲見世の裏手の道を進んでいた。そこにはビールや酒が用意されており、暴力団員の顔見知りと思われる男女七、八人が出迎えた。組の名が入った揃いの法被《はっぴ》に、祭衣装の有名ブランド江戸一の鯉口《こいくち》シャツの首元から入れ墨をのぞかせ、唐キビ雪駄《せった》姿である。

「歳にはかなわねえな」

「いい担ぎをやっていたじゃないですか」

「これもある意味で組の宣伝のようなもんだ。力を見せつけてやらなきゃな」

女がプラスチック製のコップに注いだビールをトマトジュースで割り、氷とレモンを浮かべたレッドアイを差し出した。

「若、タバスコは？」

「ビビッと入れてくれ。汗かいた後にはこれが一番だからな」

残りの四人もこの飲み方を真似てレッドアイを手にすると、五人が乾杯をして一気に咽喉に流し込んだ。

「ふー、うめえな」

リーダー格の男が言った。

「中に何か入っていただろう？」

「スポーツゼリーを少し冷やして混ぜておいたのよ。汗かいた後だからね」

「そうか、なかなか気が利くな」

「もうひと働きするんでしょう」

「まあな」

男が二杯目のレッドアイを女に頼んだ時だった。

「ウッ。何だこりゃ」

そう言った瞬間、軽く嘔吐しながら男がその場にへたり込むように膝をついた。ほぼ同時に残りの四人も呻きながら腹部を押さえて膝をついた。

女はすぐにその場を去り、一緒にいた男たちが、へたり込んだ男たちの手からレッドアイが入ったプラスチック製のコップを取り上げ、缶ビールのイージーオープンエンドを開けると、それぞれの足元に置いてその場から三々五々散らばって立ち去った。五人はまるで缶ビールを前に酔っ払いが座り込んでいるかのような形で、見るからに暴力団の宴の後のような姿だったため、通行人も誰一人声をかけようとしなかった。

一時間が過ぎた頃、宮出しの警備に就いていた機動隊員一個小隊が、混雑を避けるため仲見世の裏通りを一列に整列して速足で男たちの前に差し掛かった。

隊列の先頭を歩く小隊長と二人の伝令は、座り込んだ男たちをチラリと見たが、フンと鼻を鳴らすような仕草で、転進命令が出ている次の場所へと先を急いだ。

唯一、第二分隊の分隊長が異変に気付いた。

「おっさん、堅気《かたぎ》の衆に迷惑を掛けるんじゃねえよ」

分隊長はその場で寝込んでいるような姿勢の五人組に声を掛けた。しかし、五人ともピクリとも動かなかった。分隊長は一人の男の頸動脈に手を当てた。脈がない。さらに懐中電灯で瞳孔を確認したが、虹彩はピクリとも動かなかった。第二分隊のナンバーツーにあたる組長他も、他の四人の脈と呼吸を調べて首を横に振った。

「至急、至急。第二分隊から伝令宛、変死の疑い。五人のマル暴風の男が心肺停止状態。小隊長の臨場を乞う」

後方から駆け付けた第三分隊長は直ちに分隊員に対して規制線の準備をさせた。この時になってようやく近所の住人が集まってきた。

小隊長が前方から走ってきた。

「こいつら死んでるのか？」

「心肺停止状態です。全員が同じような姿勢で建物の壁に寄りかかっていたので、動かしてはいません」

小隊長は伝令の中の無線長に、中隊長宛の報告をさせた。

「至急、至急、第一小隊長から中隊長」

「至急、至急、第一小隊長どうぞ」

「仲見世通りの右側裏通りにて、五人の心肺停止状態の者を発見。一応、救急隊の要請を乞う。なお五人とも一見マル暴風。どうぞ」

「中隊長了解。浅草現本に報告、現場保存と現本員の指示を待て。なお、第一小隊の後段任務については突発予備を充てるため、第一小隊は現場警備に当たれ」

間もなく浅草寺境内に設置されていた浅草警察署現場本部から、第六方面本部員、浅草署刑事課員が現場にやって来た。

刑事課員が言った。

「浅草中村組の連中です。福山会系で、こいつは若頭《わかがしら》補佐の古賀俊作《こがしゅんさく》です」

第一小隊長が訊ねた。

「浅草で対立抗争はあるのですか？」

「日本中で対立抗争がない暴力団なんてありませんよ。おまけに浅草は日本で一番外国人観光客が多い街ですよ。これから奴らにとって浅草は金のなる木なんですよ」

「するとどこの組が狙ったのかわかりませんね」

間もなく救急隊がサイレンを吹鳴《すいめい》してやってきた。

「全員同じ病状ですか……」

「生きていれば……ですがね」

かつて救急出動した救急隊が傷病者の観察を実施した結果、傷病者を死亡と判断し医療機関へ搬送せず警察官に引継いだ後に、生命兆候が確認されて警察が医療機関へ搬送するという事案が発生したことがある。

このため救急隊は「傷病者が明らかに死亡している場合の一般的な判断基準」に従って判定を行うが、それでも判断に迷う場合は、指示医師に報告し指示・指導・助言を受けることになっている。

救急隊員は電話連絡を取った後、病院搬送を決定した。

「とりあえず全員を墨東医科大学病院に搬送します」

墨東医科大学病院の高度救命救急センターは対応に追われた。

心肺停止状態患者の受け入れに慣れているとはいえ、五人が同時に同じ症状で同じ現場から搬送されるという経験はなかった。しかも、単なる事故ではなく事件の可能性が極めて高いことが明らかだった。

「心肺停止状態があと十五分続いて、脳波が確認できず蘇生できない場合には、直ちに大学の法医学室へ送る準備をしておいてください」

この日も担当だった、東京マラソンの際に心肺停止状態ランナーの処置をした准教授が患者を見て言った。

「急性覚醒剤中毒の疑いもありますので、血液検査素材を多めに取っておいて下さい。できれば別スピッツを準備して二本確保しておいて下さい」

スピッツとは、採血した血液を入れる試験管のことである。近年はスピッツそのものが真空採血管になっている場合が多く、安全機構付き翼状針とホルダーが一体となったものと併用される場合が多い。

「心肺停止状態の患者は採血に気を付けて下さい」

いつものとおり看護師長が看護師に指示を出す。患者に意識がある場合には患者に拇《おや》指を中にして握ってもらい、血管を怒張させて穿刺《せんし》する静脈血管を選択できるが、心肺停止状態の患者の場合にはそれができない。

患者ごとに八本の真空スピッツを用意して並べる。採血にも順番があり、生化学（血清分離剤入り）、凝固《ぎょうこ》（クエン酸ナトリウム入り）、その他（へパリン入り）、血算（EDTA入り）、血糖（解糖阻害剤入り）、その他の六種類に加えて、予備の二本である。

採血が終わると同時に医師の治療が始まる。五人の医師には明らかに諦めの表情が見て取れた。

十五分が経った。患者各々の瞳孔の散大が認められ、対光反射が全くないことを医師が確認してお互いに顔を見合わせた。一人が時計を見て言った。

「ただいま午後一時四十五分。死亡確認です」

五人の医師が合掌を行った後、診察台からストレッチャーに遺体を移して法医学室に連絡を入れた。

法医学室では予《あらかじ》め五人の犯罪遺体が入る可能性があることが打診されていたため、直ちに司法解剖の準備に取り掛かった。

司法解剖は、犯罪性のある死体、またはその疑いのある死体の死因などを究明するために行われる解剖で、司法警察員、検察官、裁判官などの嘱託、命令によって行われる。他殺死体、変死体、変死の疑いのある死体について、創傷の有無、その種類、性状、個数、凶器の種類とその使用方法、死因、死因と創傷等との因果関係、死後の経過時間などが検査される。

すでに警視庁本部から刑事部鑑識課の検視官と捜査第一課から事件担当管理官も到着していた。

「まさか急性覚醒剤中毒なんてことはないでしょうね。三カ月前に発生した東京マラソンの案件も容疑者の特定どころか背後関係についても全く捜査が進んでいない状況で、同じ手口による案件が連続となると嫌なものです」

「しかし逆に同様の事件が発生した方が関連付けられて、捜査がしやすくなるのではないですか？」

「それが現場からの報告では、プルトップをあけたばかりの缶ビール以外、何一つ証拠品が押収されていないようなんです。しかも三社祭の真っ最中とはいえ、仲見世の裏通りには防犯カメラも設置されていませんからね」

「あれだけの観光客がいたわけで、目撃者の一人くらい出てくるかもしれませんよ」

「そうあってもらいたいものですが、なにぶんにも、今回のマル害がヤクザもんときていますから、捜査一課だけでなく組対四課が介入してくる可能性が高いんですよ」

暴力団等の取り締まりを担当するのが組織犯罪対策部である。

「四課か……課長は相当変わり者のキャリアらしいですね」

「そうらしいですね。天下の捜査第一課長といえども、同階級のキャリア課長と下手な喧嘩はしたくないでしょうから……」

「しかも、もう一つの案件が片付いているならともかく、五里霧中の中ではやりにくいかもしれませんね」

検視官がため息をつきながら訊ねると、管理官も大きく息を吐いて答えた。

「捜一《うち》にもエースの藤中理事官がいたら心強いのですが、今や警察庁長官官房ですからね。あのカルテット情報が捜査本部に入らないのはつらいですよ」

「最強同期カルテットか……大和田さんも四課から人事に行ったかと思えば、今度は総監特命担当ですからね。一気にトップに昇りつめて行く感じですね」

大和田は暴力団対策を担当する捜査四課の出身だが、人事一課で表彰担当として人事の全貌を見る管理部門の立場も経験していた。

「藤中理事官は武末組対部長の姻族ですから、実力も人望もカルテットの中では一歩リードしている……と思っていたんですが、逆転現象が起こったのか、刑事部としては管理部門には負けたくないのが本音ですよ」

管理官が言うと検視官が答えた。

「大和田企画課長対、藤中捜査一課長の争いか……同期生も最後は出世競争ですからね。本部の部長ポストは二つ。厳しいな……」

「それを言うならキャリアのトップ争奪戦は警察庁入庁と同時に始まるわけでしょう。これもなかなか仲間ができない厳しい争いなんでしょうね」

「私はキャリアにはあまり仕えたことがないのでわかりませんが、どの世界もトップは孤独……というじゃないですか。われわれあたりがちょうどいいんじゃないですか？」

「署長を二回やって終わりか……」

管理官がため息まじりで言うと検視官がなだめるかのように言った。

「いいじゃないですか。署長になれずに辞めていく者が九割以上なんですから……警察官になって最初に目指すのが署長でしょう」

「まあ、そうですけどね。藤中さんや大和田さんのようなスーパーマンを間近で見ていると、ついていけないな……と思うところもありましたしね」

「カルテットの残りの二人はどうなんでしょう？」

「公安と二課でしょう？　名前は知りませんけど、どちらもバックにキャリアが付いていますからね。本当に四人の争いになるのかもしれませんね」

「初任科の同期同教場で……そんなことがあるんですね」

二人はほぼ同時にため息をついて顔を見合わせると、思わず笑っていた。

そこへ五人の遺体が運び込まれた。

検視に続き、司法解剖が始まった。

心臓を中心とした循環器、胃を中心とした消化器官をメインに解剖が進んだ。

「五人とも同じように胃壁下部に炎症が起こっています。胃の内容物も分析しますが、炎症部位の組織検査も病理で行います」

「胃の内容物はトマトジュースのような液体ですね。他に固形物はありません」

「トマトジュースですか……ブラッディ・メアリーでも飲んだんですかね」

「流石《さすが》にウォッカは飲まないでしょう」

「すると、トマビーかな？」

「レッドアイの可能性が高いでしょうね」

カクテルのブラッディ・メアリーは十六世紀のイングランド女王、メアリー一世の異名に由来するといわれている。メアリーは即位後三百人にも及ぶプロテスタントを処刑したことから、「血まみれメアリー（Bloody Mary）」と呼ばれ恐れられていた。ヨーロッパでは、夜中に鏡の前でブラッディ・メアリーと三回唱えると、血まみれの女性が現れて、目玉をくり抜かれるという怪談話もある。

法医学室長の木村教授が言うと検視官が訊ねた。

「先般の東京マラソンの時の案件と比べて如何でしょうか？」

すると解剖助手を務めた法医学室の准教授が答えた。

「あの時の執刀は私が致しましたが、一見したところでは極めて似た症状と言ってよろしいかと思います」

「すると急性覚醒剤中毒の可能性もある……ということでしょうか？」

「否定できません。今回の組織検査では最初にその鑑定を行わせる予定ですので、結果は本日中にわかると思います」

「本日中……それはありがたいです。よろしくお願いいたします」

司法解剖では新たな証拠は何も出てこなかった。死因も不明のままだったが、急性覚醒剤中毒の可能性が高まったことは明らかだった。

事件担当管理官が教授に訊ねた。

「仮に今回も死因が急性覚醒剤中毒だったとして、東京マラソンの時と同一の覚醒剤が使用されたかどうか……ということはわかるものなのでしょうか？」

「はっきり申しまして、それは無理です。例えば仮に、この五人に今回、同じ薬が用いられていたとしても、覚醒剤の固形分が残っていない限り、同一物であるとの判定はできません。なぜなら、液体になった段階で、どこで生産されたものなのかが不明になります。さらに人の体内、しかも消化器官の場合には個人の消化酵素と化学反応を起こすわけです。五人それぞれから高濃度のメタンフェタミンが検出されたとしても、個人の消化酵素が違えば、化学変化を起こしたその分子構造も変わってしまうのです」

「そういうことですか……」

「科捜研、科警研でも結果は同じだと思いますよ」

科捜研は各都道府県警に、科警研は警察庁に附属し、科学捜査を担当する機関である。

「法医学室の教授がおっしゃるのですから、疑いは持ちません。ただ、今後、覚醒剤がこのような殺人の道具として使われてしまうことが怖いと思いまして」

「そうですね。犯罪の用に供した証拠物が特定できないとなれば、公判対策もそれだけ難しくなる……ということですからね」

そう言うと教授は深々と頭を下げて解剖室を後にした。

「さて、また特別捜査本部の設置か……頭が痛いな……」

「お気持ちはお察し致します」

検視官も頭を下げて解剖室から出て行った。入れ替わりに浅草署の刑事課長が気難しそうな顔をして入ってきた。

「管理官、うちの組対課長が帳場を仕切るような勢いです」

「好きにすればいいさ。そうなれば刑事部は手を引いて組対部に任せるだけの話だ」

「しかし、もし急性覚醒剤中毒という結果が出てしまった場合には、東京マラソンの事件の特別捜査本部とも連絡を取らなければならなくなるんではないですか？」

「向こうは七本《ナナホン》、こっちは六本《ロクホン》。上の判断に任せるしかないだろう」

特別捜査本部を警察用語で「帳場」と呼び、どこが仕切るかは捜査の行方を左右する。東京マラソンの事件の捜査本部が置かれている深川署は第七方面本部、浅草は第六方面本部になる。

「署長は警備部出身ですからね……判断に悩んでいるようですよ」

「いっそのこと、マラソンも祭りも仕切っていたのは警備部なんだから、奴らにやらせればいいんだよ」

刑事課長が吐き捨てるように言った。

「警備部に事件捜査なんかできるわけがないじゃないですか」

事件担当管理官はプイと横を向いていた。

被害者の患部組織鑑定が出たのはその日の午後四時半を過ぎた頃だった。

「急性覚醒剤中毒と断定されました。高濃度のメタンフェタミン服用によるショック死でしょう」

浅草署では刑事課長と組対課長の協議が署長室で続いていた。署長は意見を言わず、双方の意見と組対部出身の副署長の意見を併せて聞いていた。

「刑事課としては、反社会的勢力の構成員が覚醒剤によって殺害されたことをどう考えているんですか？」

「本件が暴力団同士の対立抗争によるものであるならば、組対さんにお任せした方がいいかと思います。ただ、急性覚醒剤中毒となれば、現在、刑事部長を頭とした特別捜査本部が深川署に置かれています。両者の同一性をどう考えるか……です。うちで決めるよりも本部の刑事部と組対部で協議してもらった方がいいかと思います」

「何か腹案はないのですか？」

「うちとしても帳場を立てなければならない。帳場設置の電報を打つとしてもどちらの部長が打つかは向こうの判断です。深川の事件は都知事だけではなく首相官邸からも未だに問い合わせが来ていると聞いています。そこと一緒にやるとなれば、それなりの体制を組まなければなりません」

深川の事件は東京マラソンの最中に起きただけに、東京五輪の安全の確保が盛んに議論されており、都知事、首相官邸も注視せざるを得ない。

意見が出尽くしたところで署長が言った。

「マル害、凶器となった薬物、そのどちらも組対部門であることを考えれば、ここは組対に仕切ってもらう方がいいでしょう。捜査一課長には私からその旨の説明をしておきます」

浅草警察署長は警視庁の六方面、七方面の中ではトップである。このため、序列から言えば浅草警察署長は本庁の捜査第一課長よりも上位である。

都内最大の観光地となった浅草では、主だったものだけでも、浅草寺の初詣に始まり、東京マラソン、隅田公園桜まつり、三社祭、鳥越祭、入谷朝顔まつり、ほおずき市、隅田川花火大会、浅草サンバカーニバル、東京時代まつり、酉の市、羽子板市と祭りを中心にした警備事象が続く。

さらに浅草管内には「日本三大ドヤ街」と呼ばれる、大阪「西成のドヤ街（あいりん地区）」、横浜「寿町のドヤ街」、東京都「山谷のドヤ街」のひとつ、「山谷」がある。山谷では未だに極左暴力集団が介入した越年闘争等が繰り返されており、機動隊の出動も多い。ドヤ街の「ドヤ」は「宿（ヤド）」の逆さことばである。江戸時代から木賃宿等の安宿が多かったことから労働者が集まるようになり、日雇い労働者の滞在する寄せ場の通称として使われるようになった。

二〇〇〇年代以降は、交通の便がよく、簡易宿泊所を改装した格安ホテルがあることから、バックパッカーを含む訪日外国人の宿泊地としても人気を集めている。

このため浅草警察署長には警備のプロが就く場合が多いのが特徴である。

「署長がそうおっしゃるのなら、うちは一旦手を引きます」

刑事課長の言葉を、署長がいさめる。

「手を引くのではなく、特別捜査本部には刑事課からも捜査員を出してもらわなければ困るし、深川署との情報交換も大事です」

結果的に浅草署の「覚醒剤使用による五人殺人事件特別捜査本部」は、組対部が頭となって捜査することになった。

第二章　カルテット

公安部のエース理事官である青山は、警察庁長官官房分析官として全国を飛び回る藤中と、久しぶりに警視庁本部庁舎十七階にある喫茶室の窓際にあるカウンター席で顔を合わせていた。

青山は警察学校時代からほとんど体型が変わっていなかった。前年までの中央区久松警察署長時代には管内の有力者から「署長はおいくつですか？」とよく聞かれるほど若く見えるようだった。中には「今度の署長はキャリアか？」と真剣に副署長に訊ねる者までいた。確かに七歳年上で老け顔の副署長と並ぶと、まるで親子のように見えた。

一方で藤中は巨漢のスタンドオフと大学時代から注目されていただけに、貫禄は人一倍付いた感があった。しかも、警察庁出向が長く、警察組織内の人脈は警察庁を含む東京都内だけではなく、特に刑事警察に関しては全国にその名が轟《とどろ》いていた。このため、どこの道府県警に対しても電話一本で片が付くので、神田警察署長時代には管内の警察協力者からも一目置かれる存在になっていた。神田署管内には全国に支店を置く有力企業も多く、その相談にも気安く乗っていたからだった。

「急性覚醒剤中毒という珍しい手口が続いているそうだな」

「相変わらず地獄耳じゃないか。青山、お前はどこでその話を聞いたんだ？」

藤中がニタリと笑って言った。

「浅草の警備課長は後輩だからな。三社祭の当日に聞いたよ」

「浅草の警備なら一年契約だろう？　次は公安部なのか？」

「公安総務に戻ることになるだろうな……」

警視庁管内にある百二の警察署の中で、課長に配置されて一年で本部に帰って来ることができるポジションは限られている。その中でも雑踏警備と警備実施が連続してほとんど休むことができないのが浅草署の警備課長だった。

「忙しさでは新宿の刑事課長と双璧だろうからな」

藤中はかつて警視庁では新宿警察署刑事課長として、歌舞伎町でその名を知らぬ者はない活躍をしていた。

「どちらも管内にマンモス交番を持っていたから仕方ないだろう」

マンモス交番と呼ばれた交番がかつて警視庁管内には二カ所あった。現在の四谷署管内の「花園交番」と浅草署の「日本堤交番」である。いずれもかつては「新宿・四谷警察署新宿地区交番」と「山谷地区交番」で、前者は新宿の歌舞伎町を、後者は山谷を管轄する交番だった。この二つの交番の愛称が「マンモス」であり、この名前を付けたのは敵対していた極左暴力集団ともいわれている。

「今となれば懐かしい思い出だが、特機招集で元旦から山谷に行かされた時は実に寂しい年を迎えた気がしたものだ」

「特機か……懐かしいな」

警視庁機動隊は第一機動隊から第九機動隊、特科車両隊を合せた十個隊で構成されている。各隊は基幹隊として四個中隊で編成されているが、特別な警備事象が発生した際に、各機動隊に第五、第六中隊が増設される。この二個中隊が特別機動隊、通称「特機」と呼ばれるもので、中隊長は各隊の本部付警部、小隊長以下は各警察署から若手の精鋭が招集される。毎月一度の訓練招集もあり、訓練では完全装備に大盾を持って延々と走らされる等、徹底的にしごかれるため、特機招集前になると、特機隊員は酒を控えるようになる。

カルテットは誰も機動隊勤務の経験はなかったが、唯一の経験がヒラ隊員、分隊長、小隊長での特機招集だった。それでも現場では基幹隊が特機隊員を守ってくれるわけではなく、極左との対決では特機が狙われることも多々あった。

「五人殺人事件のマル害がマル暴だったので、組対が仕切ったようだが、全く、捜査が進んでいないようだな」

「東京マラソンの時と同じ手口だからな……長官官房も頭を抱えていたよ」

「長官が総理に呼びつけられたらしいな」

「そうなんだ。総監も都知事に呼ばれたんだろう？　万が一、二年後の東京オリンピックのマラソンでやられたら大変なことになるからな」

藤中の言葉に青山が頷いて答えた。

「これじゃあボランティアを競技支援に参加させるのは難しいだろうな。オリンピックは市民マラソンじゃないからな」

「そうは言うが、サッカーのワールドカップだってボランティアだらけだったんだぜ。金を払って人を雇うほどの予算はないだろう」

「マラソンの給水所だけでもボランティアは排除しなければならないということだ。日本のボランティアにテロ対策まで指導するのは不可能だからな。厳しい人定《じんてい》確認をしなければ、テロを狙っている連中に手の内を明かすことになる。ボストンマラソンのテロ事件を考えればよくわかるはずだ」

青山の指摘に藤中は首を傾げて訊ねた。

「ボストンマラソンは爆弾テロで、ボランティア活動とは関係ないだろう？」

「ああ。だが、日本にはまだボランティア活動が根付いていないんだよ。妙な自己満足だけでボランティアに参加する者がいるが、これが逆に足手まといになることもある。今回の東京マラソンのボランティアもそうだ」

東京マラソンの運営に際しては、毎回約一万人の無償ボランティアが参加しており、約四万人近い市民ランナーを支えている。

ボランティアは給水所などでの市民ランナーへのサポート業務、沿道の見物客の案内・誘導などに携わっている。エイドステーション、つまり、給水・給食所は東京マラソンの場合は五キロ地点から給水が始まり以降二から三キロごとに設置、そして給食は二十二キロ地点から始まり五キロごとに設置されている。その中でも名物エイドステーションとして、東京マラソンならではの、あんなしの人形焼がある。

「オリンピックではそんなエイドステーションは出さないだろうが、早朝とは言え八月のマラソンだから給水所は多いはずだ」

「そこで何かやられたらアウトだな」

「マラソンはオリンピックの華だからな。参加人数は限られるだろうが、ドリンクの種類や温度ごとの保守管理は責任重大だ」

「ボランティアでは無理……か」

「やめた方がいいだろうな。ボランティアがやるべきことは他にたくさんある。スポーツボランティアの活動促進や文化醸成に向けてリーダーを養成しているという話は聞くが、文化の域に達するまでには相応の時間がかかるだろうな。そこを考えると、東京オリンピックのボランティア募集も慎重にならなければな」

青山が笑って言うと、藤中も同調した。

「今の学生でオリンピックを『平和の祭典』なんて思っている者はほとんどいないだろう。ＩＯＣを中心とした、アメリカメディアの金儲け主義者の資金稼ぎ……の思いが強いんじゃないかな。ラグビーワールドカップの方がまだ全国で開催されるだけに、多くの国民の理解を得ているような気がする。東京オリンピックなんて、所詮、東京近辺だけのお祭りだからな」

藤中はラガーマンだけにラグビーを引き合いに出した。

「おまけに日本だけ見ても、最近はアマチュアスポーツ界の闇が出過ぎるほど出てきているからな。若者の反応は正直だ。その実情を全く理解していない文科省やスポーツ庁なんかは、大学に対してボランティアへの参加を要求する始末だ」

「そのようだな。オリンピック期間中に試験をするなとか言い出しているんだろう？学生は完全に醒めている……という実状がわかっていないんだ」

「下手をすれば大学ごとに交付金に見合ったボランティアの差出しを要求してくることになるかもしれないな」

「新しい元号がどうなるか知らないが、新時代の『学徒動員』と呼ばれないように、運営側も気をつけることだな」

　藤中も次第に過激な口調になっていた。

「ボランティアの本質を教える教育ができない限り、付け焼刃の善意の押しつけでは意味がないどころか、却ってオリンピックに対するボランティア離れが起きてしまうだろうな」

「各種災害に対するボランティア活動とは意味が違うわけだからな」

　藤中が災害ボランティアに話題を振ったので、青山がため息をついて答えた。

「ボランティア活動を個人の意思で自主的に行うのか、国家が主導するか……によって若者の意識は変わってくるだろうな。ボランティアはあるべき姿に戻る……というよりも、政治を行う者、行政に携わる者の意識改革が先だな」

「災害ボランティアの場合は、東日本大震災によって、ボランティアと行政等の奇跡の連携という新たな支援活動ができるようになった。そして、それは今なお続いている」

　藤中の言葉に青山が公安らしく答えた。

「これに極左連中が入り込んでいるのも事実だが、阪神淡路大震災の時に岡広組総本部が行った支援でさえ、自治体が行った支援活動よりも早く、且つ効果的であったことを考えれば、相手がどのような団体であれ、被災者の立場に立ち、しかも役に立つボランティアは重要なんだ」

「いち早く被災地の実情を把握し、何をすべきかをその場で判断できるようなボランティアが重要なのであって、全てマニュアルに従うようではダメなんだよな。龍も実家が阪神淡路大震災を経験しているだけに言っていた。ボランティアに参加する人には自己完結で行う、強い意思が必要なんだ……とな」

青山は頷きながらも懸念を示した。

「独自に支援活動を行っている団体が連携をとるのも大事なことだ。しかし、それぞれ今後の組織拡大という意味合いから、どうしても自分たちの団体の名前を売るための行動が目に付くようになる」

「自分たちの団体の名前をつけたユニフォームやゼッケンを付けて活動したりな。俺もそれは気にはなっていた」

「そこに妙な力関係が出てくるのも問題になる。協力体制を組むといっても、山谷で口入れ屋がその日その日の仕事を集まった者に適当に振り分けるようなボランティアじゃ意味がない……ということさ。トータルコーディネートできるボランティア活動ができるかどうか、しかも本当に『善意の団体』ができるかどうかだな」

青山の話に藤中が笑いながら言った。

「まさに公安的な発想だな。オール・オア・ナッシング。悲観的に準備をするんだからな」

「それでなければ安全は確保できない。被災地支援のボランティアに行って、『あれをやりたい』『これはできない』さらには『交通費をタダにすればいい』などとほざく輩《やから》がいるかと思えば、熱中症で倒れる奴まで出てくる始末だ。何か勘違いしている……というか、ボランティアの基本を知らないんだな」

「ボランティアの基本か……そういえば、テロが発生した時のボストンシティーはどうだったんだ？」

青山が思い出すような表情になって答える。

「市と市民が一体化できた体制だったといってよかった。僕もアメリカでそれを検証してきたんだ」

青山は久松警察署長を終えた後、異動待機となった六カ月の間、短期海外研修としてＦＢＩに派遣されていた。

「そうだったのか……だからボランティアには厳しいんだな」

「ボランティア意識を持つ志は高く評価する。ただし、百パーセントの奉仕の精神と、それを遂行できるだけの体力と精神力が必要なんだ。それを学んできた者は少ないと思う」

藤中は青山の顔をジッと眺めながら言った。

「やっぱりお前は根っからの公安だな」

青山はそれには何も答えずに話を戻した。

「急性覚醒剤中毒……シャブの致死量を一飲みすると発症するらしい。ただし、飲んだ者は七転八倒の苦しみがあるそうだ」

「シャブは苦いんだろう？」

「一度だけ他県で舐めたことがあるが、酷いもんだった」

「どこで味見したんだ？」

「某県警の裏庭には今でも二キロくらいが眠っているんじゃないのかな。当時の本部長が、処分漏れの覚醒剤について証拠品管理責任者から相談された際に、冗談で『埋めちゃえば……』と言ったら本気で埋めてしまったそうだ」

「簿冊上はどうなっているんだ？」

「正規の処分をした際に計量ミスでもあったのだろう。処分されたことになっていたらしい。だから、あるはずのないシャブだったわけだ」

「その時に味見したのか？」

「なかなかできない経験だろう？　本部長と警務部長と会計課長と僕の四人でちょろっと舐めてみたんだ。いわゆるガンコロという氷砂糖のような結晶体だった。あれだけでも数グラムはあったし、試験結果はかなりの高純度だという表記がされていたよ」

「それで、どんな苦さだったんだ？」

　藤中は興味津々に訊ねた。すると青山がいたずらっ子のような顔つきになって言った。青山がごく稀にこういう顔をする時は決まって常識テストのような質問をすると藤中は知っていた。

「藤中、舌は場所によって味の感じ方が違う『味覚帯』というものがあると聞いたことがあるか？」

「ああ。舌の先では甘いものを感じるというやつだろう？」

「本当だと思うか？」

「いや、試したことはないが、うちの節子もよくそんなことを言っている」

「節ちゃんか……実はそれは誤りなんだよ。舌という部位は、複数の味を検出できる多様な味蕾《みらい》がひしめく複雑な器官なんだ。だから、特定の味覚受容体が特定の部分に偏って存在するということはないようだ」

「節子の未来もないな……」

「ミライ違いだ。特定の味に対して敏感な味蕾もあるようだが、味蕾は全てが協調して機能することによって、結局は均一に味を感じることができるようになっているのだそうだ」

「なるほど……すると甘味だけを舌先で感じるわけではなく、苦みもまた舌先で感じることができるというわけか……」

「そういうことだ。ただ生理学的に味覚というのは甘味、酸味、塩味、苦味、うま味の五つが基本味に位置づけられる中で、苦みというのは最も好みが激しいらしい」

「そうだろうな。特に子供にとって苦みほど嫌なものはない。大人になってようやくその味を覚える者が多いからな。ピーマンに始まって、鮎のはらわたの美味さなぞ、ほとんどの子供には理解できないだろう」

「その苦みのせいでほとんどの覚醒剤をそのまま口に入れてしまっても、これを嚥下《えんげ》するのは極めて難しい。カプセルか幼児用のジェルで包むくらいの手間をかけないとな」

「昔で言うオブラートだな」

青山の表情がいたずらっ子から、真顔になって話し始めた。

「ただ、関西のある暴力団で、組織内部の処刑の一方法として、この手口が使用されると聞いたことがある。このやり方で苦しみを与えながら殺害するそうだが……」

「本当か？」

「ああ。シャブを扱っている組織なんだが、組員が組織のシャブを横流しや、つまみ食いしてバレた場合で、その本人もまたシャブを使用していた場合だけのようだ」

「相当厳しいやり方だな」

「『そんなにシャブを喰いたきゃ食わしてやる……』というところから始まったらしく、

この光景を見た組員は二度とシャブに手を出さなくなる……ということだった」

「そういう話なら大和田が詳しいだろうな」

「大和田も東京マラソンの事件で総監特命を受けていて、一度連絡をもらったがそこに気付いていたよ」

「浅草と繋がれば面白いんだが、東京マラソンの被害者との接点が問題だな」

「公安部長もそれを考えていた。マル害は大手都市銀行総務部副部長だからな。いろいろな世界の裏を知っていたはずだが……銀行側は『それならば……』と教えてくれるはずもないからな」

「今のメガバンクは旧財閥系だけでなく東西の中小銀行まで巻き込んだ合併を繰り返してきた経緯があるからな……マル害が元々はどこの銀行出身で、どういう仕事をしてきたかも問題だ」

「今、大学の同級生を通じて調べてもらっているところだが、うちは金融関係が少ないからな。大和田の方がそっち系のルートは多いだろうな」

「早稲田だからな。法学部でも金融は多いだろう。龍も関西系ならルートがあるかもしれないな」

　大和田は早稲田大、青山は中央大、藤中は筑波大、龍は関西学院大の出身で、その違いがまた人脈の広がりともなっているのだった。

その頃、大和田は龍から、首相官邸前にある国会記者会館一階の喫茶店で相談を受けていた。

龍は愛宕警察署長時代、管内にある警視庁サイバー犯罪対策課と協力して、いくつものサイバーテロ事件を解決していた。サラリーマンの街・新橋を管内に持ち、新たなサイバー都市となっている汐留地区も含まれていた。このため大手企業の重役からの信頼も篤かった。大学時代に鍛えたアメリカンフットボールのディフェンスラインらしく、百二十センチメートルを超える胸囲の大きさはいまだに健在だった。さらに、時折口から出る品のいい関西弁は、その体型とは異なり、周囲の者には人のよさそうな愛嬌も感じさせるようだった。

「大和田、実は俺、実家に戻ることになるかもしれんのや」

「お前の実家ってエリート集団だったんじゃなかったっけ」

「元は関西の財閥系商社やったんやが、戦後のいわゆる財閥解体というやつでバラバラにされたんやけど、その後も分割された会社が地道に商売やっとるな」

財閥解体は、連合国軍最高司令官総司令部（ＧＨＱ）によって行われた占領政策の一つの経済民主化政策である。「侵略戦争の経済的基盤」になったとされる財閥を解体することで、日本の経済支配体制の壊滅を目的としていた。

「実家は何をやっていたんだ」

「元は銀行やったんやけど、大手都市銀行に吸収されて兄貴はそこに入っとる」

「すると銀行家……ということか？」

「弟は医療関連産業の専門商社を立ち上げとったんや。なんでも国家戦略特区に指定されてるとかで、医療部門の事業化支援や人材育成、産産・産学の連携に取り組んどったようやな」

「医療産業都市化に対する中心的な役割を担っていた……ということか……」

「結果的には旧財閥でバラバラになった仲間が協力し合うた結果なんやけどな。それよりも、お前、よう医療産業都市化なんちゅう言葉知っとったなあ」

「今、例の東京マラソンの事件で関西に行くことが多いんだ」

「急性覚醒剤中毒か……」

「何か知っているのか？」

「いや、俺はあの件にはノータッチや。今、追っているヤマが大きいもんでな」

「そうか……でかいヤマを追っているのか……」

「これを最後の仕事にしたいと思うとる」

「そこまで決めているのか……青山や藤中には話したのか？」

「いや、お前が初めてや。女房には言うとるけどな」

龍の言葉を聞いて一瞬、大和田の言葉が止まった。大和田自身、まだ心が揺らいでいたからだった。龍はそれを知ってかさりげなく続けた。

「総監は来春辞めるそうやな。刑事部長が言うとった」

大和田は龍の顔をまじまじと見て訊ねた。

「部長は何と言っていたんだ？」

「警察一筋に生きてきた人にしては珍しい判断だった……とな。官邸はそういう実直な人物を探していたんだろう……ともな。今は財務省や経産省、文科省も問題だらけや。霞が関の衰退は即、行政の衰退を意味しとるからな。そんで俺たちはまさにそこにメスをいれようとしてる」

「サンズイか……」

「今度はまだ地検も何も知らん、大きなヤマや。霞が関の官僚を信用できん官邸が警察に白羽の矢を立てたとしても何もおかしゅうない。しかも、キャリア、ノンキャリア双方から信頼されてる総監はそうそういるもんやないからな」

サンズイはまさに部首の「さんずい」で、「汚職」の「汚」の字の部首を取って、汚職の捜査を指す警察隠語である。

「内山総監は警備畑。しかも公安の本流出身だからな。世の中の裏の裏まで知り尽くしている人だ。政権にとっては欲しくてたまらない人材だろう」

「その総監の懐刀《ふところがたな》が大和田、お前やろう」

「懐刀？　単なる草だよ。青山がよく使ってる台詞だけどな」

「青山か……あいつは間違うても政治の道に行くタイプやないからな……」

龍の口調から大和田は確認するように訊ねた。

「龍、俺のことを何か聞いているのか？」

「内山総監は政治の世界でも通用する懐刀を探してるそうや。しかも六十近くになって一回生として政治家の仲間入りするわけやから、それなりの覚悟も必要や。三回生、四回生でも文句を言えんようなチームを率いんとあかんし、派閥の問題もある。お前に白羽の矢が立つんは仕方ないやろうな」

「刑事部長はそんなことまで総監から聞いているのか？」

「直接ではないようやけど、辞めた後の組織運営を部長に相談したらしい。なんせ、うちの部長は総監がリクルーターやからな」

「京都大学アメリカンフットボール部か……」

「そう、二人とも、関西学院《うち》が京大に勝てんかった頃の代表的クオーターバックや。敵ながらあっぱれな存在やった」

「そうか……」

「しかも部長はうちの兄貴と京大で同級生。総監はうちの親父が学生時代に面倒を見とったそうや」

「お前にはそういうバックアップがあったのか？」

「俺も最近知った話で、もっと前に教えてもらいたかったことやけどな」

龍が笑って言った。

「それで刑事部長はお前に話したわけか……」

「課長に事件相談をしたら部長のところに連れていかれたんや。課長もまた京大人脈やからな」

「そう言えば珍しく京大ＯＢが集まっているからな……今の警視庁は……」

「そんな中での会話やからな。政治に直接影響を及ぼす事件捜査はどこでストップがかかるかわからへん。そやから部長は総監の立場を考えたんやろう」

「忖度《そんたく》か？」

「総監に忖度しても仕方ない。警察庁の次長、官房長なら今後の人事権はあるんやろうけど、辞めていく人に対して忖度は必要ないからな」

「しかし、政治家になれば何かしら人事に影響力はあるだろう。しかも官邸と深い関係にあればなおさらだ」

「そういうことか……そう考えたら忖度なのかもしれんな」

「内山総監はここまでノーミスで生きてきた人だ。政治家の中でもトップを目指す誰もが欲しがる人材だ。過去の御大《おんたい》と呼ばれた警察庁長官と同じだ。三回生あたりで官房長官になってもおかしくはない」

「なるほどな……カミソリ御大か……けど、あの人は最初の選挙は落選やったろう」

「そういう時代だったんだろう。しかも一時期、疑獄に名前が取り沙汰されたようだったからな」

「それを考えたら内山総監は確かにクリーンやな……関西人脈ももの凄いからな」

「そうなのか……それで龍、お前は俺のことをどこまで聞いているんだ」

「将来の衆議院議員候補。最初は参議院からやな」

龍ははっきり答えた。

「それについて刑事部長はなんと言っていた？」

「苦労するだろうが、面白い発想だと言うてた。秘書にするにはもったいない……ともな」

「そうか……それでお前も俺に進退について話をしたわけか……」

「まあ、そんなとこや。今回、俺が追ってるヤマに関しては今までどおり、お前や、青山、藤中の力も借りんならんと思うとる。親友相手に貸し借りはないんやけど、これを最後に辞めるとなったら、なんとのう心苦しいなって思うてたとこやった」

「そうか……実は俺もまだはっきりと決めたわけではないんだが、悶々としていたところだった。俺もお前同様、東京マラソンの事件では青山や藤中の力を借りなきゃならない。警察官としての最後の花道になるかもしれない……ともな」

「お互い、同じ立場やった……ゆうことやな。あの二人やったら理解してくれるとは思うとるけど、俺も心のどっかに引っ掛かりがあったんは事実や」

「近々四人で飲むしかないな」

第三章　米朝問題

東京マラソンの事件を受けて公安部長は総監から特命を受けていた。

「東京オリンピックまであと二年。あらゆるテロ対策を講じ、一年半で兆しを全て排除せよ。特に国際テロに関しては直ちに現状の実態報告をせよ」

公安部長は外事第三課長を自席に呼んで国際テロリズムに関する国内との接点等について報告させた。

この中で外事第三課長はロシアンマフィアと北朝鮮、中国工作員の話題を出し、外事警察を横断した案件である旨の報告を行った。

警視庁の事務分掌の中でも明らかなように、ロシア情勢は外事第一課、中国、北朝鮮に関しては外事第二課、そして国際テロに関しては外事第三課が担当していた。

もちろん日頃から各課の課長を集めた会議は行っていたがロシア、中国、北朝鮮の相互の関係をつないだ報告はなかった。

その中で唯一、公安総務課長の報告には外事警察の三つの課以上に深い情報が含まれていることが多かった。これには外事各課の課長は常に反省を求められていた。

「また青山理事官か……」

三人の課長は公安部長から叱咤を受けるたびに口を揃えた。青山は公安部付理事官兼公安総務課担当である。公安総務課はその名前からは一見想像し難いが公安部の筆頭課であり、青山は押しも押されもせぬエース級の理事官として情報収集と分析に長けていた。

公安部には部長、参事官、公安総務課長、外事第二課長、外事第三課長の五人のキャリアがいた。部長は警視監、参事官は警視長、三人の課長は警視正だが、公安総務課長は二人の外事の課長より年次が二年上だった。

「青山理事官は確かに優秀ではあるんだが、彼には三人の強力な同期生がいるんだろう?」

「同期カルテットだな……」

二人のキャリア課長が言うと、外事第一課長は一歩引くような姿勢で答えた。

「三人とも現在は総監とキャリア部長の下で動いています。中でも総監特命になった大和田理事官は人事一課で表彰担当を経験した結果、警視庁じゅうの事件担当者と連絡を取ることができる特別な存在です」

「大和田理事官か……今や内山総監の懐刀。内山総監は大杉《おおすぎ》内閣官房副長官の懐刀。怖い存在だな」

「別に俺たちの人事を動かすわけではないから、怖くはないが、不気味ではあるな。その大和田理事官が青山理事官と繋がっているし、捜査二課の何とかいう理事官もなかなかの優れものらしいからな」

「警察庁に行っている藤中理事官は武田組対部長の姻族で、警視庁内人脈ではトップです」

「その四人組が恒常的に情報交換を行って事件捜査をするから、ものすごい実績を上げているんだな」

「しかし今回は外事警察の沽券《こけん》にかかわる事態だ。なんとか情報を共有したいところだが、公総課長がな……」

「逆鱗《げきりん》に触れると予算を切られるからな……」

　公安総務課の最大の強みは公安部内の予算を全て握っていることだった。公安部の予算は東京都からだけでなく、警察庁から降りてくる国家予算に加え、官邸からも直接官房機密費が届くルートがあると言われていた。

　そして予算差配の全権をまかされているのが公安総務課長であり、その判断には上位に当たる公安部参事官、公安部長もノータッチだった。

「頭が痛いな……」

外事第二課長が言うと、外事第三課長が呟くように言った。

「各課の情報担当管理官の連絡会議をロシア、中国、北朝鮮に限ってやってみるか」

「三課はオブザーバーなのか？」

「いや、三課は三課で、それぞれの国から情報を得ている。これを統合すればそれなりの情報が分析できるんじゃないか？」

「一課長、どうですか？」

「仰せのとおりに」

第一回外事情報担当管理官の連絡会議が開かれたのは、その一週間後だった。

冒頭で外事第二課長が言った。

「今回の最大の案件は東京オリンピックに向けての国際テロ防止です。忌憚《きたん》ない意見の交換をお願いします」

「マラソンコースをどうしてあんなに早く公表する必要があったんだ？」

外事第三課の管理官が憮然《ぶぜん》とした顔つきになって言った。

「皇居前広場に折り返しコースを設定するとなれば、新天皇も二重橋から応援されることになるかもしれない。そうなれば警備部も機動隊だけでなく、警衛課も投入することとになりかねない」

　外事第二課の管理官も顔をしかめて続くと、外事第一課の管理官が頷きながら言った。

「マラソンコースに関しては皇居前広場とはいえ交通部の主管だが、交通部がやるのは道路だけだろう。公園内の芝生の中に爆弾でも仕掛けられたら目も当てられない。芝生の中は環境省主管だし、プラスチック爆弾を二年後の通過予定時間に爆破設定して埋められたら探しようがないぞ。極小の基板だけで起爆装置を作られたら、通常の金属探知機では手に負えない」

「そうかと言って、マラソンコースを変えるなんてことはできないだろうからな……俺がテロリストだったら、間違いなく皇居前広場を狙うだろうな」

　競技場や選手だけでなく、選手村や各国の首脳やＶＩＰの宿泊施設等の安全確認も、国際テロの観点からあらゆる協議が進められていた。その結果は外事警察の三課長だけでなく、公安総務課長、公安部長を経て警視総監にも報告された。

「ボランティア団体にも本来ならばテロ対策を指導しなければならないのだろうが、そんな時間があるのか……問題は山積だな」

　警視総監も国際テロのプロの意見に耳を傾ける回数が増えていた。

　その頃、吉村充弘《よしむらみつひろ》公安総務課長は青山を自室に呼んでいた。

「青山理事官、最近部長がご立腹でね」

「東京マラソンの事件の件ですか？」

「そう。都知事だけでなく、官邸からも電話が入るらしい」

「刑事部だけでは全貌が見えてこないことをわかっているのでしょうね。しかも東京オリンピックまであと約二年、国際テロ対策も怖いのでしょう」

「そこなんだよ。青山理事官はこの問題をどう考えている？」

「最も影響を及ぼすのは米朝問題の進展如何《いかん》と思っています」

「そこか……」

「今、国際テロリズムが日本を狙っても何も面白い事象にも話題にもなりません。世界の目はアメリカ大統領に向けられています。アメリカ対EU、アメリカ対中国、そしてアメリカ対北朝鮮です。その中でも、ならず者国家の若造がアメリカ大統領と対等に話をしたシンガポール会談の実現は、弱小国家にとって大国を恫喝する最大の効力を学ぶ結果になったと思っています」

「面白いな」

「北朝鮮はもう、自国でミサイルを発射する必要がなくなったわけで、発射台を壊しても痛くも痒くもない。発射台付きの大型トレーラーとミサイルを売ればいいだけなのです。しかも、これに核弾頭が付けば、途上国が何としてでも手に入れたい、最大の武器になることを学習しました」

「だが売買ができるかどうか……」

「そこにロシア、中国のマフィアが介入してくるのです。しかも、プーチン、習近平《シュウキンペイ》も同意していれば、実に簡単にアメリカ包囲網ができる。アメリカだけでなくＥＵだって戦々恐々でしょう。アフリカや中南米の資源保有国家が核弾頭付きのＩＣＢＭを配備したと考えればいいだけの話です」

　平然と答える青山の顔を公安総務課長はマジマジと眺めて訊ねた。

「ところで青山理事官、東京マラソンの事件に関して、何か情報は入っていますか？」

「現在、確認中の案件があって、それが繋がってくるのかどうかです」

「繋がる……というと？」

「三点の関係をチェック中です。急性覚醒剤中毒症状に関して、致死量との関係が一つ。それからマル害の銀行員がターゲットになった可能性の問題が一つ。そして今回の三社祭の事件との関係が一つです」

「急性覚醒剤中毒の致死量との関係というのは？」

　公安総務課長が首を傾げながら訊ねた。

「覚醒剤の成分にもよりますが、注射ではなく嚥下させて殺害する致死量というのは、何らかの経験則に基づかない限り使うことはできないと思うのです」

「経験則……ですか？」

「四、五年前のことですが、関西の反社会的勢力の中で組内の覚醒剤を流用して自らこれを使っていた者に対して同様の手口で処刑したという話を聞きました」

「反社会的勢力……ですか？」

「岡広組系二次団体なのですが、この処刑の際に岡広組内で覚醒剤を扱っている複数の組幹部を呼んで、その面前で公開処刑したのだそうです」

「公開処刑……ですか……まるで北朝鮮のようですね」

「その二次団体の組長がまさに北朝鮮系だったのです。しかも、当時は北朝鮮製のシャブの密輸を一手に引き受けていたようです」

「そういう団体があったのですか……」

「シャブは固形物の段階で押収されると、その成分分析で製造元がある程度特定されてしまいます。北朝鮮ルートの覚醒剤であることがバレると、その組への密輸ルートが途切れてしまうことを意味するのです」

「なるほど……末端使用者なら問題はないものの、それが組員からとなれば話が変わってくるわけですね」

「そのとおりです。ただし、急性覚醒剤中毒の症状でも、死に至らしめるのにどれだけ使ってもいいわけではありません。もし解剖や緊急手術によって覚醒剤が固形物として残っているものが発見されれば問題になってしまいます。また、飲み込む前に相手に悟られたり、一旦嚥下しても全て嘔吐されてしまえば意味がありません」

「すると実験をしている……ということですか？」

「実験結果があるはずです。公開処刑をする以前に実験していなければ、他の組員の面前で恥をかくことになりますからね」

「なるほど……その裏は取れそうなのですか？」

「鋭意、努力中です」

「被害者の銀行員の個人情報は得ているのですか？」

「銀行内での勤務経歴がわかりません」

「そうなんですか？　手元にありますよ」

「えっ」

　青山は唖然とした顔つきで公安総務課長の顔を見ていた。青山の唯一の弱点が銀行ルートの情報を得ることだった。そこには過去の事件が関係していた。

「とっくに入手済みだとばかり思っていました。データはすぐに青山理事官のパソコンに送っておきます。私が持っていても何の役にも立ちませんけど、彼は関西の中規模銀行から二度の合併で本店勤務になった珍しい存在でした」

「関西の中規模銀行ですか……彼は京都大学経済学部出身でしたよね」

「大阪の大手を蹴られて、神戸の銀行に入ったようですね。それでも結果的に金融ビッグバンの恩恵にあずかった……ということでしょう」

「ちなみに、何という銀行だったのですか？」

「兵庫大空銀行。灘支店、芦屋支店。合併後、神戸大空銀行の灘支店、そして本店総務部時代に二回目の合併でした」

「灘に芦屋か……ビッグデータで当時の取引先データを調べてみます」

青山は灯台下暗しの思いを感じながらも、光明が見えてきたことを密かに喜んでいた。

「他に何かわからないことがあったら、一応、私にも声掛けしてみて下さい。宝の持ち腐れでは意味がありませんから。それから三社祭の件との関係はどうなのですか？」

「五人のマル害を出した浅草中村組ですが、この二年間、福山会の中では一気に勢力を伸ばしていました。その主たる稼ぎが覚醒剤と、地元周辺のパチンコ店からの掠《かす》り、それに銀座でのみかじめ料だったようです」

「銀座の？　暴力団は縄張りという自己の勢力範囲で資金活動をしているのではないのですか？」

「本来ならばそうです。しかし、以前から銀座を仕切っていた関東の雄、福山会本部の衰退が著しいんです。今や岡広組総本部、新生岡広組、麦島組まで足を突っ込んでいます」

岡広組は分裂して、岡広組総本部と新生岡広組となったが、勢力的には岡広組総本部が資金、人員とも上回っていた。分裂したとはいえ、これは未来永劫の別れというわけではなく、双方の現在のトップさえ世代交代すれば元の鞘に収まるだろう……という特殊な関係だった。このため、両者の対立抗争はほとんど起こっていない。その中で静岡に本拠地を置く麦島組は、先代が関東と関西の反社会的勢力の抗争の仲介役だったことから、分裂した岡広組の間を取り持つ役どころになっていた。一方で、関東の雄と言われていた福山会は岡広組の関東進出を受けて、勢力が弱体化していた。

「そういう状況なのですか……。すると対立抗争の疑いもあるわけですよね」

「それは否定できません。ですから彼らの縄張りで最大の祭りが狙われた……と口にする者もいますが、僕は否定的です」

「どういうこと？」

「浅草中村組は福山会の二次団体にもかかわらず、本拠地を仕切っている福山会小山組を尻目に銀座に進出しているのです。さらに浅草中村組は新規パチンコ店の開店情報をいち早く入手しているという情報がありました」

「新規パチンコ店ですか……」

「最近、パチンコ店は減少傾向にあります。最盛期よりも四十パーセント以上の減少のようです。しかし、新規パチンコ店は最低でも一店舗二百台のパチンコ、スロット台に加えて五十台以上の駐車場がなければ客を呼ぶことができないそうです」

「地方の郊外にはまだまだ大きなパチンコ店は多いですからね」

「その新規開店のパチンコ店に対してパチンコ、スロット台一台について十万円のみかじめ料を求めているのが浅草中村組のようです」

「二百台で一台について十万円となると、それだけで二千万円ですね」

「そうです。さらに新規開店の工事には地元業者を入れて、工事代一千万円を上乗せしているようです」

「パチンコ店はそれを支払うのですか？」

「彼らにとって営業妨害ほど怖いものはないのです。客さえ入れば二千万円などほんの数週間で稼ぎ出しますからね」

「そんなに稼ぐことができるのですね……」

「その利権に警察も入っている……というのですからガッカリする部分もありますけどね」

「天下り……ですか？」

「それもありますが、一部の警察官はヤクザと変わらないような要求をすることもあるようです」

「それは本当ですか？」

「僕の知り合いのパチンコ店オーナーが教えてくれました。新規開店や新台入れ替えの際には、店は管轄する警察署の生活安全課に入れ替えの変更承認申請を行います。撤去した機種の製造番号等や、新台の遊技台番号とＣＲユニットとの適合を検査するのです。すべてが一致していなくてはなりません。申請内容通りでなかった場合は検査は通りませんから、当然ながら、その日の新台での営業はできません」

「当たり前のことではないのですか？」

「何もなければ当たり前のことなのですが、そこで金銭を要求する者が未だにいるのです。それも警視庁管内ですよ」

「即処分でしょう」

「強めに出ることができないのが業者なんです。暴力団に金を取られ、警察に金を取られ……踏んだり蹴ったりなのがパチンコ店オーナーなんですよ」

「青山理事官はその警察官の名前を知っているのでしょう？」

「知っていますよ。顔も確認しました」

「どうしたのですか？」

「そいつのバックグラウンドを調べたうえで監察に報告しました。一人二人でできることではありませんし、歴史的な流れがあるはずですからね。監察もどこまで遡《さかのぼ》るか……に頭を悩ませていました」

「そりゃそうでしょうね」

「ただ、浅草中村組もまた、その情報を知っているんです」

「そうか……警察情報の漏洩も考えなければならない……」

「そこが問題なのです。内部処理だけではどうしようもない。広報するとパチンコ店にも迷惑が掛かる……二者択一を迫られるのが警務部長ということです」

「許しがたいな……これに監督責任をどこまで求めるか……悩ましい問題です。公安にはそういう者はいないでしょうね」

「かつてカルマ真仙教に入信していた唯一の警察官が、所轄とはいえ公安係だったわけですからね。何とも言えません」

「まさか、青山理事官はご存知なのではないでしょうね？」

「そこまで馬鹿ではありませんよ。闇から闇に葬ってやりますよ」

青山が真面目な顔で答えたため、公安総務課長も唖然とした顔つきだった。それを見た青山が言った。

「浅草中村組はまだ裏が大きい団体です。慎重に捜査を進めて参ります」

自席に戻ると青山は大和田に電話を入れた。

二人は警視庁本部の隣の、警察庁が入っている中央合同庁舎二号館の地下一階の食堂で待ち合わせた。

「青山、久しぶりだな。お前のことだ。米北問題で忙しいんだろう？」

「ああ、トランプの知的レベルを計る機械が欲しいものだ」

「利口なのか馬鹿なのか？」

「双方を兼ね備えている……というところだろうな。全てを政治ではなく商売として考えているから、ある意味では正論の部分があるからな。そこが弱者となりつつある白人の社会に受け入れられているのだろう」

「弱い白人の味方か……」

「あくまでもそれは表向きだ。彼を一番支持しているのはＷＡＳＰ《ワスプ》であることは間違いない」

　ＷＡＳＰとは、アメリカの白人エリートの保守層を指し、ホワイト、アングロサクソン、サバーバン（郊外居住者）、プロテスタントの頭文字から来ている。

「なるほどな……ニューヨークでもウォール街はトランプ支持で、ハーレムに行けば反トランプだからな」

「格差の広がりは仕方がない。資本主義社会の基本だからな」

「そう割り切るところがお前らしいな。ところで今日は何事だ？」

　大和田の問いに青山が答えた。

「四、五年前に大阪の堺であった急性覚醒剤中毒殺害事案を知っているだろう？」

「さすがに青山だな。よくそれを知っていたな。岡広組系二次団体の桜内組の公開処刑のことだろう」

「そう。その時の資料のようなモノは警察庁にあるのか？」

「いや、大阪府警が報告していないからな。地元の所轄の捜査員が桜内組と裏で繋がっていたことがわかって、それ以上の捜査を止めている。シャブだけは押収して数人を逮捕したけどな」

「そうか……どうりで警察庁のデータベースを見ても出てこないわけだ……」

「公安部も東京マラソンの事件で暴力団の筋を追っているのか？」

「浅草中村組の事件も追っている」

「公安部の中でも、どうせお前のところだけだろう？」

「浅草中村組は北朝鮮ルートだ。と言っても北朝鮮系という訳ではなく、シャブだけではなく、衣料品から小物まで様々な商品を北朝鮮から運んできて商売にしているということだ。しかも桜内組とはある筋で繋がっている」

「カルマ事件のことか？」

大和田が顔を曇らせて言うと、青山が顔色を変えずに答えた。

「そうだ。過去の話ではあるが、消えた金の大きさが違う」

かつて東京や長野でサリン事件などの凶悪犯罪を犯した宗教団体のカルマ真仙教は、国内だけでなく、海外マフィアなど多くの犯罪組織とも関係を持っていた。当時の教団が保有していた資産は一千億円と言われていたが、警察による徹底的な壊滅作戦によって教団が崩壊した際、教団に残されていたのは二百億円に過ぎなかった。消えた八百億円は二十年あまりが過ぎた現在も明らかになっておらず「闇に消えた金」と警察組織内でも言われていた。

「二十年あまり前で八百億円だからな。今の価値で言えばどれくらいの金額になっていることやら……だ」

「どこに消えたのか……いろいろな説はあるが反社会的勢力が抜いた……というのが一番可能性が高いだろうな。桜内も浅草中村もあれ以来、北朝鮮ルートのシャブを盛大に仕入れるようになったからな」

青山がため息をつきながら言った。

「当時の北朝鮮の換金ルートはシャブと偽ドルしかなかった。その後、武器輸出をチャイニーズマフィアを巧みに使いながらはじめ、ロシア、ウクライナにもロシアンマフィアを使って輸出してきた。そうやって日本のヤクザとも巧く付き合うことができたんだ」

「日本のヤクザには在日朝鮮系も多かったからな」

「そこが金正日《キムジョンイル》の賢いところだった。しかも三番目の妻は在日出身の踊り子だったわけだからな。根っからの日本嫌いではなかった……ということだろう」

「さすがに公安らしい分析だな。ただ、金日成《イルソン》も息子の金正日も女にはだらしなかったんだろう？」

「いや、正日は確かにだらしない部分はあっただろうが、日成の場合には先妻の金正《ジョン》淑《スク》死後の後妻として金聖愛《ソンエ》を迎えたんだ。笑い話のようだが、先妻で金正日の母親である金正淑という名前は、現在の韓国大統領の文在寅《ムンジェイン》の妻と同姓同名なんだよ」

「韓国は結婚しても姓を変えなくていいんだよな」

「そう。だから文在寅の妻の名前は金正淑なんだ。金正恩《ジョンウン》にとってはおばあさんの名前と一緒ということになる。親近感は覚えるだろうな」

青山が笑って言うと大和田は呆れたような顔つきで答えた。

「お前の博学には参るよ。それよりも金日成の処女好き……という噂はどこで流れたんだ？」

「ああ、そのことか……。絶対的権力と富を手に入れた独裁者が、最後に求めるのが不老不死の肉体だと言われている。ヒトラーでさえ同様だったらしい。己の命のためなら手段を選ばない……というところだろう」

「それで？　何をしたんだ？」

「金日成は、健康管理、長寿に異常な執着心を持つようになって『金日成長寿研究所』なる研究機関を創設したんだ。西洋医学でも東洋医学でも、中国伝来の漢方でもない、北朝鮮独自の医療技術が研究されていたらしい」

「怪しいな……」

大和田が身を乗り出すように言った。青山が続けた。

「その研究の一つとしてあったのが、北朝鮮北部から選抜された十代の処女たちからの輸血だったそうだ」

「それもカルマ真仙教に影響を与えたのか？」

大和田が笑いながら言った。青山は苦笑しながら答えた。

「処女の血には良質なたんぱく質が豊富に含まれているという、独自の分析結果だったようだな。出身地が北部に限定されていたのは『海外の侵略を受けていない』ということだったようだが、意味不明だ。お前が『女にだらしない』と言ったもう一つの原因は、金日成が少女たちに一緒の入浴を強要していたことだろう。彼女たちから発散されるエネルギーやホルモンを吸収するためだったそうだ」

「どこかの教祖と同じじゃないか」

大和田が再び大笑いをした。

「まあ、権力者というのはそういうものだろう。そのおかげかどうか知らないが、金日成は八十二歳まで生きたからな」

「徳川家康も七十三歳まで生きたんだろう。おまけに子供を十何人も作って……」

「十六人だ。正室は二人、側室は確認できただけでも十九人いたというからな。まさに性豪だな。しかし、徳川家の礎を築いた二代将軍秀忠や徳川御三家の始祖たちを生んだのは皆、側室だったんだから。笑い話ばかりにはならないということだ」

「博学はわかったが、あまり面白くないな」

「お前が話題を変えるからだ。それよりも日本のヤクザとコリアンマフィアの関係はいつから始まったんだ？」

青山が訊ねると大和田が答えた。

「いい質問だな。どこの社会でも少数派は、差別されるため、犯罪組織に流れてしまう傾向にある。日韓併合や戦後の密入国などをきっかけに、朝鮮半島から多くの人々が日本に連れてこられ、あるいは押し寄せてきたことは周知のとおりだ。在日となった人々は日本社会で差別を受け始める。しかし、犯罪社会はある程度、平等主義だ。彼らの中で愚連隊化した連中が日本人をターゲットにして犯罪を行うようになると、これを阻止しようとする日本人が自警団を結成し、これがヤクザになった……という流れからスタートだな」

「しかし幕末からすでに任侠という世界は日本にあったじゃないか」

「任侠とは本来、仁義を重んじ、困っていたり苦しんでいたりする人たちを助けるために体を張る自己犠牲的精神や人の資質を意味する言葉だ。清水次郎長や新門辰五郎と現在のヤクザではちょっと違うだろう」

「なるほど……」

「ヤクザと在日の愚連隊が争った結果、愚連隊はヤクザの傘下に入ることになるんだが、そのうち在日出身者がヤクザ組織内で力を伸ばし、幹部クラスに昇り詰める者が出てきたんだな。彼らは同じ血を引く在日系や本国人を優遇して組織内で大きな勢力を持つようになった……ということだ。そうなれば、本国のコリアンマフィアとの連絡も付きやすくなる。本国のコリアンマフィアから見れば、韓国や北朝鮮よりも裕福な日本での稼ぎの方が大きいため、次第に日本へ勢力を拡げてきた……ということだ」

「日本にコリアンマフィアの構成員はどれくらいいるんだ？」

「純粋なコリアンマフィアは二百から三百人というところだろう。しかし最近ではより美味しいカジノに目を付け、中国や東南アジアなどに行くコリアンマフィアが増える傾向にあるようだ。日本に比べれば治安も悪く、物価は安く、儲けは出る。彼らにとっては住みやすい環境というわけだ」

「なるほど……日本国内はヤクザ同様、コリアンマフィアも住みにくくなってきた……ということか……」

「それ以上に日本人も住みづらい環境になってきているけどな」

「今、在日系ヤクザやコリアンマフィアが日本で最も稼いでいる業界はなんだ？」

「楽に稼げるのはシャブだろうな。パチンコ屋も焼肉屋もキャバを越えて減少傾向にあるからな」

「その中で力を伸ばしている浅草中村組は特異な存在ということだな？」

「そう。裏で何か大きなことをやっているに違いないんだが……」

「組対は実態把握をやっていないのか？」

「やってはいるはずなんだが……結果が出ていないのが実情だ。俺もそれとなく調べてはいるんだが……」

「組対内を調べているのか？」

「監察を動かしている。これだけ情報が入らないのもおかしな話だ」

この時の大和田の表情を見て、青山はようやく大和田の現在の立ち位置における苦しみがわかったような気がした。

デスクに戻った青山は、公安総務課長から送られてきた東京マラソンの事件の被害者である銀行員の個人情報を確認した。

「土山啓介、四十九歳。京都大学経済学部から神戸の兵庫大空銀行入行か……。入行三年目に最初の合併で神戸大空銀行になったということか……。兵庫大空銀行では灘支店、芦屋支店。神戸大空銀行で灘支店、そして本店総務部時代に二回目の合併となったわけだな。四井銀行では関東の支店五カ所を経て本店総務部の副部長になっていたわけか……二十七年で十カ所か……警察並みだな……」

青山は呟きながらデータをチェックしていた。しかし、公総課長から得た情報の中には支店名や本店の部署名こそ記載があったが、業務の詳細は記されていなかった。

青山は兵庫大空銀行、神戸大空銀行、そして四井銀行の合併の経緯を確認し始めた。

兵庫大空銀行は地方銀行の中でも中規模で、京都大学の経済学部を卒業した土山は行内でもエリート中のエリートだったに違いなかった。


青山はすぐに神戸に飛んだ。

青山はかつて大和田から「関東人には理解できない複雑な社会構造が関西には今なお残っている。それを知らずして安易に関西経済を否定することはできない」と言われたことが常に頭に残っていた。しかも関西の反社会的勢力を知るには関西経済の裏側を知っておかなければならなかった。

さらに、かつて龍からは「関西では京大、阪大、神戸大の三国立大学が幅を効かせている」旨の情報を得ていた。特に関西の大手銀行では、財務省との人脈を持つ東大卒は別として、実績を上げるには関西三国立大人脈を活用することの大切さを知らされていた。

ふと青山は龍の実家が関西財閥出身であり、龍自身も「財閥解体のあおりをもろに受けた没落組や」と言っていたことを思い出した。

青山は神戸に着いてすぐに龍に電話を入れた。

「青山、なんや賑やかなとこから電話しとるな。どこにおるんや」

「今、神戸空港からポートアイランドに向かっているところだ」

「神戸でなんぞおもろい話があるんか？」

「いや。後ろ向きの仕事なんだが、お前の力を借りたいと思ったんだ」

「俺ができることやったら何でもするけど、何や？」

「お前の一族で今でも銀行務めをしている人はいないか？」

「兄貴はそうやけど、東京勤務やで」

「お兄さんはエリート行員だろう。地元の銀行出身者をさがしているんだ」

「兄貴も地元から吸収合併された口やけど、神戸の昔からの銀行はどこも大手都市銀行の傘下に入っとる。どこの銀行のもんを探しとるんや」

龍の言うことはもっともだった。

「兵庫大空銀行なんだが……」

「そりゃまたいかがわしいところやな。岡広組とコリアンマフィアの詐欺集団の財布やったところやで」

「だいたいのことは調べたんだが、二月に東京マラソンの事件でマル害だったのが、兵庫大空銀行出身者だったんだ」

「なんやて」

龍の口調が急に変わった。

「何ちゅう奴やったっけ？」

「土山啓介、四十九歳。京都大学経済学部から神戸の兵庫大空銀行に入行している」

「京大から兵庫大空銀行？　珍しいな……というか相当の変わり者やな。おまけに俺たちと同世代か……。ちょっと聞いてみるよって、一、二時間待っててくれ」

この時青山は、龍が自分の地元のことと知って急にやる気になったのだろうと、思っていた。

青山が三宮駅に着いた時、龍から電話が入った。電話を切ってから三十分が過ぎた頃だった。

「ちょっと気になることがあるんや。お前、すぐに大菱銀行神戸支店に行って、そこの顧問の吉澤清造《よしざわせいぞう》ちゅうおっさんに会うてくれ」

「大菱銀行神戸支店か……すぐ目の前だ」

「なんや、三宮におるんか。その大菱銀行神戸支店がもともとの俺の実家や」

「なに？　お前の家は銀行だったのか？」

「前にも言うたやろ。没落一族や」

「その吉澤清造という顧問とはどういう関係なんだ？」

「俺にとっては爺《じい》ややな。親父の書生みたいな存在やった」

青山は、龍の実家は没落したのではなく、発展的解消をしただけだったのではないか……と感じた。

青山はすぐに携帯で大菱銀行神戸支店に電話を入れて吉澤清造にアポイントメントを取った。

吉澤清造は支店長室の隣に個室を持っていた。

「一彦坊ちゃんから話を聞いとります。本庁の公安の方やそうで」

「本庁ではなく、警視庁です。龍君とは警察学校の同級生で、未だに仲良くさせて頂いております」

「一彦坊ちゃんは三兄弟の中では一番頭はよかったんですが、大学入試の直前にたまたま交通事故にあって、実力を出せんままやったんです。しかも、運転していたのがご長男の鎮彦《しずひこ》さまで、一彦坊ちゃんは助手席に座っていらっしゃったのです」

青山は初めて聞いた話に驚いていた。

「それがご兄弟の間にちょっとした溝ができるきっかけだったのです。鎮彦さまは一彦坊ちゃんに気を遣わざるを得ないし、一彦坊ちゃんはやさしい方ですから、逆にそれを嫌がったようです。『事故は事故……運の良し悪しと同じ』口癖のようにいうてはりました」

青山は個人情報の範疇ではあったが、思い切って聞いてみた。

「龍君のご実家がこの銀行だったと先ほど聞きましたが……」

「ご実家というか、ここは一彦坊ちゃんの父上がやっておったただけで、ご実家は神戸の旧財閥としてはそれなりの力を持っておったんです。ただ敗戦後の財閥解体が適用されて関連会社はそれぞれ独立しましたが、その多くは今でも生き残っていますし、そのうち一彦坊ちゃんもしかるべきポジションに就かれると思っています。もちろん鎮彦さまもそれを望んでおります」

青山はこの時、龍が持つ、自分にはない独特の精神的余裕というものの根源がわかったように思った。

龍の爺やという吉澤清造顧問は、まるで神戸の銀行事情の生き字引のようだった。他行の内情まで詳細に知っていた。

土山啓介が社会人になった平成三年前後の兵庫大空銀行は大蔵省銀行局長を頭取に迎えていたものの、元来からの乱脈経営で破綻一歩手前の状況に陥っていた。大蔵省は後任の銀行局長が陣頭指揮を取り、異例ともいえる五カ月間にわたる長期検査を実施した。この結果、融資額の半分近くを占める約六千億円が回収不能の不良債権と判明した。

吉澤清造が言った。

「当時、地方銀行ははっきりと勝ち組、負け組に分かれようとしていたんです」

「その分岐点にあった兵庫大空銀行は不正経理でごまかそうとしていたのですか……」

「頭でっかちの経営体質を変えることができん状況やった……いうことですわ」

関連会社が募集していた、会員制レジャークラブの会員権預かり保証金の償還請求期限が迫っていた。しかし、経営不振から償還原資は無く、このまま預かり保証金の償還ができなければ、信用不安から取り付け騒ぎになる恐れが出てきていた。

そこで経営陣はレジャークラブの資産を売却して、償還資金とすることを計画した。同クラブが所有している神戸市内の山林を、評価担保額以上の代金で売却した代償として、それ以上の金額を融資する……というものだった。しかし、結果的にこの融資は不良債権化し兵庫大空銀行の経営を圧迫することになった。しかも、この資金の一部は闇社会に流れていたのだった。

「自ら反社会的勢力を引き込んでしまった……ということですか……」

「銀行家よりも賢い反社会的勢力にいいようにやられた……いうことですな」

吉澤清造はこの時、青山の面前で数カ所に電話を入れて土山啓介について聞いてくれた。その途中、吉澤清造は「おもろいやっちゃ」とか「変わりモン」とか「相当したたか」という言葉をよく使っていた。

「土山啓介が入行した時の頭取が土山の大学の大先輩だったようですね。しかも土山が兵庫大空銀行を選んだ理由の一つに、のちに金融ビッグバンが起こることをはっきりと認識していたことがあるようです」

「大手都市銀行に入るだけの能力はあったのでしょう?」

「大手都市銀行に入っても同じような能力の者がゴロゴロしてますでしょう? 土山は兵庫大空銀行がどこと合併しようが、その中の強い顧客を押さえておけば生き残ることができると、初めから計算していたようですな。そして頭取もまたこれを知っていた」

その度胸を見込まれ、土山は入行直後から反社会的勢力相手の交渉役をさせられていたのだった。

「丁半博打《ちょうはんばくち》のような人生だな……」

「ずる賢いと言ってしまえばそれまでですが、それができる能力を自分で認識しておったとすれば、相当したたかな人物ですわ」

さらに兵庫大空銀行の不幸は、創業家一族が、所有していた株を関西系の反社会的勢力との関係が強い資産管理会社に売却したことだった。しかもこの資産管理会社の購入原資は、関東系の反社会的勢力が経営権を押さえているファイナンス会社から融資されていた。

株の買い戻しを焦った兵庫大空銀行の経営陣は当時の有力政治家の秘書を頼って相応の金を支払ったが、結局、株の買い戻しはできず、その金は政界と反社会的勢力に流れたという噂がたった。

「どこから狙われてもおかしくない存在だった……というわけですね」

「土山の想像以上に相手は手強く、強大だったということでしょうな。付き合っていた政治家秘書が、その数年後にまさか総理大臣にまで昇りつめるとは考えてもいなかったんでしょう。総理大臣ともなれば関わっていた様々な反社会的勢力が、ここぞとばかりに利権のおこぼれにあずかろうとしますよってね。汚れ役の秘書だけやのうて、土山本人の命にもかかわってくるわけですわ。おまけに秘書と一緒に動いていた男が、もともと仲間だったコリアンマフィアの詐欺集団まで引っ張り出してくるとは予想できなかったんでしょう」

京大卒業後、たとえ自分の能力を過信していたとしても、それなりの夢を持って入った就職先である金融機関でさんざんな目に遭っていた被害者の立場に、青山は同情せずにはいられなかった。

被害者の土山の災難はさらに続いた。

合併先の神戸大空銀行では再び灘支店で、この地を本拠地としていた岡広組総本部の裏金対策だけでなく、宗教団体代々木教関西支部の担当者補助を任されていた。

岡広組総本部と代々木教は関西地区の裏社会を分担し合う間柄でもあった。

結局土山は反社会的勢力とこれを利用する政治家、さらには関西では最大級の組織を誇る宗教団体の間に入って金を動かす立場になっていた。

その後、土山は神戸大空銀行で総会屋対策だけではなく、反社会的勢力の裏金対策をも担当するようになっていた。

ところが、神戸大空銀行が四井銀行に吸収された段階で、土山の地位は大きく変わった。旧神戸大空銀行の中でも旧兵庫大空銀行の出身者に対する『企業内リンチ』とも呼ばれた大粛清の嵐が巻き起こったのだった。多くの同僚を失い、失意の底にあった土山を最初に助けたのが代々木教関係者だった。

「代々木支店はうちの信者の中でも幹部候補しか赴任することができないんです。特に支店長は必ず出世するように歴代の頭取と話がついておるんです。神戸では土山さんに本当にお世話になったと関西長から聞いております。今後は関東でも引き続きよしなにお取り計らいお願いいたします」

土山にこう挨拶をしたのは関東長の秘書役で、土山に会う前に頭取とも話をしていた。

さらに土山を助けたのが反社会的勢力の関西の雄であった岡広組総本部だった。この頃岡広組は強引な関東進出を始めており、都内各所で関東の反社会的勢力各団体と抗争を繰り返していた。しかも、岡広組総本部は関東の代々木教と深い関係にあり、霊園利権だけでなく、マネーロンダリングの中心となっていた美術品の収集でも教団に手を貸していた。

「土山はん。東京でもよろしゅう頼んまっせ。銀行内で困ったことがあったら何でも言うてもろうて結構です。わてらがあんじょうやりますさかい」

土山は犯罪には手を染めていなかったが、神戸大空銀行でも副頭取の許可を得て、岡広組総本部のために架空会社名義で普通預金口座と外貨預金口座を開設して運用していた。

この外貨預金口座で米ドルの為替レートを不正操作で円高にして入金し、円転する際に相場に戻して差益を得ていたのが、副頭取の腹心である当時の総務課長だった。土山は薄々ながらこの不正操作に気付いており、そのデータをコピーして自らに責任が及んだ際の逃げ場にした。この時岡広組総本部に流れた金額は、時効分も合わせると、五年間で十億円を超えていた。

しかし、国税局の税務調査で不正が発覚することになる。当時の関係者は全員取調べを受けたが、土山が関与した証拠は一切出てこなかった。それはあらゆる決裁文書に土山の印がなかったからだった。

主犯の神戸大空銀行時代の副頭取で関連会社に天下っていた社長と、その腹心だった元総務課長は刑事告訴され、元総務課長は居座っていた四井銀行を懲戒解雇された。

　土山の見事な逃げ方を直接見ていたのが四井銀行総務部総務部長の竹之内邦夫だった。竹之内は同行の代々木支店長の経歴を持つ、代々木教信者だった。

　吉澤清造の情報網は驚くべきものだった。

「電話一本でよくそこまでの情報が集まるものですね」

「それは関西経済の裏側を知ってるかどうか……の問題ですわ。グリコ・森永事件だけやのうていまだに闇の中という事件が関西には山ほどあります。それを解決しよう思うても、なかなかできんのが裏の社会。東京の人には理解できんでしょうが、これは太閤さんの頃からの関西人独特の感性ですわ。そこにコリアンマフィアやら新興宗教やらが入り込んだ……いうわけですな」

　青山は返す言葉がなかった。龍は生まれながらにしてその感性を磨いていたのかもしれなかったし、一般常識の範疇にそれがあったのかもしれなかった。

　青山は謝辞を述べて大菱銀行神戸支店を後にした。

　青山はすぐに岡広組総本部若頭補佐の白谷《しらたに》昭義《あきよし》に電話を入れた。

「兄貴、お久しぶりです」

「お前は今名古屋か？」

「いえ、今日は神戸にいるんです」

「ほう。僕も神戸なんだ。今夜少し時間をくれないか」

「神戸……いまどき何事ですか？」

白谷の口調から、神戸では最近大きな出来事は起こっていない様子だった。

「ちょっと昔の出来事を知りたくてな」

「昔……ですか？」

「お前と出会う前の話だ。気にすることはない」

白谷とは十数年前、堅気の商社マンだった彼が取引の不手際から地元の反社会的勢力に追い込まれていたところを助けて以来の仲だった。しかし、白谷は勤務先が自分を見捨てたことに憤慨し、岡広組に入ったのだった。結果として一年も経たないうちに、白谷を追い込んだ反社会的勢力も勤務先だった商社もそれぞれの社会から消えた。当時の岡広組の若頭だったのが経済ヤクザの草分けである清水保《しみずたもつ》だった。清水は白谷の能力を高く評価し、経済ヤクザとして育て上げていた。

「ただ、最近の関西の金融事情を知りたいと思ってな」

「金融？　銀行ですか？　あまり面白い話はありませんよ。何分ゼロ金利が続いているわけで、国内の銀行に預金しようなんて連中はおりませんよ」

「そうだろうな。利ザヤがないところに金を置かないのがお前たちだからな」

「厳しいですね。ところで今日もお仲間とご一緒ですか？」

「いや、今日は一人だ」

「それなら、神戸よりも大阪で会いませんか？　その方が新鮮な話題がありますよ」

午後六時に梅田にある小料理屋で白谷と会うことにして青山は電話を切った。

青山は梅田にある紀伊國屋書店大阪本店で最近の反社会的勢力事情を記した本を立ち読みして頭の整理をしていた。

この本屋に足を踏み入れると、大阪人が東京人よりも本好きであることがよくわかる。どのコーナーも人で溢れているのだ。

「大阪人はたいしたものだな……」

周囲を見回しながら青山は呟いていた。

反社会的勢力に関する書籍も多い。週刊誌の中でも詳しいものがあるが、大阪に来ると写真集まで置いてあるから面白い。

青山はバブル時代の経済事件を扱った本を手に取り、先ほど吉澤清造から聞いた兵庫大空銀行創業家一族がかかわった株式売却にかかわった反社会的勢力の動きを重点的に読み始めた。

「ネットよりもわかりやすいな」

青山はレジに行き重要なポイントが載っている一冊を買い求めた。

五分前に大阪ミナミにある小料理屋に着くと白谷はすでに到着していた。

白谷は優秀な経済ヤクザらしく、誰が見ても反社会的勢力のメンバーとは見えない。中肉中背ではあるがモデルのような小顔で、やや神経質そうにも見えるフレームなしの眼鏡が似合っていた。東京でいえば六本木や汐留で活躍しているIT長者としても十分通用するセンスと物腰の柔らかさを兼ね備えていた。

青山が白谷を気に入っている点の一つが食べ物への感性とこだわりだった。これは持って生まれた天性によるものだと思っていた。青山もまた食に関しては並々ならぬ思い入れがあった。

白谷が指定した小料理屋は店の前に立った瞬間に「いいものを出す店」であろうことを青山も直感で悟った。戸建てのまだ新しい造りながら風格を感じる。格子戸を開けるとそこで靴を脱ぐ設《しつら》えだった。

女将《おかみ》らしき三十代半ばと思われる凛とした着物姿の女性が青山を出迎えた。

「白谷さんのお席ですね」

店内は右手が八席ほどのカウンター席、左手が個室に分かれていた。カウンターの中から、白衣の中にネクタイを締めた、やはり三十代と思われる主《あるじ》が挨拶をした。青山は四部屋ある個室の一番奥に案内された。

「いい店だな」

「女将もいいんですが、板さんの腕がいいんです」

白谷がにこやかに答えた。

「急に悪かったな」

「青山の兄貴の用となれば全ての業務に優先ですから」

白谷は笑いながらお決まりのフレーズで挨拶をした。

生ビールを注文して、向付《むこうづけ》と生ビールが届き、乾杯をすると白谷が切り出した。

「今回も急な用件だったのですか？」

「案件はそう新しいものじゃないんだが、どうしても片づけておかなければ先に進むことができないと思ったんで、とりあえずやって来た……というところだ」

「急に来て、調べができるものなんですか？」

「疑問点が一つ解消されれば、自ずと道が開けてくる。今回は非常にラッキーだった」

「すると私は何かの確認……というところですか？」

「それもあるが、まだ本格的捜査は始まったばかりだ」

その時、女将が八寸《はっすん》を運んできた。

織部《おりべ》の方形の器の秋を彩った料理が箱庭とも野山とも見える盛り付けだった。

「主は若そうだが、なかなかの料理人のようだな」

「料亭や割烹ではなく、ホテルの和食で腕を磨いたようです。今日は懐石のコースではなく、軽くアラカルトで頼んでいます」

「ほう、上等な牛肉で巻いているのは松茸か……。この牛肉に勝負できるのは松茸くらいしかないだろうな」

八寸の中の牛肉巻きを一切れ口にして青山が言った。

「松茸にしては時期が早いですね」

「国産の松茸だろう。肉の焼き加減と言い、独特のタレの味といい、絶妙なバランスだな」

白谷が注文した日本酒を女将が運んできた。白谷が八寸の中の牛肉巻きを褒めると、女将は「ありがとうございます」と言って、そこで料理の作り方の説明を始めた。なるほど……と感心しながら青山は仕事のことは一旦忘れて純粋に料理を楽しんでいた。

すると白谷が無粋に話を始めた。

「ところで話の続きになりますが……うちらの世界で今、話題になっていることといえば、東京の三社祭で浅草中村組の若頭が消されたことくらいですよ」

白谷はいきなり本筋に入ってきた。

「ほう。岡広組総本部でも話題になっているのか？」

「あの手口は昔の堺の連中のものでしょう？　総本部でも誰がやったのか話題になりま

すよ」

「今、桜内組は岡広組内ではどういう立場なんだ？」

青山の問いかけに白谷は笑って答えた。

「やはり兄貴の狙いはそこでしたか？」

「やはり？　どういう意味だ」

「シャブを喰わせた手口で堺の桜内組を思い出すのは地元でも相当内情を知っている者しかおりません。しかも、浅草中村組と桜内組の関係まで調べ上げているというのはさすがだな……と思ったのですよ」

「いや、僕はその前段を調べている。三社祭は直接扱っていない」

白谷は「ほう」と軽く答えた。

そこに女将が土瓶《どびん》蒸しを運んできた。

「土瓶を直火《じかび》に掛けております。お熱いのでお気を付けください」

確かに普段食する土瓶蒸しの土瓶とは形状がやや異なる、縦長の茶色の焼き物だった。

「これは伊賀焼《いがやき》ですか？」

「ようお判りになりました。直火でこのようにできる器は少ないそうで、主人が窯元で見繕《みつくろ》ってきたものです」

青山は出汁《だし》を猪口に注ぎ、まずそのまま口に運んだ。

「鱧《はも》と松茸と海老……そしてこのコクは鶏肉かな……出汁は鰹の二番のようだな」

　女将が呆れたような顔つきになって白谷に向かって訊ねた。

「こちらさんは料理人さんですか？」

「いや、ちょっと変わっている人だけど、俺の恩人だよ。真っ当な人」

「出汁を口にしただけで、そこまで判る方は滅多にいらっしゃいません」

「当たってるの」

「完璧です。でも土瓶の蓋を開けても、鱧も鶏肉も見えしまへん」

　二人の会話を聞きながら、青山は二杯目の出汁に、添えられていたすだちを数滴、すだちの皮を下にして搾《しぼ》って口に運んだ。

「見事だなあ。走りの松茸と名残《なごり》の鱧。まさに季節の移ろいを感じさせる出会いの味の妙だな」

「兄貴、いつから食レポをするようになったんですか？　ちょっと格好のいい表現でしたけど……」

「土瓶蒸しは日本人の知恵が集まったような料理だからな。しかも、ここの料理は蒸しというよりも土瓶炊き……といった感じだ。素材本来の味と風味が全て活《い》きている。この三品だけでも満足だよ」

「もう一品、この店の絶品があるんです」

「この店なら何を食べてもおいしいんだろうな」

青山の言葉を聞いて女将が嬉しそうに言った。

「今日はご飯物はよろしいと聞いておりますよって、焼き物を是非食べていって下さい」

女将が外すと白谷が言った。

「ここの炊き込みご飯も確かに美味しいんですが、兄貴はあまり米を食べないので、今日は勝手に決めてしまいました」

「ここまで美味いと、きっとまた来ることになるだろうな」

青山が笑顔で答えると白谷も嬉しそうに頷いて酒を注いで話を戻した。

「総本部でも桜内組の若頭補佐を呼んで話を聞いたみたいですが、桜内組の連中ではなさそうなんです。ただ、桜内組も、うち同様に組織が分かれてしまって、今残っている連中ではないようなんです」

「分かれた連中は何人くらいいるんだ？」

「二百くらいだと思います。その大部分は静岡に行ったようですね」

「権藤《ごんどう》のところか？」

「そのようです。あそこも先代が引退して、昔のような武闘派から転換しようとしているようなんですが、なかなか人材が集まらないという話です」

「桜内組から出て行った連中の主な仕事はなんなんだ？」

「おそらくシャブだと思います。今回説明に来た若頭補佐は一時期清水組にいて、そこそこ商売もできる奴なんですよ。特に堺では関空利権と和歌山利権を握っていますんで、分裂したとはいえ、シノギはそう減っていないようです」

「関空はまだ埋め立てをやっているんだろう」

「また地震がおきましたからね。もともと緩い埋め立てでしたから、地盤沈下がひどいようですね。まあおかげで砂利《じゃり》関連の商売は上手くいっているようですが……一昨年あたりから流行りのようになっている大型台風と、地球温暖化の影響も受ける大潮が一緒に来たら空港全体が水没するとは以前から言われていたんですよ。早めに手を打っておけばよかったんですけどね」

　青山は白谷のアドバイスにも似た解説を頷きながら聞いていた。

　白谷が酒の差し替えを注文すると、青山は話を続けた。

「埋め立て用のバラスはどこから運んでいるんだ？」

「和歌山が多いようです。三重は相変わらずゴタついているようですから」

「一期島は主に和歌山市、大阪府阪南市、淡路島の山地から採取されたんですが、二期島は、泉南郡、和歌山市、淡路島から持ってきています。このうち和歌山市からは一億五千万リュウベで最も多いんです」

リュウベは立方メートルのことである。一立方メートルは千リットル。ドラム缶いっぱいの砂なら約三百八十キロになる。

「関空の地盤沈下は大きいのか？」

「一期島では、開港から今日までの海底地盤の沈下は、ほとんど洪積層だけの沈下と考えられます。昨年一年間の平均沈下量は六センチメートルでした。一九九四年の開港から現在までの平均沈下量は三・四三メートル。埋立開始から開港までの沈下量を加えた全沈下量は一三・二五メートルということになるんです」

「十三メートルの地盤沈下か……」

青山は愕然としていた。白谷が続けた。

「二期島では、昨年一年間の平均沈下量は三十センチメートルでした。二〇〇七年供用から現在までの平均沈下量は四・一四メートル。埋め立て開始からの全沈下量は一五・八五メートルです」

「どうにもならんな……」

「空港島の主要な建物にはジャッキアップ装置があり、ある程度の沈下には持ち上げて対応できますが、ジャッキアップ量にも限度がありますからね」

「ジャッキアップは限界に近づきつつあるんじゃないのか？」

「そうですね。しかしジャッキアップでは持ち上げようのない空港の地面そのもので、嵩上げと護岸の強化を行っているようですが、地震と大津波が来れば海上空港の宿命といえる状況になるのかもしれません」

「沈む宿命か……」

「このままいけば五十年後には水没するだろうと言われています。神戸空港くらいのサイズならともかく、関空は三百トンを超える重量の機体が時速三百キロで降下してくるのです。それも毎日五百回近くですよ。毎日毎日上からこれだけの圧力を受けていれば、沈みもします」

「お前らしいな。数字で答えられるとよくわかる。まさにいたちごっこだな」

「おかげで私らも五十年は商売できる……ということです。全ての仕切りは岡広組総本部がやっているようなものですから」

「なるほどな」

青山は関西経済の裏側をチラリと垣間見たような気がしていた。

そこに女将が料理を運んできた。鮑《あわび》の殻焼きだった。白谷がおもむろに姿勢を正して言った。

「兄貴、今日はこれを食べさせたかったんです」

「鮑をアレンジしているのかな」

今度は女将は料理の説明を控える様子で、微笑みながら青山の前に皿を置いた。

「アオサの香りの下で肝の香りがするな……肝焼き……かな」

　女将は、切ってある鮑の身にアオサとソースを絡めて食べるように伝えた。それに従って箸を伸ばし、鮑を一切れ口に運んで嚙みしめた途端、青山が唸《うな》った。

「これは……」

　白谷がニヤニヤと青山の表情を見ながらドヤ顔になっている。

「伊勢志摩《いせしま》のホテルで名物の鮑を食べたが、それ以上の感動だな……」

「あそこの鮑ほどデカくはないですが、味は和食でしょう？」

「確かに和食ではあるが……この肝ソースに加えてあるのは……」

「さあ、なんでしょう」

　明らかに白谷は青山を試すような態度だったが、決して不愉快ではない。

「リコッタチーズか……？」

「おお……いい線いっていますね……自家製のチーズだそうです」

「自家製？」

　女将が笑顔で答えた。

「主人の実家が北海道でチーズ作りをしてまして。このチーズはこの料理用に主人が途中で手を加えた、ここだけのチーズです」

「参った。向付からここまで、実に隙のない仕立てだった」

青山は満面の笑みで言った。女将と白谷も満足気に微笑んでいた。

もう二合、日本酒を注文して青山が白谷に訊ねた。

「そうなると浅草中村組をやったのは桜内組ではなさそう……ということなんだな」

「桜内組の若頭補佐の話では、シャブを喰わせて処刑するというのは北朝鮮系の奴らの手口で、本国でシャブを横流ししていた連中に対する公開処刑法の一つだというんです。そして、それをやった連中はすでに桜内組を抜けて、権藤のところではなく、コリアンマフィアに入っているそうです」

「コリアンマフィアか……」

コリアンマフィアの存在が出てきたことで、青山は捜査が途切れることを懸念していた。

「実は、関西ではあまり評判になっていないかもしれないが、三社祭の前段で、東京マラソンの際に事件が起こったんだ。銀行マンが殺されたんだが、その手口がシャブを喰わせられた急性覚醒剤中毒だったんだ」

「東京マラソンの最中……ですか？　うちの若いもんがシャブの話をしていたような気はしますが、東京のお祭りは、関西人にとっては全く興味の外の話ですからね。いいとこ、マラソンをテレビで観るのは正月の箱根駅伝くらいのものですよ、出身高校が表示されますからね」

「おそらく給水所で渡された栄養ドリンクにシャブを混ぜたんだろう」

「偶然というか、誰でもよかった……というわけではないのですね？」

「まだはっきりしていないんだが、マル害は元兵庫大空銀行の行員で、岡広組総本部や関西代々木教を担当していたらしい」

白谷の目つきが変わった。

「兵庫大空銀行は最終的には政治家や新興宗教団体、詐欺グループの財布となって潰れていったところです。何人かの行員が自殺したり失踪して、結果的に不良債権処理は中途半端に終わったはずです」

「自殺に失踪か……都市銀行でもそんなことがあったたし、政治家秘書も自殺していたな」

「兵庫大空銀行は氷山の一角です。これが吸収された神戸大空銀行も似たようなものでした。というよりもさらに食い潰された……といっていいと思います」

「四井銀行になっても、負の遺産は残っているのだろう？」

「一口に反社会的勢力と言っても経済活動はしているわけで、税金も払えばそれなりの預金だって持っています。ですから金融機関との付き合いがなくなるわけではないということです。しかし、それを負の遺産と捉えられるのは疑問ですね」

「闇の金を金融機関に残すはずはないからな」

「まあ、そういうことですね。様々な形でマネーロンダリングもやっていますし、投資もやっているわけです」

「岡広組総本部の国寄《くにさき》総組長はどういう姿勢なんだ」

「厳しい吸い上げはなくなりましたね。清水の大親分がなんらかの指導をしたみたいですよ」

「清水保が指導？」

青山が驚いた声を出した。清水保は組織を引退してはいたが、今なお政財界の有力者にとっては「困った時の清水頼み」で、様々な相談を持ちかけているとも伝えられていた。

「最近、岡広組総本部だけでなく、多くの組長たちが高野山詣《こうやさんもうで》をやっているようです」

「清水保は隠居しているんだろう」

「そのようです。ほとんどが高野山ですが、たまに博多にも顔を出しているようです」

「博多はまだ棲み分けできているのか？」

「あそこは不思議とキッチリ棲み分けしていますね。不思議な場所です。同じ福岡県でも北九州や筑豊、筑後では未だに対立抗争が続いているのに、最大都市の福岡市では全くといっていいほど抗争が起こっていない。これは清水の大親分が時々顔を出すから……ともいわれています。兄貴は今でも清水の大親分と酒を飲んでいるのですか？」

「行く店が同じなので、会う機会は多いな。僕以上に僕の同期生がしょっちゅう一緒に飲んでいる」

行きつけの博多中洲の『味噌汁屋』には、いつしか「博多《はかた》克範」を自称する藤中のほうが通い詰め、自分で作った「博多克範」の千社札《せんじゃふだ》まで貼っていた。

「清水の大親分が警察の方と飲む光景を、一度でも見てみたいものです」

「いいおっさんだよ」

「それが怖いんですよ。私らはね……」

白谷が笑いながら言って、続けた。

「そういえば、兵庫大空銀行の関係は清水の大親分が一番詳しいんじゃないですか？コリアンマフィアの詐欺集団を追い返したのも、当時の清水組でしたから」

「追い返した？」

「正確に言えば、半島に逃がした……ということだったのでしょうが、結果的に日本に舞い戻ってきたところを捕まってしまいましたけどね」

「タコ入道のことか……悪徳政治家の鶴田《つるた》と兄弟の盃を交わしていたようだからな」

「悪徳政治家とはいえ、警察ＯＢじゃないですか」

「だから余計悪徳なんだ」

青山が吐き捨てるように言った。

「兵庫大空銀行の関係は私も少し調べてみます。あの時消えた百五十億円のその後に関しては私も少しかかわっていますから」

「そういうことか……」

「うちはあくまでも、善意の第三者ですから先方に償還権はありませんよ」

「善意なあ……」

青山はため息をつきながら白谷の顔を見ていた。

二人はようやく席を立った。

第四章　中国空母

　翌朝、青山は空海が開いた「天空の聖地」ともいわれる高野山にいた。大阪難波《なんば》から約二時間。高野山は標高八百メートルから九百メートルの山の上に広がる盆地である。

　高野山駅は二〇〇五年に国の有形文化財として登録され、リニューアルして外観は開業当時の意匠へ復元されていた。青山が二階の待合室に入ると、この時期には珍しく雲海に遭遇することができた。高野山で見る雲海は一層神秘的である。

　それでも青山の口から飛び出した呟きは、

「空海と雲海か……」

　無神論者の青山らしい言葉だった。だが、数年前に捜査のため訪れた伊勢神宮の神聖さを全身で受け止めたように、高野山にも聖地の持つ特別な空気を感じていた。

　ケーブルカーの高野山駅からはバスで山内へ入る。

正式な参拝ルートである「一の橋（奥の院口）」からのコースを選んだ。

武将たちの墓を通り過ぎ、玉川にかかる御廟橋《ごびょうばし》に着いた。この先はまさに高野山の聖域である。橋のたもとで一礼し、真言密教の聖地に足を踏み入れた。奥では未だに弘法《こうぼう》大師《だいし》が祈りを捧げているという伝説もあるがそれは気に留めず、青山はその空気を体内にため込むかのように深く深呼吸をし、丹田《たんでん》呼吸法を繰り返した。

「気のせいかな……」

青山の脳裏に何かが閃《ひらめ》いたような感覚があった。

壇上伽藍《だんじょうがらん》は主要な法会《ほうえ》の行われる高野山の中心で、金堂《こんどう》や根本大塔《こんぽんだいとう》など諸堂が建ち並んでいる。平安時代半ばから高野山の総本堂として重要な役割を果たしてきた金堂からは重々しさが感じられ、真言密教の教えを体現している根本大塔の塔内には、立体の曼荼羅世界が広がる。

山内はこの「壇上伽藍」と「奥之院」を二大聖地とするが、奥之院は民族や宗教にかかわらず参拝を受け入れており、その寛容さこそが高野山が千二百年継承してきた精神となっている。

高野山は青山にとって二度目の訪問だったが、前回は藤中や大和田と一緒で、観光的な見学はできず仕舞いだった。このため今回は駆け足ながら高野山の主要な建築物を見て、青山は橋本警察署高野《こうや》幹部《かんぶ》交番《こうばん》方向にむかった。千手院橋《せんじゆいんばし》の交差点近くに来ると宿《しゅく》坊《ぼう》が現れ始める。

高野山には現在でも五十を超える宿坊があり、その中には天然温泉が湧くところもある。近年では外国人観光客による宿坊ツアーも盛んになっているが、トラブルも増えているという。

宿坊で出される料理の多くが精進料理である。仏教の禁制にしたがった食事のことで、僧侶が修行の一環として日常の食としたことから精進料理と呼ばれている。

なかでも、冬期に豆腐を屋外に放置してしまったことから、偶然に製法が発見されたといわれる高野豆腐《こうやどうふ》は、高野山の僧侶、木食応其《もくじきおうご》によって完成された。

近年では上質さを競う傾向のある宿坊も多い中、青山はこの春から清水保が投宿している質素な造りの宿坊に向かった。

清水の部屋は隣に茶室がある六畳一間だった。

「荷物はないのですか？」

「この歳になると、そんなに物はいらんからな」

久しぶりに会った清水保は、あさぎ色の正藍染《しょうあいぞめ》の作務衣《さむえ》を身に纏《まと》っていた。

「少しお痩せになりましたか？」

「これがわしにとっては健康的な体型なんだろう」

微笑んだ清水の顔には確かに健康的なつやがあるように見えた。

「食生活が大事なのでしょうか？」

「それもあるが、規則正しい生活のためだろうな。般若湯《はんにゃとう》も肉もほぼ毎日のように食しておるからな」

百七十二センチメートルの清水の腹部は少しも膨らんでおらず、まるで舞台で鍛えた狂言師のような飄々《ひょうひょう》としながらも凜とした佇まいであった。

木製の箪笥と折り畳み式のベッドが部屋の隅にあった。

「せっかくここまで来たんだ。茶でも点《た》てよう」

清水は隣室の茶室に青山を誘った。

思いがけない展開だったが、青山は素直に従った。

先に清水が茶室に入って亭主の席に着き、青山を呼び入れた。

青山は着席前に時計を外して座った。

「僧坊で茶室というのは珍しいのではないのですか？」

「この茶室は江戸時代初期のものだ。そのころ茶の湯を楽しんだのは、大名・豪商などごく限られた人々だったが、この寺には利休七哲と呼ばれる弟子の中でも古田織部、芝山監物《けんもつ》、高山右近《うこん》が足を運んだそうだ」

青山は茶室の中や茶道具を眺めながら言った。

「なるほど……しつらえもまたわび茶の世界ですね」

清水の点前《てまえ》は堂に入ったものだった。とても未だに日本中の反社会的勢力のトップが相談に来る相手だとは思えなかった。

清水が用意した茶碗は柄《がら》が入っていない格式の高いものだった。思ったとおり、清水が点てたのは、お薄《うす》ではなくお濃茶《こいちゃ》だった。

一般的に濃茶の点前は格式が高いものとされている。しかも、濃茶用と薄茶用で製法に特に違いはないとはいえ、濃茶の方が茶の良し悪しが顕著に現れる。清水が点てる濃茶も、漂う香りが上品で抹茶の良質さがわかった。

「お点前、頂戴いたします」と挨拶して作法どおりに茶をいただいた。

実にまろやかな、洗練された味わいが口腔に広がり、そのあとで香りが鼻腔を逆流する。

「お点前、ありがとうございました」

青山は「結構なお点前」という言葉を用いず、素直に感謝の意を伝えた。清水は穏やかに頷いた。

清水の部屋に戻ると清水が言った。

「やはり、相当に茶道の心得があるようだな」

「いいえ、警察学校の一般教養で学んだくらいです。失礼がなければよかったと思っています」

青山が言うと清水が笑いながら答えた。

「警察学校を出て何年になるのか知らんが、それだけではなかろう。腕時計を外して茶室に入るなぞ、咄嗟《とっさ》にはなかなかできんことだ」

「一期一会《いちごいちえ》の精神を大事にしただけです」

清水が微笑むように頷いて言った。

「ここはつい最近まで総本山だけの僧坊だったんだが、宗派の寺院の宿坊を兼ねるようになったんだ。そのおかげで、宗派に所属する僧侶や信徒なら利用できるようになったというわけだ」

僧坊と宿坊の違いは、僧坊が僧侶の居住空間及びその建物であるのに対して、宿坊は僧侶や参拝者のために作られた宿泊施設であるという点だ。

「信徒の証明はどうするんですか？」

「所属寺院から直接連絡をしてもらい、かつそこから発行される証書が必要なんだよ」

「清水さんのように長期滞在される場合もそうなんですか？」

「住職とも長い付き合いになってくると、住職の講話を聴くだけでなく、住職もわしと話をするのを楽しみにしてくれてるようになってな」

「人生経験の深さゆえですね」

「深さか……もう十分に生きてきたからな」

「ご住職はお若いのですか？」

「いや、わしと同い歳なんだが、まだまだ修行中と言いよる。何のために修行をしているのかと訊ねたんだが、死ぬまで修行するのが僧だと言うだけだ」

「そうおっしゃる住職が清水さんに興味を持たれるのは、宗教家では見ることができない世界を清水さんが見ておられるからではないのですか」

「見る必要はないとは思うんだが、悪い人間でも仏になることができるか確かめたいのだろう」

清水が「ほっほ」と笑って本題に入った。

「何か急ぎの要件でもあったのかな」

「実は岡広組二次団体の桜内組の現状と、さらに関東の福山会二次団体浅草中村組との関係について教えていただきたいのです」

「桜内組は完全に三つに分かれてしまったからな。本家筋はまだ堺と和歌山でやっておるんじゃないかと思うんだが、何分にも組員が半分以下になってしまったから勢力も衰えるだろうな」

「勢力が衰えるとわかっていながら、どうして分裂してしまうのでしょう」

「それは岡広組本体にも言えることだろう。一旦分裂してしまえば、結局は抗争に発展するしかないのが、あの世界の決まりごとだ」

「あの世界」という距離のある言葉を自然に使ったことで、青山は清水保が自身の意識の中では隠居状態にあるのだろうと思った。しかし、いくら本人が隠居気分であっても、大母体である岡広組が分裂した以上、清水はあらゆる反社会的勢力の相談役的な立場になってしまっていることは自覚しているはずだった。

「お互いに手の内を知っているだけに、抗争となれば血で血を洗う事態が続いてしまうのではないのですか？」

「どこが仲裁に入るか……だろうな」

青山は敢えて「それは清水さんしかいないのでは」という言葉を口に出さなかった。

「結局、岡広組の分裂は誰にもメリットがなかったのではないですか？」

「分裂というのはそういうものだ。分裂の最大の理由は将来の組織に対する思いの違いだ。そして権力の集中は必ず敵を生む。それは歴史を見れば明らかだろう」

「どんな社会もそうだと思いますが、時として強力なリーダーシップが必要な時期がありますよね」

「時期……そう、時期だ。ただ、時期を見誤ると単なる独裁者になり、裸の王様になってしまうということだな」

「裸の王様、ですか……イエスマンで周囲を固められてしまうと、物事の本筋が見えなくなってしまう……ということですね」

「そういう時のために外とのパイプが必要なんだ。その外の選び方も問題だけどな」

「例えば、先ほどの岡広組二次団体の桜内組はどうなのですか？」

「あそこは関空ができていなければ、とっくに破綻していただろう」

「関西空港……建設時の砂利利権ですか？」

「まあそうだな。関空の構想段階から砂利運搬船の手配を計算しておかなければならなかった。日本国内だけでなく、中国からも運搬船を調達できるアンダーグラウンドの取引が必要だった」

「先日の台風で水没した関空は今なお地盤沈下が続いているようで、砂利利権は永遠に続くのではないか、ともいわれているようですが……」

「まさに砂上《さじょう》の楼閣《ろうかく》だからな……だが、あれだけ発着が増えてしまったのだから、国も威信をかけてかさ上げしていくしかないだろうな」

「台風一発で水没なんて、笑い話にもならない状況ですけどね」

「東日本大震災以来、自然災害に対しても『想定外』などという言葉を使ってはならんのだが、この国の役人どもは責任転嫁が激しいからな。空港水没の可能性はわしらでも想定していたからこそ、先手を打って商売に結び付けておったわけだ」

「やはりそうだったのでしょうね。岡広組が和歌山や徳島県内で砕石場《さいせきじょう》の開発を進めているとの噂は、東日本大震災後にわれわれのところにも伝わっていました」

「香港の海上新空港が完成した段階で、これに使われた中国の砂利運搬船は南シナ海向けのものを除いて、こちらで手配済みだった……というわけだ」

「なるほど……そうであるならばチャイニーズマフィアと対等な戦いをするうえで、組織の分裂は最小限度にとどめておくのが大切なのではないですか？」

「あの世界というのは分裂と抗争の歴史なんだよ。岡広組であっても本当に組織が拡大したのは五代目までだ。といってもその下地ができたのは中興の祖である三代目の力が大きかったのだけどな」

「しかし、バブル経済に上手く乗ってフロント企業という経済分野を築いたのは清水さんでしょう？」

「あれは時代だから仕方がない。発想を転換すれば新たな収入源が見つかるものだ」

「直系組織総数が最大になったのは、その時期でしょう？　金融や不動産などのフロント企業を使い蓄財した二千億円とも言われる豊富な資金を背景に組織改革を行ったわけですからね」

「そうは言っても、バブルと共に組織も崩れていったのは事実だ。時代だよ」

「そしてその時代ならではという事件もたくさん発生しました。ラクルート事件、イトキン事件……戦後日本の最大の企業犯罪である贈収賄事件と、戦後最大の経済事件……その背後にも岡広組がいた」

「イトキンはわからんでもないが、ラクルートは一部の土地開発のノウハウを伝授したくらいで、直接うちが動いたことはないはずだ」

「しかし兵庫大空銀行事件の株買い戻しで登場した議員秘書はラクルート事件でも大きな存在だったはずです」

「そこを結び付けるのか……」

清水にしては珍しく、一瞬ではあったが眉を顰《ひそ》めるような顔つきになった。青山はそれを見逃さなかった。

「実は桜内組の話をお伺いしたかった理由の一つに兵庫大空銀行の問題があるのです」

清水は「ほう」と言ってゆっくりと腕組みをした。清水がこの態度を見せる時は真剣に考え事をする時であることを青山は過去の経験から知っていた。青山が続けた。

「清水さんは桜内組の組内で覚醒剤を使った処刑というものがあったのをご存知ですか？」

「処刑？　シャブを喰わせる……というやつか？」

「そうです」

「あれは桜内組の中でもシャブを扱っていた在日系の連中による、シャブの掠め取りをやった連中に対する見せしめだったと聞いている。その連中も今は組を離れているはずだ」

「そのようですね。ただ、急性覚醒剤中毒という手口は、その現場を見る者にとっても実に凄惨な状況だったと聞いております」

「そうだろうな。七転八倒の苦しみだと聞いたことがある」

「急性覚醒剤中毒という手口を使うには、使用するシャブの致死量等について相応の知識がなければなりません」

「それが兵庫大空銀行とどう関係があるんだい？」

「今年二月に行われた東京マラソンで急性覚醒剤中毒事件が発生しました。給水所のドリンクに混入されたのです」

「ほう。知らなかったな」

「警察も、覚醒剤中毒に関して詳細には広報をしていないのです」

「テロ対策……ということかい？」

「全国の市民マラソン等で模倣犯が出るのを防ぐためです」

「なるほど……シャブだけでなく青酸ソーダなどを使うことも考えられるからな」

「そのとおりです。ただし警察が詳細には広報しなかった理由の一つに、いわゆる『誰でもよかった』無差別殺人なのか、ターゲット殺人だったのか、背後関係がわからなかった点もありました」

「なるほどな……」

「そして被害者の経歴を調べた結果、兵庫大空銀行出身の銀行員で、当時、岡広組総本部の担当者であったことが判明したのです」

清水がやや身体を乗り出すような姿勢になって訊ねた。

「その行員は岡広組総本部に何か不利益を与えたのかい？」

「いいえ、兵庫大空銀行が神戸大空銀行になって、さらに四井銀行になっても岡広組総本部の担当としては変わっていなかったようです」

「すると、岡広組総本部が手を出したわけではなさそうだな」

「だと思います。そこで、もしも覚醒剤処刑を知る桜内組の離脱者が狙った……となれば、その理由を明らかにしなければならないと思ったのです」

「なるほど。ただ、兵庫大空銀行もなかなかあこぎな商売をやっておったからな」

「そうなんでしょうね。そうでなければ創業家一族が経営をほしいままにすることも、コリアンマフィアの詐欺集団と接点を持つこともなかったかと思います」

「青山君、それはちょっと違うんだな。コリアンマフィアの詐欺集団を兵庫大空銀行に近づけたのは、四井銀行と一緒になった住重銀行なんだよ。住重から送られた副社長が、兵庫大空銀行経営者側の実力者だったヤメ検、元東京地検特捜検事の監査役と組んで、子会社の資産を売却し償還資金とすることを計画したのがそもそもの始まりだったんだよ」

「その融資が不良債権化し兵庫大空銀行の経営を圧迫したことは存じておりますし、資金の一部が政治の世界にも流れたといわれていることも存じております」

「当時のヤメ検は実にあくどかった。それも皆、東京地検特捜部経験者だ。普通の民事担当弁護士では処理できないことを、さも『自分ならできる』という口調で経営者に接してくるんだが、その仲介をしていたのがコリアンマフィアの詐欺集団だったんだからな。本当の売国奴的確信犯だったな」

清水はため息をついた。

「そこに金をつぎ込んだのが住重銀行の頭取だったわけですよね」

「あいつも詐欺ババアに引っ掛かったのが墓穴《ぼけつ》の掘り始めだった」

「住重の頭取も女に騙されていたのですか？」

「バブルの時期は女も悪かったからな。『北浜の天才相場師』などともてはやされた、史上最悪の女詐欺師まで出た時代だ」

「その『女詐欺師』と『経営の神様』とも呼ばれた立志伝中の人物が実はカップルだったとも言われる漫画のような話でしたが、現在でもその話はタブーと言われているようですね」

「いくら時代の寵児になったからといって、晩節を汚しては意味がない。経営の神様の遺言で会社はボロボロになったのだからな」

「バブル絶頂期の一九八〇年代末、『北浜の天才相場師』と呼ばれた女が、二千二百七十億円を金融機関から借り入れ、四百億円近い定期預金を持っていたようですね。さらに、株取引では四十八億円の利益を得、特殊銀行の割引金融債を二百二十八億円購入し、五十五億円の金利を受け取っていた……と言われていました」

「さすがに数字に明るい青山君だ。あの相場師のスタートは地元の信金と組んだ架空証書だというんだから呆れる。そんな簡単な詐欺に引っ掛かって、信金だけでなく銀行は潰れるわ、経営の神様と言われた大手電機会社の子会社社員は背任で逮捕されるわ。『政治は三流でも経済一流』と言われていた、日本の経済の底の浅さが露見するスタートだったな」

　青山も思い出しながら暗い顔で話す。

「生来の詐欺師だったバアサンが、以前から手を染めていた詐欺行為を本格化して、かねて親交のあった信用金庫支店長らに架空の預金証書を作成させ、それを別の金融機関に持ち込み、担保として差し入れていた株券や金融債と入れ替え、それらを取り戻すなどの手口で犯行を重ねたという流れでした」

「結果的に四千三百億円という空前の債務を抱えて自己破産だからな、そりゃ銀行屋さんにとってはいい勉強になったはずなんだが、そこが所詮雇われの銀行オーナーだ。銀行の金といっても決して自分の金じゃない。次から次へと連鎖反応のように失態を続けていったわけだ」

「バアサンらは、ノンバンクを含む十二の金融機関から三千四百二十億円を詐取していたわけで、金融機関からの借入金総額は、延べ約二兆七千七百億円、支払額は延べ約二兆三千億円に達していたんですね」

「それでもバアサンの弁護人は、バアサンに株式の知識が全くなく、周囲に踊らされていただけで責任能力はないと裁判で主張したのだから、弁護士という商売の品性を疑ったよ。東京地検特捜部出身の悪徳ヤメ検弁護士も同じだけどな」

清水にしては珍しく、弁護士を叩きに叩く口調だった。

「清水さんにも顧問弁護士はいるのではないのですか？」

「顧問弁護士は、組、個人をとおして一人もおらんな。弁護士という職業の正義が何なのか、全くわからん。しかも裁判官が世の中を知らんから、日本の裁判制度というものを信用しておらんのだよ」

「裁判官と弁護士は否定されていますが、検察官はどうなのですか？」

「彼らはそれなりのプロだろう。ただ、先ほどから言っている悪徳ヤメ検弁護士も、検察官時代は優秀だったのだろうな。彼らは、裁判官の体《てい》たらくを見て嫌になったんだろう」

「清水さんが検察官を褒めるとは思いませんでした」

青山が笑って言うと清水も笑いながら答えた。

「検察官が優秀かそうでないか……それは求刑だけでなく、俗にいう司法取引のようなこともできるかどうかなんだ。例えば先ほどの相場師を取り調べた検察官はやみくもにバアサンを叩いて実刑まで持って行ったんだが、バアサンは自己破産して終わり。懲役十二年の実刑判決を受けて刑は確定したが、金はどこに行ったのか全くわからないままだ。途中で七億円の保釈金を支払って保釈された時期もあったわけで、詐欺師という奴らは、どんなに騙しても十数年で出てくる。ムショの中で次はバレない詐欺を計画するのが仕事だ。ムショから出てきた時のために金を隠すのも詐欺師ならでは……なんだよ。その点で、優秀な検察官は隠し金の一部でも被害者に返させようと努力をするんだ。その差だね」

青山は清水の言わんとすることがわかるような気がしていた。刑事事件はともかく、民事訴訟で被告人に対してどれだけの金額の支払いを命じても、本人に支払いの意思がなければ、判決文などただの紙切れに過ぎないことを、これまでの事件で数多く見てきたからだった。青山が訊ねた。

「あの時のバアサンは、あれだけの金を結果的にどうしたのでしょうね？」

「そりゃ、誰かの懐に入っているさ。金が忽然《こつぜん》と消えるはずはないからな。バアサンの傍にいて、私腹を肥やした奴がいるはずだ。北浜の天才相場師と言われたのだから、当時、北浜あたりにいた奴だな」

「心当たりがありそうですね」

「まあな。証拠がないからどうにもならんが、急に羽振りがよくなって海外に逃げた奴が何人かいたよ。一千億円持って海外に行けば、受け入れる国だって、そりゃ大事にするだろうからな」

清水が声を出して笑った。

「詐欺師のうわまえを撥《は》ねるとは、相当の詐欺師ですね」

「何にしても上には上がいる……ということをわかっておくことだな」

清水がこのバブル期の詐欺師案件について、裏の裏まで知っているであろうことを青山は何となく理解した。

「清水さん、話を戻して兵庫大空銀行の場合はどうだったのですか？」

「使途不明金のことかい？」

「噂はたくさんありましたが、どれも噂に過ぎませんでした」

「七割はヤクザもん。三割が政治家……というところかな。コリアンマフィアの詐欺集団のトップと警察出身の政治家は実に近かったからな。しかも公安出身だったのだろう？」

青山は苦笑するしかなかった。

　すると清水が思い出したかのように言った。

「そう言えば、桜内組にいた奴で、博多の二代目清水組に草鞋《わらじ》を脱いだ奴がいたな……」

「そういう異動は珍しいのですか？」

「うちの組の流れではあまり聞かない話だ。こいつも確か金融機関とのパイプ役をやっていたはずだ。こいつに聞けば兵庫大空銀行もしくは神戸大空銀行との関係がわかるかもしれないな」

「連絡を取っていただけますか？」

「それはいいが、青山君はシャブの方は追っていないのか？」

「もちろん追っています。しかし、現在の桜内組はシャブをやらなくても喰っていける……という話も聞いていますし、コリアンマフィア系の連中が抜けたとも聞いています」

「シャブというやつはな、一度やり始めるとなかなか止められないんだ。それは常習者だけでなく、流通させる側にとっても同様なんだよ。桜内組も一時期よりは数は減っているはずだが、完全に止めるとは考えにくいな」

　清水の言うことはもっともだった。

「その件に関しても博多に聞けばわかるような内容なのですか？」

「まあ、当たってみよう。青山君がわざわざ高野山まで足を運んでくれたのだからな」

「そう言えば、話は変わりますが、高野山の内部問題は片が付いたのですか？」

「宗教をやる者というのは、実に脇が甘いところがあるんだ。特にこれが密教となれば余計その傾向が強いな。チベットのダライ・ラマにせよ、この高野山にせよ人を信用し過ぎる。先ほどの北浜の詐欺師ババアでさえ、ダライ・ラマに会い、高野山で得度《とくど》したと称して、日曜日には庭の弘法大師像を拝むことを習慣にしていたらしい。多くの証券マンも訪れて一緒に拝んでたというから笑い種だわ」

「それをまた利用して霊感だの神がかりだの言っていたのでしょう。ダライ・ラマはカルマ真仙教の教祖にまでも利用されていましたからね」

「善人の善人たるゆえんなんだろうが、それが悪いことに使われた時のことも、少しは考えてもらわんと困るがな……」

清水は「ふふ……」と笑って言った。

高野山名物のごま豆腐を清水から土産にもらい、青山は高野山を後にした。

午後九時を過ぎて京都のホテルにチェックインした時、白谷から電話が入った。

「兄貴、今、どちらですか？」

「今、京都に着いたばかりだ」

「私も京都です。時間ありますか？」

「時間だけはたっぷりあるが、どこぞで飲むか？」

「個人データを紙で持っているので、できればホテルの部屋の方がありがたいんです。兄貴はどこのホテルですか？」

「市役所近くのオークラだ」

「いいところですね。そちらにお邪魔していいですか」

「じゃあ、酒を買ってきてくれ。清水のおっさんからもらったごま豆腐があるから、一緒に食べようじゃないか」

「兄貴、清水の大親分と一緒だったのですか？」

「高野山日帰り弾丸ツアーだ」

「宿坊にでも泊ってくれればよかったのに……といっても、日帰りだから一緒に飲めるわけですね」

　三十分後に白谷がホテルに到着した。エレベーターはセキュリティ管理のためルームキーがなければ青山が宿泊しているフロアに停まらない。青山が一階まで出迎えて部屋に入った。ツインルームのシングルユースだったため、宿泊客以外の者を部屋に入れても問題はなかった。

　部屋の中にある二人掛けの応接テーブルのソファーに座ると、白谷が切り出した。

「出世すると、同じ出張でも、さすがにいい部屋に泊まることができるんですね」

「組織も一応、気を遣ってくれたようだな。仕事内容からもビジネスホテルのロビーで相談……という訳には行かないからな」

「私のようなヤクザもんと一緒では、何を言われるかわかりませんからね」

「それは逆だな。お前が警察と一緒にいるところを見られないようにすることも大切だからな」

「お気遣いありがとうございます。ところで出世といえば、兄貴は署長になったんじゃなかったんですか？」

「一度やったよ」

「面白いんですか？」

「署長というのは決して面白いポジションじゃない。例えば僕の場合、二十三区内の中央区にある久松警察署長だったが、管轄区域は中央区の中でも一番狭いところで、守備範囲はその中だけだ。署長になる前の理事官ポストの時はまだ全国を回ることができたが、それでも警部や警視の管理官時代とは全く違い、行動範囲が限られる」

「でも、警察官になったら一度は署長をやりたい……というのが一つの目標だと聞きましたが……」

「そういう人もいるだろうな。ただ、僕はたまたま今のセクションを経験して、知らなくていいことまで知ってしまうと、署長というのは単なる通過点……というか、別にならなくてもいいポジションになってしまった」

「兄貴は最初からちょっと変わった人でしたから、どんな風になっていくのかわからなかったですけど、警部の頃から人としては全然変わりませんよね」

「お前と会って、もう十四年を超えたからな。僕の警察人生がもうすぐ三十年近くなるが、お前はその半分以上を知っていることになる」

　青山は懐かしそうに語った。

　白谷との出会いを考えると、青山はつい感傷的になる。まさか救ったはずの被害者が寝返るように反社会的勢力に飛び込むようなことになるとは青山自身も考えが及んでいなかった。

「ところで清水の大親分はお元気でしたか？」

「おっさんも変わらないな。まるで妖怪のように変わらない」

「妖怪か……確かに清水の大親分の周りの方はほとんど御隠れになったか、寝たきりですからね。もちろん、ほとんどの方が不摂生によるものだったことはよく知っていますが」

「清水のおっさんは、今、宿坊の中で六畳一間の暮らしだ。家財道具も何もない生活だな。たまにじっくりと酒を飲みたくなったら旅館に泊まるか、博多に行くか……だそうだ」

「昔の京都のマンションは7LDKでダイニングが三十六畳だったことを考えると、想像を絶する生活環境というか、意識革命ですね」

「行き着くところまで行った人は、逆にそうなってしまうのかもしれないな」

「しかし、金は持っているんですよね」

「聞きもしなかった。それなりの金はあるだろう。葬式費用も残しているだろうしな」

「葬式か……確かにそういう年代ではありますね。ところで清水の大親分とは、やはり、例のシャブ喰いの話だったのですか？」

「当時のことは知っているはずだと思ったからな。ある程度は知っていた。そして当時、桜内組にいた者が、今、博多の二代目清水組にいるらしいので、話を聞いてもらうことになっている」

「そうだったんですね。でも、理由はともあれ、清水の大親分は青山の兄貴が来てくれて嬉しかったでしょうね」

「僕は藤中のように清水のおっさんとは仲良く酒を酌み交わす仲じゃないが、今回、宿坊の茶室で抹茶をふるまってくれた。すでに茶人の域に達しているのか、流れるような動作だった」

「茶道ですか……あの大親分が……」

白谷が感心しきったような顔つきで首を傾げていた。それを見て青山は立ち上がって冷蔵庫からごま豆腐を取り出しながら言った。

「宿坊特製のごま豆腐だそうだ。いい酒を買ってきたようだから」

「伏見の銘酒ですよ。酒屋の親父にごま豆腐に合う酒をと言って買ってきました」

「伏見か……お稲荷さんにはよく行ったな……」

「最近は外国人だらけですよ」

伏見稲荷大社は「外国人に人気の日本の観光スポット」調査で二〇一四年に一位を獲得して以来、五年連続で一位となっている。赤い鳥居が続く風景が非常に日本的な上、拝観料不要で閉門時間がないことも理由の一つのようである。

「欧米人が好きなウォーキングを夕暮れのあとも稲荷山でできるという点も大きいのだろうな」

「それにしても、お狐様がどうして『正一位《しょういちい》』を冠しているのですかね。天神様でも『従二位《じゅにい》』なんでしょう？」

「いや、菅原道真《すがわらのみちざね》は、従二位から正一位が追贈されている。その時点で北野天満宮天神として祀られていたが、これは人臣としての最高位を贈られたものだそうだ。とはいえ、菅原道真は所詮、恨みを抱いて死んだ人間が、怨霊《おんりょう》として人々を悩ませた結果、いわゆる『怨霊信仰』の対象となったものだ」

「そうなんですか。しかし、その言い方は菅原道真に対していい感情を持っていないようですね」

「学問の神様が聞いて呆れる。天神の名のとおり、雷を鎮める意味でできた神だろう。菅原道真が京都を追われて大宰府に飛ばされる時に詠んだ『東風《こち》吹かば　匂ひをこせよ梅の花　主《あるじ》なしとて　春なわすれそ』は代表的な女々しい歌の一つに挙げられている。辞世の句にはそんなのが多いがな」

「他にも何かあるのですか？」

「もう一つは、赤穂浪士《あこうろうし》で有名になった浅野《あさの》内匠頭《たくみのかみ》こと浅野長矩《ながのり》の『風さそふ　花よりもなほ我はまた　春の名残《なごり》をいかにとやせん』だな。大名の辞世にしては、あまりに情けない。腹を切る間際まで『私はどうすればいい』と言っていたわけだからな」

「しかし、二人とも世の中ではファンが多い人物ではないのですか？　兄貴、敵が増えますよ」

「学問というものは歴史的背景を正しく理解することが大事なんだ。後から作られた創作部分が大きくなりすぎると、本質を見誤るからな」

「なるほど……死んだずっと後になって英雄視される者もいますからね」

「坂本龍馬《さかもとりようま》もその一人だろうな。逸話が歴史に置き換えられている部分が大きいみたいだからな」

「坂本龍馬が……ですか？」

「彼が死んだのは三十一歳だ。土佐郷士株を持つ極めて裕福な商家に生まれ、脱藩した後も志士として活動している。貿易会社と政治組織を兼ねた亀山社中を結成し、薩長同盟の成立に尽力したとされているが、彼の背後に武器商人のグラバーをはじめとするフリーメイソンの陰謀があったと考えられる」

「船中八策《せんちゅうはっさく》など、明治維新の形を創造した人物と聞いていますが……」

「船中八策なんてものは、どこにも存在していない。事実は事実として見なければならない。現に、坂本龍馬が正四位《しょうしい》を追贈されたのは明治二十四年。死後二十四年を経てからということになる。それは勝海舟《かつかいしゅう》の回顧録があったからというが、その回顧録も多くの誤記があるとわかっているからな」

「兄貴、やっぱり敵が増えますよ」

白谷が声を出して笑った。

「僕だって人を批判してばかりではないよ。坂本龍馬はともかく、松下村塾を興した吉田松陰《よしだしょういん》の辞世で『親思ふ心にまさる親心　けふのおとづれ何ときくらん』は心に残るな。今のバカなガキどもにしっかり教えてやりたいものだが、それ以上に親になってはいけない親が増えすぎていることにも、日本人として忸怩《じくじ》たる思いがある」

「親心か……私も、親には感謝しています。うちの親は進歩的だったんですよ。私が一度、親に対して『勝手に産んでおいて……』と言った時に『馬鹿野郎。お前は他のたくさんの命と競った結果生まれたんだ。生まれることを望んだのはお前自身だ』と言われましたよ。生物の授業のようでした」

「立派な親を持って幸せじゃないか。そこまで本当のことを言える親は少ないぞ」

「最近になってようやく親父の言っていた意味がわかってきたんです」

「親孝行はいつでもできる。できるうちにやっておくことだ」

「私も今、少しずつですが親に喜んでもらえることをやっています」

「それでいいんだよ。まず、その気持ちを持つことが大事だ」

そこまで言って青山は清水が持たせてくれた、宿坊特製のごま豆腐、取り皿と箸、グラスを応接テーブルに置いた。白谷は保冷バッグから缶ビールと日本酒を取り出して言った。

「このシチュエーションも久しぶりですね」

「以前、名古屋のホテルでやって以来のことだな」

缶ビールをコップに注いで乾杯をした。冷えたビールが一気に咽喉を通った。

「美味い」

その言葉が全てを表現していた。

ごま豆腐はよく冷えていた。竹の皮の包みを開けると、ラップに包まれたごま豆腐の上にタレとおろした生わさびが小さな袋に入っていた。手製と思われる竹のナイフとフォーク二本が添えてある。

「商品……という感じではなくて、いかにもお坊さんの誠意が感じられるような包み方ですね。タレとわさびが入った袋が、素人っぽくていいですね」

「誠意と愛情を感じることができるな。包装でさえそう感じるのだから、味もこの段階で十分に期待ができるな」

ごま豆腐を竹ナイフで切り、取り皿に分けた。

「ナイフで切った感触で、本葛を用いているのがよくわかる」

白谷が封を開けて別のコップに伏見の冷酒を注いだ。ごま豆腐を口にする前に日本酒で口をすすぐように咽喉に流した。

「いい純米酒だ」

「ここの酒屋の親父は兄貴と同じくらい酒には厳しい人ですから」

青山はニコリと微笑んでごま豆腐に手を伸ばした。

「これは……」

ごま豆腐を一口ふくんで舌全体ですりつぶすようにして味を確かめた青山は、言葉を失っていた。

胡麻の皮をとり、舌触りが滑らかになるまで念入りに磨り潰した結果として現れる、ごまの風味と香りが口の中に広がり、鼻腔をくすぐる。

「徹底したこだわり……というか、大変に手間のかかる作業を惜しげもなく尽くした成果だな」

「これが本物のごま豆腐なんですね……京都の料理屋でもよく口にしますが、これは別物ですね」

白谷も驚きの顔つきだった。

「調理も修行のうちだと言った高僧を知っているが、まさに修行のなせる業だな。僕もこんなに美味しいごま豆腐に出会えた喜びに浸っている。おまけに日本酒との相性がバッチリだしな」

「ありがとうございます。しかし、何でも本物というのは滅多にないものですね」

「本物に出会えずに終わる人の方がはるかに多いだろう。食べ物だけではないがな。しばらくごま豆腐を味わうとしよう」

語りあいながら、一人一人、十センチメートル四方の大きさのごま豆腐を食べるうち日本酒の四合瓶が一本空いた。

「さてと、本題に入るか……紙ベースの個人データというのは？」

青山に促されて白谷がステンレス製のアタッシュケースの中から厚さ五ミリメートルほどのファイルケースを取り出して青山に手渡した。

「土山啓介という男ですが、結構なワルだったようです」

「ワル？」

「兵庫大空銀行時代、あの銀行にしては珍しく京都大学出身ということで、将来のトップ候補として、頭取自ら人事を考えていたようです」

「大蔵省銀行局長出身の頭取だろう。しかし、創業家一族による乱脈経営を止めることができず破綻一歩手前の状況に陥っていたんじゃないのか」

「それはそうなんですが、結果的に神戸大成銀行に合併してもらえただけでも御の字で、破綻から免れたのは、背後に大蔵省による金融ビッグバン構想があったおかげです。結果的に兵庫大空銀行の最後の頭取は神戸大成銀行の子会社の社長になるわけですが、これがノンバンクの中では関西最大級の会社だったんです」

「バブル期のノンバンクか……銀行が本業の付随業務、特に不動産に関わる貸出業務を積極化させたからな……その貸出額は異常だったはずだ」

「そうなんです。しかし、この社長はバブル崩壊直前に莫大な退職金を手にして退職したんです。そして、神戸大空銀行に移った土山はそのノンバンクも担当していたんです」

「すると、土山は岡広組総本部とノンバンク、それに宗教団体にも関わって金を回していた……ということなのか？」

「そうです。ボロい商売を八年余りやっておった……ということです」

「銀行も儲かっていたわけだな」

「笑いが止まらない状況だったようで、土山も毎晩のように大豪遊していました。しかも、ノンバンクからのキックバックも手にしていたようで、奴がずる賢いところは、その裏金を宗教団体経由で海外に投資していたというところなんです」

「その情報は宗教団体経由なのか？」

「はい。代々木教関西支部の財務担当は私も直接付き合いがあるのでよく知っています。その管理責任者が土山のことをよく知っていました」

「土山は八年間でどれくらいの金額を宗教団体経由で投資していたんだ？」

「約十二億円です。さらに奴の悪いところは、当時の株屋がよくやる預かり投資を、地元の富裕老人相手にやっていたようなんです」

「それだけ信用があった……ということなんだな」

「そりゃ、岡広組総本部と繋がっていれば、少々の心配事なぞ、簡単に整理できますからね。土地の運用の相談にも乗れるし、生きている間さえ通常以上の利回りを確保しておけば、信用は大きいですよ」

「生きている間……というのがミソだな」

「そこです。遺族が知らない預かり口座や無記名債権の処分を勝手にやっていたようです」

「僕の大学の同級生で株屋になった奴が、同じような相談をしてきたことがあったな」

「無記名債権ですか？」

「株の運用を任されていたんだが、依頼人が死んでしまって、遺族の存在がわからない……というような案件だった。最初は警察を使って遺族を調べようとしたようだが、それができないとわかると、平気で着服していたな。四十代前半で十数億の金を持って辞めて、奴は海外に行ったよ」

「他人の褌で相撲を取って持ち逃げ……ですか……」

「バブル期にはそういう連中が多かったそうだ。誰もかれもが浮かれていた。それを横目にコツコツ仕事をしていたのは、バブルの『バ』の字も関係ない公務員だけだったわけだ」

「時代が人を変えたのですかね……」

白谷は遠くを見るような眼差しで訊ねた。

「お前もバブルの恩恵を受けていない世代だからな……」

「『バブル』という名前を付けた人は凄いですね」

白谷が生真面目な顔つきで言った。

「バブル経済という言葉は、バブル崩壊後の九〇年代になって出てきた言葉だが、八五年にはすでに、当時の日銀金融研究所長が『今のドル高は理屈抜きの期待感で動くいわゆるバブル（泡）現象だ。泡はいつか割れる』と言っていたそうだ」

「さすがですね。今の日銀は面白くも何ともないけど、昔は、ちゃんと将来を読む人がいたわけですね」

「そうだな。日銀だけじゃなく『三本の矢』などと言っている経済政策のほとんどが失敗しているんだが、その中でゼロ金利どころではなくマイナス金利の時代になっているわけだ。物価上昇率と利息の関係を考慮すれば、庶民は貯金すればするほど金が減っていくのと同じなのに、将来の不安を抱えて金を使わない……という悪循環に陥っているからな。景気がよくなるはずがない」

「それで出した『第四の矢』が『財政健全化』なんて、笑っちゃいますよね」

「お前も経済には詳しくなったな」

「兄貴に経済ヤクザと言われなくてよかったです」

「確かにまだ組織の中にいるのは知っているが、お前が個人的にどれだけの経済活動をやっているかは調査済みだ。税金も僕の十倍以上払っているようだからな」

白谷の本業はあくまでも岡広組総本部の資産拡大のための経済活動だったが、彼自身の個人的な資産運用も行っていた。小さなマンションも保有しているし、仮想通貨でも億単位の利益を上げていた。しかもメガバンクの資産運用セミナーにも顔を出し、融資担当者とも極めて親しい様子だった。白谷が銀行を訪れる際の服装は上質の背広にセンスのいいネクタイを締め、特に靴には金をかけているのが、青山のような素人にもわかった。

青山の珍しいほめ言葉に、白谷が笑って答えた。

「ようやく親孝行できるようになったんです。私の目標は清水の大親分ですから」

「あの人こそ、まさにバブルの妖怪のような人だからな」

青山が笑うと、白谷もまた笑って言った。

「いい時代に生きるのも運なら、この時代を巧く活用するのも運です。こんな時代でも起業で成功している連中だってたくさんいるわけで、私もトークンエコノミーを活用していますからね」

「トークンエコノミーか……いわゆる代替貨幣だな」

「最近の若い起業家たちはやたらと造語を作ったり、おかしな外国語を使いたがりますからね。それをまた勉強をしていない年寄り政治家が使うものだから余計に意味がわからなくなってしまう」

「イノベーションがいい例だな。長ったらしい訳語よりも短い英語を使うほうがいいかもしれないが、意味を取り違えると大間違いの政策になってしまうからな」

「三本の矢の一つ、民間投資を増やす成長戦略にイノベーション政策を掲げても、そのイノベーションの意味が『技術革新』では誤訳以外の何物でもないですからね」

「最近ではあまり優秀ではない閣僚が、やたらと『ファウンダー』という言葉を使っているが、創立者のことなのか、これから企業の設立を目指す人なのか、聞けば聞くほど理解していないのがわかる。おかしな世の中だ。バブルの時もひどい世の中だったが、今の日本も何を目指しているのか全くわからない」

「日本のあるべき姿……というのはどういう立ち位置なんでしょうね」

「背伸びしないことだな。そして国連を相手にしないことだ。特にユネスコなんぞに金を払うことはやめるべきだ。やれ世界文化遺産だ、世界自然遺産だと金儲けの道具のように手を挙げないことだな」

「裏取引がひどいらしいですね」

「世界遺産への注目度が上がるにつれて、世界遺産委員会の規模も膨れ上がっている。世界遺産委員会の委員を出す国は、最低条件として賄賂がない国にしなければ意味がない。金で転ぶ委員が多すぎる。まさに愚だよ愚」

「発展途上のアフリカ諸国や中国も入っていますからね」

「国連という組織はそういうものだ。所詮は第二次世界大戦の戦勝国のために作った組織で、ある時期までは意義のある組織だったのだろうが、今の安保理の常任理事国には第二次世界大戦時にはなかった、中華人民共和国とロシア連邦が戦勝国気取りで入っている。しかも分担金はどちらも日本よりも少ないんだ。おかしいだろう。日本は未だに敵国条項の中に入っているんだからな。それにしても、日本は国連大学の建物を無償で提供しているが、その建物に入っている国連広報センター（ＵＮＩＣ東京）の家賃を、日本政府が国民の税金を使い国連大学に払っている。国連相手にどうしてここまで弱腰なのか、意味がわからない」

「日本もかつては国連のお世話になったことがあるから、仕方のない部分もあるのではないですか」

「その恩返しは十分過ぎるほどしている」

「やっぱり、兄貴は嫌われるかもしれませんよ」

「正論を言って嫌われるなら仕方がない。変わるべきは国連であって日本ではないということだ」

青山はいつもながらの持論を語っていた。白谷はゆっくり頷きながら言った。

「兄貴の気持ちはなんとなくわかりますよ。中国や半島に対する気持ちも含めてですけどね」

「中国と半島か……。海外でも中国という名は十九世紀まで国全体の名称としては用いられていなかったんだ。『支那』という呼び方は大日本帝国当時の帝国主義のイメージと結びついて侮蔑的な呼称と言われるが、その原型は古くから印欧語族の諸国で用いられてきたんだ。たとえば英名の『China』は、サンスクリット語由来ともいわれているが、秦の始皇帝で有名な『秦（Qin）』に由来することは明らかだからな」

「出ました、歴史家。半島はどうなんですか？」

「半島は南北朝鮮でいいだろう。南朝鮮は大韓民国というが、国際的には『Republic of Korea』であり、コリアの語源はマルコ・ポーロの『東方見聞録』における高麗をさす『Cauli（カウリ）』に由来している。北朝鮮をNorth Korea、韓国をSouth Koreaと略称することも多いのが実情だからな」

「怒られますよ」

「日本人だから大韓民国と言わなければならない……というのはおかしな話で、国際人であれば、South Koreaを大韓民国とは誰も訳さないだろう」

「確かに兄貴は国際人ですけどね……コリアンマフィアの連中も国の呼び方には敏感なんですよ」

「それは奴らが南と北の違いに敏感なだけで、大韓民国と南朝鮮の使い分けに敏感というわけじゃないだろう」

「私も奴らの前で南朝鮮という言葉は使ったことがありませんから、何とも言えませんが……」

「だが北朝鮮を、コリアンマフィアの前でも朝鮮民主主義人民共和国とは言わないだろう」

「それは確かにそうですが……」

「事実上独裁体制を取る共産主義国なのに、どこが民主主義で共和国なのか……民主主義ではないのは明らかだし、共和国というのは君主が存在しない国家という意味だ。それを考えれば北朝鮮が主張している正式国名は、事実を二重に歪曲、愚弄した国名ということになる」

「兄貴、怖いですよ」

白谷が肩をすぼめて言った。

「言うべきことはいう。大統領が替わったからといって、国際条約を破棄しようとするような国家に大人の対応をしてやるのも、人が好過ぎる。日本が外交下手といわれるのは過去の過ちに対する謝罪と賠償の事実をはっきり主張しないからだ」

「靖国神社はどうなのですか？」

「A級戦犯の合祀をした段階で日本の負けだ。昭和天皇でさえ嘆かれた……と聞いている。当時の政治家が悪かったんだな。ただし、戦後の靖国神社は一民間の宗教法人であるため、どのような考え方で祭祀を行っても自由であることは事実だ。だから国家や政治が介入して分祀を迫ることは、政教分離の原則に反しできないことになる。難しい問題を含んでいるだけに、政治家は慎重に動くべきだし、世界の多くの国家にあるような国立追悼施設を創ることも考慮すべきだ」

「その点はあまり過激ではないのですね」

「僕はちっとも過激じゃないよ。歴史を素直に学べば、自ずと見えてくる事実だ」

青山は表情を変えることなく答えて、二本目の日本酒の封を開けて言った。

「さて、話を戻すか……」

それを聞いて白谷が笑って言った。

「兄貴と話をしていると脱線が多いんですが、その脱線が私にとっては勉強になるんです」

「脱線しても転覆してはいけないということさ。ところで、この個人データだが、気になるところがあるんだ」

青山は歴史の話をしている間も個人データに目を通していた。青山が続けた。

「土山と、代々木教関西支部との関係だが、これをつないだのが岡広組総本部となっているのはどういうことだ？」

「代々木教関西支部は一時期、教団の支部の中でもダントツに強い時期があったんです。選挙でも大阪を中心に全勝するのが当たり前だったんです。ちょうどその頃、政権与党だった民自党に詐欺師のようなワルがおりましたからね」

「北朝鮮の味方だった野郎だろう？」

「そうです。奴が関西の裏経済にズカズカと入ってきたんです」

「関西独特の裏経済か……」

「これは関西経済……というよりも大阪経済の基本ですからね」

青山はここまで聞いて半分以上わかったような気がしていた。

「あの野郎がもっとも近かったのは誰なんだ？」

「あの男が官房長官になった時に、園遊会に呼んだ前科者の食肉業者ですよ。一時期、話題になったじゃないですか」

「北海道の腐れ爺さんと一緒になって、そんなこともやっていたな……なるほど……そして、そこに兵庫大空銀行との接点があったのか……」

資料を見返しながら青山が唸った。

岡広組総本部五代目の妻に対する一億五千万円の口座開設の事実があったのだった。

「清水のおっさんも知っていたはずだな」

「直接は関与していなかったにしても、わかっていたはずです。くだんの食肉業者が脱税疑惑を受けた時に百億円もの現金を用意したのも兵庫大空銀行でしたから……」

「それだけの預金があったということか……手が付けられないな」

青山は腕組みをしながら首を捻っていた。白谷が言った。

「奴らは様々なルートを持っています。ただし、ようやく政治家の浄化が進んでいますし、政治家の小物化に歯止めがかからない状況ですからね。逆に相手にされなくなっている感があります」

「今の五回生以下を眺めても、当分、大物政治家が出てくることはないだろうな。これが日本にとってどうなのか判断できないが、クリーンな政治家が歓迎される」

「中国や北朝鮮の言いなりになる連中もいなくなる……ということでしょうか？」

「二悪と三人組が消えたのが大きいな。何とかの乱とか、女スキャンダルで消えた三人組の二人は、北朝鮮支持の在日コリアン団体と特に親しかったし、拉致問題でも暗躍こそすれ、何の役にも立たなかったからな」

「しかし、残りの一人は総理を辞めた途端に古巣を攻撃していますね」

「公約通りにぶっ壊したはずの組織が元に戻ってしまったからだろう。とはいえ、相当小ぶりになってしまって、なおかつ、チルドレンと呼ばれていた連中に愛想をつかされて全く影響力がなくなってしまった悲哀も感じているんだろう」

「しかし元総理の何人かは元気ですよね」

「暇で仕方がないだけだろうな。そのうち革命政党の支援にでも回るんじゃないのか？」

青山が鼻で笑うように言って、資料のある部分を指差しながら訊ねた。

「当時、兵庫大空銀行出身者は四井銀行の中では、頭文字の『H』という隠語で呼ばれ、実務能力がある者でも、四井銀行の生え抜きから見れば、自分たちホワイトカラーのエリートとは違うという蔑みが込められていたようだ。その中で、土山だけは生き残っていたんだよな」

「所詮は『汚れ役』という意識は、四井銀行の生え抜きからすれば変わらなかったようです」

「汚れ役か……」

「兵庫大空銀行出身者の居場所は、本店はおろか支店にもほぼなくなりました。ただし、土山ともう一人、五億円の横領でこのあいだ逮捕された容疑者は『絶滅危惧種』でありながら副支店長まで昇りつめた数少ない成功者の部類ですね。奴が高卒だったゆえ、神戸大成銀行や四井銀行の大卒行員のライバルたり得なかったのも、成功した原因だったのでしょう」

白谷が言ったもう一人とは、報道は小さかったものの、この春に四井銀行内で発覚した不祥事の当事者だった。これは架空会社名義を使って為替レートを不正操作し、かつて土山の上司が行っていた犯罪と同じ手口で、十年間でおよそ五億円を詐取していたものだった。銀行は懲戒解雇し、刑事告訴した。

「この手口は土山が神戸大空銀行当時に、総務課長がやっていたのと同じなんじゃないのか」

「どこかで接点があったのかもしれません。それにしても為替レートを不正操作で円高にして入金なんて、周囲の者が気付かないものなんでしょうか？」

「為替レートの不正操作は、まさにタイミングの問題だからな。その日のうちに乱高下する相場だったら巧く利用できたのかもしれない」

「所詮は人の金……ということですか？」

「銀行も証券会社も、職場で自分の金を運用することはできないからな。休み時間にやる者はいるらしいが……」

「勤務中の自己取引はすぐに判明してしまうようですね。ただ、外為《がいため》というのはある意味で特殊な能力が必要なのではないですか？」

「外国為替市場《かわせしじょう》のトレーダーのような専門分野もあるから、客の利益を考えるうえでは相応の能力が必要だろうな。証券屋だってそうだ。会社でデータを見るだけで勝負しようという証券マンはいないからな」

「土山は様々な人脈から情報を得ていたのでしょうね」

「株や外為は情報が命だ。運不運は第二の条件だな。土山はもともと京都大学経済学部卒だ。同窓生の中にも情報ルートはあったはずだ。これに加えて世界規模の反社会的勢力や宗教団体のルートを持っていれば、普通では入りにくい情報を手にすることは容易だったかもしれないな」

「組関係にせよ宗教団体にせよ、マネーロンダリングだけでなく、土山によって利益が上がるとなれば、大事な存在ですよね。消す理由はないような気がしますが……」

「競争相手がいたかどうか……ということも考える必要があるだろう。しかもシャブを喰わせて悶絶するような苦しみを味わわせるような手口だ。誰かに見せつける……ということを意図している可能性がある」

「見せしめ……公開処刑……ということですか？」

白谷が驚いたような顔つきで訊ねた。

「ただ消すのなら、一般の面前でやるのはリスクがある。見せしめと考えた方がわかりやすい」

「しかし、マラソンの給水所ですよね」

「そう。ただ、あの給水所は特別な場所なんだ。中間点を過ぎて最初のポイントでもある。精神的にも『あと半分』というところで必ず手を伸ばすところなんだ」

「栄養ドリンクは皆同じというわけではないのですか？」

「スポンサー提供だから同じはずなんだが、人によってはプライベートドリンクを仲間に用意させている者もいるらしい」

「多くのランナーから一人を見つけるのは至難の業だと思うのですが……」

「折り返しポイントを過ぎたすぐ後の地点だから、同じ場所を二度通ることになる。ゼッケンナンバーと概ねのタイムを知っていて、複数の目があれば比較的容易かもしれないな」

　青山は振り出しに戻ったような気持になりながらも、ビッグデータの活用によっては、新たな展開がありそうな気がしていた。

「そう言えば白谷、浅草中村組の関係はどうなんだ」

「浅草中村組はうちとのパイプは決して強くはありません。もともと福山会とうちは手打ちはしていますが、銀座を巡っては未だに一触即発の状況にありますから」

「岡広組総本部は銀座で勢力拡大しているのか？」

「そういうわけではないのですが、うちの系列の店が繁盛するもんで、支店を増やしただけなんです」

「間口は大きいのか？」

「中規模ビルのワンフロアですから、ホステスの数で言えば三十から四十人というところですかね」

「銀座では大きいほうだな。形式はクラブなのか？」

「クラブは二軒。一軒がキャバクラなんですが、キャバクラは銀座でも三指に入るレベルの高さです」

「六本木の支店……ということか？」

「そうです。六本木も有名になり過ぎてしまって、芸能関係者がお忍びではなく、堂々と来てしまうので、逆に商売としてはやりづらいところもあるんです」

「アルファースターとはつながっていないんだろうな」

「アルファースターの榎原哲哉《えのはらてつや》はうちの先代が面倒を見てやった関係で、つながりは消えていません」

大手芸能プロダクションのアルファースターの会長、榎原哲哉は若手アイドルや才能ある音楽家の発掘に定評がある、業界でもカリスマ的な存在だった。しかし、その背後には岡広組だけでなく、半グレと呼ばれるグループとの深い関係があった。半グレとは、暴力団に所属せずに犯罪を繰り返す集団で、堅気とヤクザとの中間的なグレーゾーンにある存在の者たちをいう。

「榎原哲哉の取り巻き連中はおとなしくしているのか？」

「昔の半グレ連中のことですか？」

「いつまでも半グレではなかろう」

青山の言葉に白谷が二、三度頷いて答えた。

「確かに半グレ……という時代は過ぎましたが、奴らがやっていることはあまり進歩していませんね。それでもどういうわけか奴らが連れてくる女の子はいいタマばかりで、業界では引く手あまた……という状況なんですよ」

「渋谷あたりからナンパしてくるのか？」

「いや、それがどこかの女子高を押さえている……という話なんですよ。しかもパープリンの学校じゃないらしいんです」

「女子高生をキャバクラで働かせているわけじゃないだろう？」

「もちろん卒業生なんでしょうが、キャバ嬢は今や憧れの職業ですからね。銀座のクラブのホステスの数十倍稼ぐ小娘も多いんですよ」

「短期集中の稼ぎだろうからな……それに裏の仕事はついてくるのか？」

「強制はしていませんが、口利きはしてやっていますよ。需要は多いんです」

「需要か……最近の政治関係者はどうなんだ？」

「国会議員だけでなく、首長クラスも若返りましたからね。特に地方の若い首長クラスはキャバ嬢目的で上京してくる連中が多いんですよ」

「なんだ、お前、ずいぶん六本木情勢に詳しいじゃないか」

青山がからかい半分に言うと、白谷が思わぬことを言った。

「最近、地方では若い首長と国会議員がローテーションのように入れ替わる傾向があるんですよ。そういう連中のバックにはそれなりの議員がついているので、うちらも一応全国ネットでマークしているんです」

「全国ネット？」

「若い首長は所詮、政令指定都市クラスでも田舎の大将なんです。しかし国会議員の肩書になれば、一応、キャバ嬢にとってはいい客なんです」

「国会議員から首長になる者の方が多いのにな」

「首長の権限なんてキャバ嬢は知りませんし、単なる地方の話で終わりなんです。東京を拠点にしているかどうか……が、キャバ嬢にとっては重要なことなんです」

「それで、お前たちはその情報を集めてどうしているんだ？」

「援助交際で辞任した新潟の知事のようなこともあるじゃないですか。あの情報の価値をどう考えるかですよ。知事交代で原発が動き出すかもしれない……というネタだけで、どれだけの経済効果になるか。それに加えて選挙一つ始まるだけでどれだけの金が動くか……キャバ嬢情報一つで何とでもなるんですよ」

青山は反社会的勢力のネットワークの大きさを考えながら、思わず金の計算を始めていた。

「財界はどうなんだ？」

「財界も似たようなものなんですが、こちらも大物が少なくなりましたからね。ただ、かつて料亭遊びをしていたクラスの連中がキャバクラ遊びに変わっているんです。若い姉ちゃんの前で格好つけたがる……まあ、遊びを知らない世代が急にもて始めると舞い上がってしまうんですね」

「いいカモ……というところか……」

「ＩＴ長者は六本木では遊ばなくなったんです。彼らは遊び疲れ……ですね。高層マンションのペントハウスで持ち回りのパーティーを開くことが多いみたいですが、素人女を自分たちでは調達できないので、そのお鉢がこちらに回ってくるんです」

「いい金になるんだろう？」

「毎週どこかでパーティーをやっていますが、回が重なるにつれて品はなくなってくるんですね。さすがにシャブに手を出す奴はいないようですが、大麻、コカインは多いみたいですね。一度コカインをやり始めると、相手次第ではシャブの罠にかかるんです」

「シャブの罠か……」

　青山が顔をしかめた。

「シャブの経験があるちょっと名が売れた元アイドルを送り込んでやると、落ちる確率は上がります。一度やったらもうおしまいなんですが、プロの技にかかってしまえば、赤子の手を捻るよりも簡単だそうです」

「その仕切りはどこがやってるんだ？」

「浅草中村組は銀座から六本木への足掛かりを作ろうと、必死に動いていたようですね」

「銀座よりも六本木……ということか？」

「銀座はかつての高級感を感じさせる店が減りましたからね。おまけに中国人オーナーの店も増えています」

「そういえば中国人の呼び込みも減らないな」

「そうでしょう。中国人富裕層にとって、やはり銀座は憧れなんです。銀座に店を持っているステータスは、日本人で言えば馬主になったのと同じくらいの価値だと言われています。ですから、銀座に空き物件が出ると、不動産屋もウェイティングしている中国人に連絡をしているようです」

「銀座はまだ福山会の牙城ではあるんだろう？」

「支配下の店は圧倒的に多いんです。ただ、売れている店に限ると、うちの方が圧倒しているると思いますよ。福山会は商売が下手なんですよ」

白谷が笑って言った。

「福山会は芸能界に弱いだろうからな……」

「そこなんですよ。そこに奴らが踏み込んできたら一気に叩き潰されるでしょうね」

「静岡の麦島組は強いんだろう？」

「麦島は芸能界のドンと呼ばれる御仁を支配下に入れていますからね。というよりも、元々麦島にいた奴が出世しただけの話なんですけどね」

「そうだったな。名物国会議員の秘書もやっていたんだった」

「そういう人がいただけに、それに付随するバックは大きかったと思いますよ」

「浅草中村組は銀座や六本木で何を始めようとしているんだ？　単なる飲み屋……という訳じゃないだろう？」

「そこなんです。アルファースターの榎原哲哉がやっていたような裏風俗のようなことを考えていたようで、ナンパ組織も作って活動をしていたようです」

大手芸能プロダクションのアルファースターは、六本木に本社を置き表の仕事と裏の仕事を持っていた。特に裏稼業を仕切っていたのは社長の榎原哲哉自身で、彼はいわゆる「半グレ」集団と縁が深く、半グレがナンパ同様にスカウトしてきた若い女性をタレントと称して政財界の有力者に夜の相手として提供し、力を伸ばしてきた男だった。

「アルファースターと半グレのお膝元の六本木で……か？」

「バックに何か大きな力を持ったつもりでいたのかもしれませんね」

白谷が首をすくめて言った。青山はため息交じりに訊ねた。

「そうなると浅草中村組を叩こうとする組織も多かった……ということか？」

「身内の福山会もそうだったと思いますが……浅草中村組の連中が日頃から地元でコリアンマフィアと抗争をしていたことを考えると、コリアンマフィアのケツモチをやっていた、うちの組の流れではないかと思いますけどね」

「なるほど……」

「浅草を拠点にしているコリアンマフィアは関西系の連中が多いんです。特に岸和田辺りにいた連中は、祭りつながりなのかどうかわかりませんが、三社祭とだんじり祭では普段以上に気合が入るそうです」

「岸和田か……桜内組との関係があるからな……」

「そこなんです。私もずっと桜内組の分裂過程を考えていたんですが、一番の理由が関空利権だったはずなんです」

「関空のおかげでシャブに手を出す必要がなくなった……ということか？」

「シャブの顧客の存在は逆に自分の首を絞めるリスクがあります。確かにシャブはおいしい商売ですし、東京、大阪、名古屋のような大都市なら隠れ蓑もできますが、堺と和歌山では、リスクの方が大きいんです」

「しかし、シャブの入手経路を開拓して継続するには相当な労力を要するんだろう」

「もちろんです。それをやって来た連中にとっては『冗談じゃない……』ということになるでしょう」

「内部抗争にはならないのか？」

「抗争にはならないと思います。シャブも利権の一つです。これを持って出て行けばいいだけで、受け入れてくれる組織も多いはずです。しかし、桜内組から出た連中は名古屋で新たな組織を作ったんです。『桜内』の名前も残さず、代表者の名前を採って柳川興業という名前です。しかし……」

「名古屋でシャブがあぶれることになるよな」

「そのとおりです。柳川興業のシャブは高品質ですからね。需要は増えたでしょうが、名古屋の組連中から見れば面白くないわけです。そこで柳川興業は名古屋を離れ、シャブの需要が高い東京に移ったんです。しかも、シャブを扱っていた福山会系の組とも話をつけたようです」

「福山会系か……ところで、柳川興業のシャブ担当は日本人だったのか？」

「いえ、在日朝鮮人でした。名古屋で騒動になりかけた時、コリアンマフィアの連中が支援に入ったことがあったんですが、この一触即発を止めたのがうちだったんです」

「そうか……コリアンマフィアはよく手を引いたな」

「その時に柳川興業のシャブ担当はコリアンマフィアと手を組んだのだろうと思います。柳川興業は結果的に東京で再分裂し、シャブ担当がいなくなったグループは廃業するしかなかったのです」

「廃業？」

「うちらの世界ではよくあることです。ただ廃業となって路頭に迷った連中は四十人を超えていました。個人で生きていくことができる者は少ないです。そして他の組に引き取られるのはよほどの才覚がある者か、鉄砲玉になることができる奴くらいのものです」

「結果的にどれくらいがあぶれたんだ？」

「三十人程だと思います。実に哀れな末路ですよ。手には何の職もなく、ただのプータローになるだけですからね」

「その連中はどうなったんだ？」

「誰も気に留めていません」

白谷はため息まじりに言った。

「哀れな世界だな」

「それがヤクザですよ」

白谷が自嘲気味に答えた。

ふと青山が白谷に訊ねた。

「最近のチャイニーズマフィアはどうなんだ？」

「チャイニーズマフィアは確実に増えていますよ。しかも南のほうだけではなく、遼寧《りようねい》省、吉林《きつりん》省、黒竜江《こくりゆうこう》省の連中まで来ています」

この三省を中国東北部と呼ぶことを白谷は知らないようだった。

「中国東北部三省の連中と香港との関係はどうなんだ？」

「東北部というんですか……関係は悪くないようですよ。東北グループが香港のシンジケートに対して下手に出ているのでしょう。ただ、香港が荒れる中、東北部は大連《だいれん》を中心として経済的にも豊かになってきているようです」

「そうだろうな。特に今年四月、中国で二隻目となる空母の試験航海を行ったのが大連だからな。習近平自身がわざわざ現地に行っている。しかも、その日に前後して北朝鮮の金正恩を大連に呼びつけているからな」

「そんなに重要なところだったんですか？」

「大連は中国だけでなく、ロシア、日本も軍港として重要視してきた経緯がある。しかも中国政府は国有の造船大手二社を統合して、韓国の競合会社を圧倒する巨大企業を設立する計画で、その最大の拠点となる大連船舶重工集団有限公司があるのが大連だ」

「圧倒する巨大企業と言うと、どのくらいなのですか？」

「統合によって誕生する新会社の年間売上高は、時価総額で世界の造船会社トップスリーに当たる韓国の現代《ヒュンダイ》重工業、大宇《だいう》造船海洋、サムスン重工業の合計売上高の二倍。日本円にして約八兆六千億円の規模になる見通しだ」

「八兆……ですか……とてつもない金額ですね……」

「ただ、世界の造船市場が飽和状態にある中で、今後、どのような船舶を作っていくのかが問題だ」

「中国の空母というのは実力的にどうなんですか？」

「中国はこの空母を、海軍の近代化を強力に推進し、アメリカ海軍に匹敵する戦闘能力を獲得する取り組みの一環として建造した……と言っている」

「中国は国際法を無視して南シナ海に人工島を建設、軍事要塞化し、近隣諸国を脅かし、威圧していますよね」

「そうだな。近年、中国の海軍力増強は、太平洋の諸国はもとより世界中の警戒心を引き起こしている。もちろん、太平洋に進出して太平洋をアメリカと二分したいのだろう」

「そんなこと、アメリカが許すんですか？」

「トランプならわからない。ただ、いくら中国造船業が韓国を追い抜き『世界最大の造船大国』の座に返り咲く……と言っても、商船と軍艦では全く構造が違うからな」

「中国の造船技術は高いのですか？」

「商船に関しては相応の高い技術があるだろうな。しかし、軍艦はどうだろう。まだ艦名も明かされていないが、二〇一七年四月に進水した〇〇一A型と呼んでいる新型空母は、旧ソ連製の中国初の空母『遼寧』に似ている。遼寧のノウハウを生かし、より大型の格納庫とテクノロジーを取り入れたものだな」

「いつ頃実戦配備される予定なんですか？」

「おそらく就役は二〇二〇年、東京オリンピックの年になるだろう」

「相変わらず嫌味な国ですね。一年遅らせてくれてもいいじゃないですか」

「日本がオリンピックで浮かれているのを笑って見ているような国ではないということだ」

「新しい空母はどれくらいの艦載機を載せることができるのですか？」

「J‐一五（殲《セン》一五）フライングシャークなら四十機弱だろうな。ただ原子力空母ではないし、アメリカ海軍の空母にあるようなカタパルトが装備されていない。このため、艦載機はスキーのジャンプ台のような甲板から発進するんだ」

　カタパルトとは、航空母艦から航空機を射出するための機械である。

「なるほど……それであの前方が盛り上がったような不格好な形をしているわけなんですね」

「遼寧やこれを改良した〇〇一A型は、ロシア海軍唯一の空母『アドミラル・クズネツォフ』の兄弟艦がベースとなっているんだ。だから中国の艦載機はJ‐一五フライングシャークのような短距離離陸拘束着艦機にせざるを得ないから、アメリカ海軍の艦載機のように多くの燃料や爆弾を搭載できない。ただし、艦載機は軽装備となる一方で、空母そのものは重装備なんだ」

「中国はカタパルトの研究はやっていないんですか？」

「いや、やっている。オーストラリアの退役空母『メルボルン』をスクラップとして購入し、備え付けられていた蒸気カタパルトを回収して研究したようだ」

「相変わらず、そういうところはセコイですよね」

「オーストラリアらしい緩さだな。だがアメリカは蒸気カタパルトではなくリニアモーターを利用する電磁式カタパルトを開発して、次の新型空母に搭載するようだ。中国とは格段の差ができることになる」

青山が笑って答えた。

「新しい技術をパクりながら中国は造船に力を入れるわけですね」

「日本だって最初はパクリだったことを考えれば仕方ないかもしれない。ただ、中国という国は、都合が悪い時だけ『途上国』になってしまうからな」

「共産主義国家だから仕方ないのでしょうね。ただ、共産主義でもマフィアができるのが不思議ですよね」

「腐敗があるからマフィアができるんだよ」

「なるほど……腐敗の額も大きそうですからね。中国で電子決済が拡大した背景にも汚職防止の意味合いがあったようですからね」

「中国国内の意識改革に期待するしかないんだが、そこが共産主義の辛いところだ。共産党員になることができない一般国民にとって、相応の教育を受ける機会もない。だからいつまで経っても文化的な生活を送ることができないんだ」

「最低限度の文化的生活……ということですか？」

「中国における水の供給と衛生設備は依然として低いレベルにあるようだ。信じ難いことだが、中国では三億人が改善された水資源を利用することができず、七億五千万人が改善された衛生設備を利用することができないそうだ」

「改善された水資源と衛生設備の意味がわかりません」

「安全に管理された飲み水とトイレのことだ」

「その二つに関しては大規模な投資が行われた、と聞いていますが……」

「河川の水は工場からの排水によって汚染され、中国の河川の六十パーセントが飲料水に適さないほどだ。地下水も農薬や肥料の浸透によって汚染されている。さらに北京市などが認定した飲料水も、偽造して販売していることも多く、正規の飲料水を購入することさえ困難といわれている」

「そんなに酷いんですか……」

白谷は啞然とした顔つきになって訊ねた。

「だから、中国人の富裕層は日本の水源を欲しがるんでしょうか？」

「そうかもしれないな。しかし、中国では飲み水に対しても関税がかかるからな。日本の水を持ち込んでも商売できないだろう」

「飲み水に関税ですか……庶民は苦しいんですね……」

「庶民の地位にまでなれればまだいいんだが、未だに都市戸籍と農村戸籍という身分的差別にも似た戸籍格差がある以上、地方の農民は庶民にすらなることはできない」

「テレビでもやっていましたが、生まれながらにしてある差別……ですからね。それでも習近平はその改革を進めるようなことも言っていましたよね」

「出来るだけ若くて高い技能を持った人を都市に集めたい、という政策目的が大前提にあるんだ。だから、中小都市への戸籍移転には門戸を広げている。一方で、北京、上海などの主要都市への移住は得点方式で門戸を狭めているようだ」

「戸籍比率はどれくらいなのですか？」

「農村戸籍が約六割、都市戸籍が約四割という比率からすれば、農村戸籍を持つ人が約八億人いることになる。習近平は二〇二〇年までに、一億人に都市戸籍を与えることでこの問題の解消を図ろうとしている」

「中国共産党幹部の中には農村戸籍の人はいないわけですか？」

「いないな。農村戸籍を持つメリットがないからな」

諦めにも似た顔つきで白谷は黙って頷いた。それを見て青山が言った。

「チャイニーズマフィアの連中の多くは農村戸籍の者だったようだが、役人に対して多額の賄賂を使って都市戸籍を得たという話を以前聞いたことがある。戸籍の格差はマフィアの中でも大きな影響があるということだ」

「すると大連の都市戸籍というのは、それなりの美味しさがあるんでしょうね」

「中国東北部で大連は『一朝発祥の地、二代帝王の城』といわれる遼寧省都の瀋陽《しんよう》に次ぐ第二の都市だが、中国第三の港湾都市であり中国最大の石油輸入港でもある。港を持っているだけに、中国のＩＴ企業の開発拠点があるだけでなく、世界のソフトウェア開発・情報サービス関係の企業も多く進出している。巨大な流通センターとなっていることを考えれば、金は大連の方があるだろうな」

「チャイニーズマフィアもいいところに進出しているということですね」

「それだけマフィアも多様化しているということだ。地域によって得手不得手があるだろう。東北部のマフィアならではの稼ぎ方があるはずだ。しかも北朝鮮と国境を接しているだけに、香港とはまた違った手口があるし、商売をする場所は日本が一番手っ取り早いはずだ」

「日本の窓口も問題ですね。反社会的勢力だけでなく、国内のチャイニーズマフィアとの連携もあるはずです」

この時青山はふとある男の存在を思い出して呟いた。

「神宮寺《じんぐうじ》か……」

国内の窓口で思い当ったのは、彼しかいなかった。

青山の頭の隅に神宮寺の姿が再び刷りこまれたのは、この時だった。

白谷には国内のチャイニーズマフィアの動向をさらに調べるように依頼した。

第五章　バブルの残滓

「青山、土山という男、なかなか一筋縄ではいかん男やったみたいやな」

「ワル……ということか？」

「そやな……ワルっちゅう軽いもんやない。極悪やで」

龍にしては珍しい表現だった。しかも話をしている場所が、皇居近くにある警察共済組合保有のホテルグランドアーク半蔵門の喫茶室だったため、青山は思わず周囲を見回した。

「お前がこれまで極悪というのは、とんでもないフィクサー気取りの野郎ぐらいだったんだが、それと同等……とでもいうのか？」

「人のモノは俺のモノ。俺のモノは俺のモノ……ちゅう、他人の懐にも平気で手を突っこむような野郎やったみたいやな。特に兵庫大空銀行の仲間からは忌み嫌われていたようや」

「仲間から忌み嫌われていた……というのは初めて聞く話だな……」

「兵庫大空銀行の元行員を探すだけでも大変やろう。奴は高校、大学時代とも学力優秀やったようやな。一九八六年にイギリスのサッチャー首相による証券制度改革、つまり『ビッグバン』が起こった時から、日本でも必ず金融ビッグバンが起こることを予言してたそうや」

日本ではバブルが崩壊した一九九〇年代以降、ほとんどの邦銀は過剰融資による不良債権で急速に体力を失っていった。さらに総会屋等に対する利益供与等の不透明な融資体制に加え、国の金融行政としての「護送船団方式」により邦銀の国際競争力は喪失状態にあった。

「日本独自の護送船団方式だったな……最も速力の遅い船に速度を合わせて、全体が統制を確保しつつ進んでいく軍事戦術を民間に押し付けた結果だからな」

「いかに経営力が低下した金融機関でも破綻だけはさせない……それで全体がダメになることをわかっていながら、やるしかなかった、ちゅうことやろうな。警察学校の後半戦みたいなもんや」

「前半で篩《ふるい》にかけられて、最後に残ったメンバーは全員で支え合って脱落せず一緒に卒業したからな……しかし、最初の篩は厳しかったからな。金融機関にはそれがなかった」

「確かに入校式前の仮入校の一週間は、まさに地獄やった。大学の体育会でそれなりにやっとった俺でさえしんどかったからな……」

龍は関西学院大のアメフト部のディフェンスラインだった。青山は中央大剣道部、大和田は早稲田大で野球部の捕手、藤中は筑波大のラグビー部の巨漢スタンドオフと、みな体育会で実績を残してきた者ばかりだ。

「僕も同じ思いだな。あの一週間、その後の三カ月を乗り越えた段階で、『これを乗り越えたんだから、これからは何とか生きていける……』と、真剣に思ったものだ」

「そやったな……あの藤中が涙こぼしよったからな。あいつだけは、入校時やや過体重になっとったからな。『警察学校で十五キロ絞った』って言いよったわ。けど、異常なほどの体力やったから、最後はヘラクレス藤中と言われとったな」

「懐かしいな……」

青山は当時を思い返しながら思わず微笑んでいた。龍が話を戻した。

「一九九七年から銀行や証券会社が次々に破綻して『銀行が潰れる』現実を目の当たりにした結果、一九九九年から雪崩を打つように銀行の統合が始まったんや」

「四大銀行、三大メガバンク体制に落ち着いたのは二〇〇六年のことだったな」

「その中で、土山があえて京都大学から都銀でも大手地銀でもなく、中堅の兵庫大空銀行を選んだんは、関西の銀行を調べ上げた結果やったんやな。兵庫大空銀行の取引先の裏情報を大学時代から持っとった……いうことや」

「銀行統合の中でも生き延びる顧客を摑む術を学んでいたし、実際にそれを運用する立場に就いていた、ということか……」

「実にえげつない生き方やと思わんか？」

「僕には思いつかない生き方だな。ある意味では勝ち組の中の勝ち組だったわけだな……すると敵も多かったのか……」

「どっちかゆうたら、妬みが大きかったんかもしれんな……男のジェラシーほど醜く、酷いモンはないからな。警察の中にも多かったやんか」

青山も新任警部時代、当時の副署長から意味もなくイジメを受けた経験があった。今でいうパワハラの典型のようなものだが、当時の警察ではセクハラ、パワハラは当たり前の時代だった。

特に青山らが警察大学校に入校したのは冬季で、警部試験の年齢制限ギリギリの四十八歳で受かった長老と呼ばれる高齢組には厳しいため、全国から若くして試験に受かった者が集まっていた。このため、春に新任警部として異動してから初冬まで、青山でさえ副署長からのイジメを受け続けていたのだった。

「それでも土山は生き残っていたんだな……」

「どんだけ妬んでも、奴が担当しとったクライアントと一緒に仕事をしたいちゅうエリートは誰もおらんかったやろうからな。これは神戸大空銀行でも四井銀行になっても同じやったわけや」

「汚れ仕事……というわけか」

「そうや。まさにその汚れ役を一人でやっとったわけやから、妬みちゅうよりも、土山本人とあんまり関わりとうなかったんやろうな」

「仕事としても個人としてもかかわりたくない存在だったという訳か……」

「そや。そやから好き勝手に仕事ができたし、裏金を貰うんも平気になっとったんやな。マネーロンダリングにしても、まずは実験をしてみんとわからんようなことを反社会的勢力や宗教団体の連中にも平気で言いよったようや」

青山は龍がマネーロンダリングと口にしたため訊ねた。

「マネーロンダリングの話はどこから出てきたんだ？」

「俺の中学、高校の同窓生は毎年だいたい、東大、京大併せて百四十人は入るんや。俺は落ちこぼれやったけど、同窓生の絆は深うてな。いまだに、いろんな世界からそれなりの情報は入ってくる。特に俺がキャリアやのうて、ノンキャリの警視庁の捜査二課ちゅうことで、向こうも安心していろんな相談をしてくるんや。おれも積極的にそれに乗ってやっとるからな」

龍が淡々と語るのを見て、青山が言った。

「お前、交通事故にさえ遭わなければ、今頃は警視庁にはいなかっただろう？」

青山の言葉に龍が顔をしかめて答えた。

「爺《じい》が余計なこと言いよったな」

「一彦坊ちゃんだからな」

「やかましいわ。没落しとんのやから、いつまでも昔の呼び方は止め言うとんやが……しゃあないわな。年寄りになると……」

「しかし、吉澤顧問の知識は凄かったぞ」

「まあ、阪神経済の生き字引みたいな人やからな。阪神だけでのうて、関西の裏も皆知っとるわけや」

「そういう人が身近にいるだけでもたいしたものだ」

「ありがたいと言えばありがたい。自分自身、道を誤らんよう努める気にはなるからな」

「だから警察になったわけじゃないだろう」

「俺に向いてると思うただけや。今のところ結果オーライ……ちゅうところやな」

龍が自嘲的に言うのを聞いて、青山が首を傾げて訊ねた。

「お前、ご実家のしかるべきポジションに就くのか？」

「大和田から聞いたんか？」

「ん？　どういうことだ？」

「いや、そうか……もしかして爺か？」

「ああ。お前のお兄さんも望んでいるような話だった」

「爺も耄碌《もうろく》してきたかな……余計なことペラペラ喋りよって……」

そこまで言って龍は少し間を置いて話し始めた。

「実は、俺、来春で警視庁を辞めようと思うとるんや」

「そうか……」

「これ以上やる仕事ものうなったし、『部付』という肩書も中途半端。決して捜査二課長になれるわけでもないからな……かといって、今から組対の課長をやるつもりもなければ、警察庁に出向するのも馬鹿らしい。五十を前に新たな道を選ぼうと思うたんや」

「五十過ぎると、新たな道を進もうにも面倒になるかもしれないからな。おまけに、もう、人に使われるのは嫌気がさしてくる時期だろうしな……」

「お前もそうか？」

「もう、ノンキャリの年上で僕たちの上司になる可能性があるのは参事官と警察学校長そして、二人の部長だけだ。総監、副総監を除けば、キャリアの部長だって歳下だろう。そろそろ先が見えてきたような気がする。大和田は総監付き、お前も僕も部付、あの藤中だって長官官房付き……警視正になっても署長と方面本部長しか残っていないし、課長は限られている。下手をすれば異動待機のような形で管区警察局の部長を二年間させられるだろうしな」

「先が見えた人生は面白うないな」

「まあな。僕もいつまで今のような好き勝手ができるのか……いいところ、あと一年だろうからな」

「警視正、つまり地方警務官になると給料も下がるしな……。ラスパイレス指数が高い警視庁警視のうちにやめておいた方が気が楽やな」

地方警務官とは、都道府県警察の職員のうち警視正以上の階級にある警察官をいい、警察法の規定により一般職の国家公務員とされている。定員は六百二十九人である。ラスパイレス指数は、国家公務員と地方公務員の給与水準を比較するときに使われ、一般に、福利厚生で恵まれた国家公務員のほうがやや給与水準は低い。

「地方警務官になった段階で、一旦は警視庁を辞職する形だから、警視庁の退職金はそこまでで計算されるから大差ないだろう」

「そうは言うても、五十過ぎて給料が下がるんは面白うないで。民間企業の役職定年制よりも五年も早いんやからな」

役職定年制とは「高年齢者等の雇用の安定等に関する法律」の改正により、一般的に定年退職を迎える年齢の数年前に管理職から外れ、特定の仕事を担当するスタッフに変更される仕組みのことをいう。

「これで定年延長にでもなれば、天下りが厳しいのはもちろん、組織内飼い殺しの傾向はさらに顕著になるだろうな」

「早い段階から新しい働き方を検討しておくんも大事かもしれんで。お前なら公安部で培ったスキルや経験を活かして、新たな分野でも社会の一員として活躍できるやろう」

「全く考えていないわけではないが、何ができるのか……残念ながら、そういう目線で外部の仕事を見たことがないのが実情だ」

「なるほどな……さっきお前が言うたように、今更、他人に雇われるのは嫌やろうしな」

「他人であろうが、身内であろうが、この年で新しい仕事に就く時に、一つ一つお伺いを立てて仕事をするのは無理だな」

「そうやろうな。俺も、自分で会社を創ろうと思うとるんや。会社の約款《やっかん》も作ったし、準備も進めとる」

「いつからそんなことを始めたんだ？」

「四十二、副署長になった時や」

「副署長か……お前のところはキャリアの署長だったよな」

やけどな」

「そうや。三十歳のお兄ちゃんやったな。まあ、ええ奴やったから可愛がってやったん

「まだ付き合いはあるのか？」

「あるで。来年から在外公館勤務いうとったな」

「そうか……寂しくなるな……」

「人生いろいろや。俺かて組織を離れるんは辛いけど、後ろを振り返ってばっかりやったら生きていけんからな。おもろい仕事をしてみるわ」

「業種はコンサルティングか？」

「そうや。昔から付き合いがある会社もあるし、これまでさんざん無料相談に応じてきとったからな。先方も金払うた方が余計な気遣いせんでええ、いうてるんや」

「関西には強力な人脈があるんだろうな。吉澤顧問のような人が一人いるだけでも心強いだろう」

「俺が助けてやる番や。そやから、今回の兵庫大空銀行の関係は、俺も昔の大詐欺事件を思い出しながら、相関図を作って人物整理しとるんや。バブルに踊った、踊らされた連中の今を確認するだけで、おもろい仕事ができるで」

「小説でも書けるんじゃないのか？」

「小説かあ……考えたこともなかったが、おもろいかもしれんな」

龍が笑いながら続けた。

「そやから、警察官やっとるうちに、捜査を兼ねた人物整理をしていったら、また別の事件が出てくるとこが悩ましいんや」

「兵庫大空銀行関連で、もう何か出てきているのか？」

「岡広組総本部のマネーロンダリングがおぼろげながらわかってきた。それに代々木教をはじめとした宗教団体の財務だけやのうて、これに群がるアホな政治家どもがまだまだ多いこともわかってきたで」

「国政か？」

「国政は小さい。案外、県議、府議の方がえげつない動きをしとる。最近の国会議員は組織をよう作りきらんのや。それで地元議員の丁稚小僧のようになって官庁を脅し回っとる。これに対して霞が関の連中は面従腹背どころか、いつでも足を引っ張ったろうと懸命になっとる。おもろい図式が出て来とる」

「サンズイはないのか？」

「サンズイだけやのうて、政治資金規正法違反、外為法違反、詐欺……何でもござれや。辞めるのが惜しゅうなるほどネタが出てきたわ」

「本当に惜しい話だな」

「青山に置き土産してやろうと思うて、今、鋭意捜査中や。追ってた大きいサンズイ案件は地検の特捜がくわえていきよったからな。久々に燃える仕事が最後の最後にできて嬉しいで。そんで、それが俺自身の財産にもなるよってな」

「計画というのは早めに順序立てて作っておくものだな」

「今、本当に警察の実力と、警察の捜査能力の高さを実感しながら充実できとるんは、ホンマに青山、お前のおかげや。もう少し、時間をくれ。詳細に調べ上げたる」

龍の生き生きとした顔つきが、青山には寂しくもあり、嬉しくもあった。初任科時代から転んでもただでは起きない男だったが、この段階に来て、どこまで掘り下げた捜査をやっているのか、捜査第二課長も窺い知れない状況なのだろうと思った。

龍は翌日から関西へ一週間の出張を実施した。刑事部長、捜査二課長の二人の決裁で済む立場だった。

龍の中学、高校の同窓会人脈は華麗なるものだった。

「おう、龍か。まだ警察やっとんのか?」

「来年で打ち上げです」

「それがええ。俺の三期先輩がこの間、警察庁長官を退官したんやけど、辞めた途端、再就職の相談を受けた。日本警察のトップまで務めた者《もん》がなんで再就職せなあかんのや」

龍はメガバンクの中でも関西系都市銀行で取締役をしている、中高の先輩を勤務先の大阪本店に訪ねていた。このメガバンクは東京本店と大阪本店という二重構造になっており、この先輩は実質的に関西以西のトップだった。

「天下りが嫌だったのではないですか？　二年毎に天下って、その度に二千万円位の退職金をもらうんですからね。五回やれば退職金だけで億ですよ」

「この人は実家が金持ちやから、金に執着しとらんのや。ただ、ぼーっと生きとるんが嫌なんやろうな。お前んとこも財閥再興するような動きなんと違うんか？」

「何をおっしゃいます。うちは没落財閥です。本体の銀行がこけてますから、そんなことはできません」

「銀行は今やゼロ金利からマイナス金利になって、四苦八苦や。いらんもん持たんと、かつての関連企業を統合したらええ。地元の商工会では、龍財閥再興の噂でもちきりやで」

「中小企業が合せて十数社です。本物の財閥から笑われます」

「何言うとんや、弟の会社かて今や神戸では十指にはいる大企業やないか。医療関係だけでも相当なもんや。銀行は統合されたけど、それでも三宮の旧本店には吉澤はんが未だに顧問として残ったはるやないか」

「爺はボケ防止でおるだけです」

「阿呆。どこの銀行がそないな慈善事業のようなことをやっとる。そんな護送船団方式はとっくに終わっとるわ。吉澤はんが残ったはるんは、阪神だけやのうて、関西全域の経済を知り尽くしたはるからや。ヤクザもんからあっちの連中まで、吉澤はんが『止めや』言うたらピタリと止まる。それができる数少ない人物なんや。しかも、かつては龍財閥の大番頭やった御仁や。いくらメガバンクというたかて大事にするわ」

龍は吉澤の爺が未だにそれだけの影響力を持っていることを誇らしく感じていた。

「先輩にそこまで言われて、爺だけでなく、私まで嬉しくなりました」

「そんなことはどうでもええ。ところで今日はなんぞ用があったんやろう」

「実は今、警察への最後のご奉公として、関西のゴミ掃除をやろうと思うてるんですわ」

ようやく龍の口から関西訛が出始めた。

「ゴミは多いで」

「ようわかっとります。その中でも、今のうちに摘んでおかねばならないような、根絶ちしておいた方がいいようなゴミを取り払おうと思うてます」

「それは警察を挙げて……いう意味か？　そやないと意味ないで。九州、福岡の暴力団狩りのようにな。徹底的に集中的にできるかどうかや」

「今、それを任されてます。刑事警察だけやのうて、公安も一緒ですわ」

「公安か……恐ろしい組織なんやろな？」

「まさに最恐組織ですわ。あらゆる手をサラッと使って、敵を根絶やし……という感じですわ」

「ほんまかいな。そんな人材がおるんか？」

「私の同期で日本の公安の現場のトップがおります。こんなもの知りは初めて会うたんですが、ものごとの考え方からして違うんですわ。しかも、海外からのスパイは徹底的に潰してしまいます」

「外事か？」

「いえ、公安全般です。国会議員からヤクザまで知り尽くしてますし、チャイニーズマフィア、コリアンマフィアとも戦っとるような男です」

「そりゃ大組織やな」

「この男の情報で日本全国の公安が動きます」

「ほう。おもろいな……チャイニーズマフィアか……最近、神戸にも多いらしいで」

龍が即座に反応した。

「どの辺に出没しとるんですか？」

「港や。そこで岡広組総本部とえげつない殺し合いやっとるそうやけど、お互いに死体が出てこんらしいわ」

「港湾利権というと、沖仲仕《おきなかし》でも押さえとるんですか？」

「龍、お前も古い言葉をよう知っとるけど、沖仲仕は今や差別用語らしいで。港湾労働者が正式名称や。警察が言葉を間違えたら大変や。案外、東京では沖仲仕ちゅう言葉を使わんのかもしれんけどな」

沖仲仕は、船から陸への荷揚げ荷下ろしなど、荷役を行う港湾労働者の旧称である。「沖仲仕」という言葉は差別的であるとされているが、明治から大正時代の沖仲仕を港湾労働者と言っては意味不明になる。ちなみに「板前」もまた差別用語とされるが「板前修業」「板前寿司」という言葉は未だに残っている。

「東京よりも横浜辺りでは使うてたようですわ。それよりもチャイニーズマフィアはどの辺りに食い込んどるんですか？」

「業界の噂やけど、チャイニーズマフィアに近い中国人が多いんは、造船業と言われとるんや」

「造船？　中国は今や世界一の造船大国になったはずですが……」

「中国が自前で作っとる船は、もっぱら客船やバルク船やタンク船らしい」

バルク船とは、ばら積み貨物船のことである。

「けど、最近の世界の船舶発注環境は造船の技術力を必要とするガス運搬船やコンテナ船に変わろうとしてるみたいや。そんでな、世界で海軍を持つ国家はみな自前で軍艦を造れるのに、中国の軍艦造船技術は大したことないようやな。それで、その技術を韓国や日本から盗もうと必死らしい」

「しかし、日本の造船業が落ち込んだとはいえ、造船技術、特に軍艦を造る部門に中国人を雇い入れることはせんでしょう？」

「そこなんやけど、今、中国から受け入れている造船分野の外国人技能実習生は、元請企業でも千人を超えてるんやと。国別の受け入れ率では四十パーセントを超えとるそうや」

「元請企業で……ですか……。そうなると下請けを入れたら大変な数字になるかもしれんですね」

「最近の中国企業は中国人が下請企業に行くんを嫌うんで、その代わりに下請企業で学んだフィリピン人やベトナム人を積極的に採用しとるらしい」

「日本の造船業は生き残りをかけて業界を再編している最中ですよね。海外の技術発展に対抗するため、お互いが高い技術を持ち寄り、人件費を抑えて価格競争に打ち勝とうとしてる。しかし、その間隙を縫って、海外のライバル企業が日本企業に入り込んだり、サイバー攻撃で情報を奪うことも考えられるわけですね」

「そうや。最近の日本は目先の利益ばっか考えとるからな。しかも海外進出する割にはサイバーセキュリティに甘いときとるからな……」

「神戸にも軍艦を造ってる企業がありましたよね」

「そや。龍、お前んとこの関連企業にも造船業があったやないか。きっと、そこも軍艦を造っとるはずやで」

龍は思わぬ情報に鋭く反応した。

「まさかうちがそのターゲットになってる可能性もある……いうことですか？」

「それはわからん。けど、あの造船所は昔は海軍御用達で巡洋艦も作っとったはずやで。今でもええ技術を持っとる、いう話やった」

「先輩はどうしてそんなことまでご存知なんですか？」

「日本は一九五〇年代後半に船の建造量で世界トップの座に輝き、その後五十年間、その座を守ってきたんや。それが今や、中国、韓国に抜かれ、最近は海外からの受注もなくなっとるそうや。日本の花形産業の衰退は、製造業を支援してきた者にしたら悔しい限りや。俺も財界に身を置く者として、何とか日本の製造業や重工業が再構築されて日本経済が活性化するんを期待しとるんや」

「なるほど……そういう思いがあったのですね。それを妨げるような輩《やから》は、国家として排除していかなければならんいうことですね」

「そや。それをできるんは警察しかおらんやろ。龍、お前が最後のご奉公ちゅうんなら、まず、日本の技術を守ってほしい」

龍は深々と頭を下げた。


その頃、大和田は都内のある大学院の研究室にいた。

「結果的に米朝会談が世界にもたらした影響というのは何だったのですか？」

「ならず者の生きる道を世界に示しただけだね」

大和田の質問に答える韓国人の朴《パク》客員教授は、略称ＫＣＩＡとも呼ばれた旧大韓民国中央情報部で日本課長を二期務めた経験がある。この客員教授とは大和田の大学の先輩が親しい間柄だったこともあり、大和田も社会勉強を兼ねて何度か一緒に酒を酌み交わした仲だった。

「〝強引にマイウェイ〟……ということですか？」

「大陸間弾道弾と核弾頭さえ持てば、如何なる大国をも脅すことができるという実証実験を世界のならず者に効果的に示しただけのことだね」

「先生にしか言えないことですね。すると、北朝鮮は核の放棄をしない……ということですか？」

「北の大陸間弾道弾と核弾頭が本物であることをアメリカが認めてくれたのだから、あとはこれを商品として売ればいい。自国で生産しなくても場所を提供してくれればいいだけだろう」

「するとノウハウだけで生きていくことができる……ということですね」

「自国で核実験する必要もなければ、発射台もいらない……ということだ。そんな施設は破壊して見せればアメリカとの約束は守ったことになる。国際原子力機関（ＩＡＥＡ）の査察受け入れなんてどうにでもごまかせるからな」

「非核化は、自国にさえ置かなければいい……ということですか？」

「核についてはそうだな。ただし、日本にあれだけのプルトニウムが保存されていることを北朝鮮も主張するだろう。その時、日本が確たる対応ができるかどうかだ。今さらプルサーマル計画なんて言えない立場だし、その実験もできないだろうからな」

「ミサイル開発はどうなのでしょう？」

「戦略核さえ搭載していなければそれでいいはずだ。大陸間弾道弾の放棄は求められていない。もし、これを要求するとなると、北朝鮮だけにそれを求めるのはおかしな話だということになるだろう。中国だって韓国だってミサイルを保有しているし、中国は軍事パレードで国連事務総長にまで見せているんだ」

「するとミサイル売買は合法的……ということですね」

「アメリカだって中国だって武器輸出国だから、文句を言える立場ではない……ということだ。北朝鮮はしたたかなんだ。それに迎合してしまっているのが韓国ということになる。特に今の大統領は外交を知らない。ただ単に南北問題の解消を唱えているが、朝鮮戦争が終結すれば米軍が韓国に駐留する必要性がなくなり、最大の貿易相手国となってしまった中国への抑圧がなくなってしまう」

「南北問題の解消といっても、朝鮮半島が一つになるわけではなくて、単なる隣国関係になるだけですよね」

「北朝鮮は現体制の継続を主張しているし、東京オリンピックやその後の北京冬季オリンピックにも北朝鮮としての参加を表明している。もし、朝鮮半島が一国になるとすれば、北朝鮮による統合……というのが現実味を帯びてくるだろうな」

「中国、ロシアとしてもその方が魅力的な統合になる……ということですね」

「中国、ロシアとも韓国の存在は不要なんだ。朝鮮戦争が終結したならば、隣接する国家の方を優先するのが傀儡国家を作るには効果的だからな。ロシアは太平洋と北極海に進出することによってヨーロッパ重視策を転換できる。エネルギー問題はドイツと組めばいいだけで、EUなんて全く相手にしていないのが実情だ」

「ロシアは釜山《プサン》まで鉄道とパイプラインを伸ばしたいようですね」

朴客員教授は感心した表情になった。

「ほう。よく知っているな。釜山に軍艦、というよりもロシアにとっては原子力潜水艦だが、これを置くことができれば、今度は中国と覇権争いが始まるし、アメリカを牽制《けんせい》できるからな」

「日本は相手にされていない……ということですね」

「太平洋に出るのに邪魔ではあるが、ロシアが最長でも二十年のスパンしか考えていないことを考えると、日本の経済力と技術力は利用した方が得策ではあるな」

「北方領土問題を解決せずに……ということですか？」

「北方領土に関してプーチン大統領は領土問題と考えていない。戦利品を手放すようなことをロシアがするはずがない。これまでのヨーロッパの歴史で戦争の勝利によって得た土地を無償返還した……などという前例はないだろう？」

「アメリカは別……と言うことですか？」

「アメリカは統治しにくい土地には基地を置き、返還先の国家に支払いをさせる……というスタンスだ。ミクロネシアのようにアメリカにとって経済的価値のない国家は独立させた方が却って都合がいい場合もある」

「沖縄はどうなるのでしょう？」

「もし、アメリカが撤退するようなことになれば、日本は憲法改正を行なって軍隊を持たなければ、中国、ロシアの餌食になるだろうな。米中露三大常任理事国による太平洋地域の棲み分けができるかどうか……という段階にあることを日本人は知るべきだな」

大和田は返す言葉が見つからなかった。

客員教授の朝鮮半島分析は的確で、普段、テレビに出て喋っている国際政治評論家とは話の次元が違っていた。

最近の朝鮮半島情勢を確認した大和田は新宿歌舞伎町に向かった。

大和田は副署長を新宿署で経験していた。警視庁を挙げての歌舞伎町浄化作戦の新宿署責任者兼広報責任者として、藤中から話ができる反社会的勢力関係者を紹介してもらった縁だった。

「大和田の旦那、珍しいじゃないですか？」

「たまには表に出ないとな」

「数年前に新聞で警察署長になったのは見ていましたが、偉くなる人は違うな……と話をしていたんですよ」

「誰とそんな話をするんだ？」

「組長仲間……ってとこですかね」

大和田の相手は警察庁指定暴力団福山会系一次団体の組長の根岸徹《ねぎしとおる》だった。

彼は福山会の中では経済ヤクザの先駆者的存在だった。

「俺が署長になる時代だ、お前が大組長であっても何もおかしくはないさ。ところで銀座には顔を出しているのか？」

「もちろん。本家筋には気を遣っていますよ。本家の跡目を継いだ大森組も五代目ですからね」

「あいつも堅気からよく実家に戻ってきたものだ」

「大学で経済を勉強して大手企業に入ったのに、もったいないと思いますよ。ただ、四代目が呼び戻した……という噂でしたけどね」

岡広組が分裂し、その本家筋を最終的に継いだのは、現在の岡広組総本部総組長の国嵜源蔵《げんぞう》だった。

「あいつも、昔は渋谷でチーマーの頭を張っていた男だ。当時の暴走族とも五分の戦いをやっていたからな」

「その相手方の暴走族がその後『半グレ』に変わっていったんですよね」

「そうだな。今や六本木は奴らのシマのようになってしまったし、芸能界にも進出しているからな」

「芸能界に進出の意味が違うんじゃないですか？　芸能界の若いねえちゃんたちを手玉に取って、裏売春組織を作っている……と言った方が早い気がしますけどね」

「芸能界の枕営業か……。アルファースターもそれで成長したようなものだから、何とも言い難いがな」

「アルファースターはある時期、半グレと完全にタッグを組んでいたんですから、商売もえげつないんですよ。しかも、社長の榎原哲哉が組んだ半グレのケツモチは岡広組総本部の中でも武闘派で知られた一派でしたからね」

「政財界にも相当食い込んでいたんだろう」

「顧客リストなんてものが流出したという噂話まででましたからね」

「ガセだったんだろう？」

「ガセはガセだったんですが、不安になって、アルファースターに問い合わせをした連中のリストは実際にあるようですよ」

「アルファースターの内部の者が作ったとしか考えられないが、それは出回っているのか？」

「サイバーテロでリストを抜かれた……という話ですが、それも本当なのかわかりません。アルファースターというよりも榎原が自分の手持ちの駒にするためやらせたのではないかと言われています」

「アルファースターのサイバーセキュリティをやってるのはどこか知っているか？」

「あそこは自前でサイバーセキュリティ会社を持っていますよ。米村なんとかという若いネエちゃんが仕切っています。今年の元旦の日経に出ていましたよ。榎原好みの綺麗どころでしたよ」

「自前のセキュリティ会社を持ちながらサイバーテロに遭ったとは、普通は言わないよな……何か裏があるのか？」

「そこまではよくわかりませんが、アルファースターの売り上げは落ちているみたいですし、榎原は現在ホールディングスの代表として動いているくらいで、あまり表にも出てこないようですよ」

「西新宿の神宮寺武人《たけひと》は出所しているんだよな」

「極東一家ですか……西新宿のビルはさらに要塞のようになっているという噂ですよ。なにしろ叔父貴が清水の大親分ですからね。誰も手を出せませんや」

「神宮寺武人はそこにいるのか？」

「十七階建ての最上階の事務所にたまには出ているようですが、なにしろ一度パクられて以来、あらゆる行動が秘密になっているようです」

神宮寺武人は六本木の半グレから裏の世界で身を興し、新宿歌舞伎町で勢力を持っていたチャイニーズマフィアの龍華会《りゅうげかい》と抗争の後、これを傘下に置いて極東一家という団体を結成していた。また、神宮寺の母親が清水保の義理の姉に当たるため、岡広組系列の反社会的勢力だけでなく、都内の対抗勢力も手を出すことはなかった。

だが、神宮寺は青山に逮捕され刑務所に入った。その間の東京のチャイニーズマフィアは元・龍華会の袁偉仁《えんいじん》が押さえていた。袁は上海マフィアのトップである周永漢《しゅうえいかん》に近い。

「何かやっている……ということか？」

「そうなんでしょうね。頭もいいし、金も力もあるわけですからね。しかも新宿のチャイニーズマフィアは完全に仕切っていますから」

「新宿のチャイニーズマフィアは一本化されているのか？」

「一本化も何も、新宿を仕切っていたのは旧龍華会という、中国残留孤児帰国者の独特の繋がりを持った連中です。彼らの中に香港帰りはほとんどいませんよ」

「旧満州、つまり現在の中国東北部出身者……ということか？」

「そのとおりです。彼らは発展著しい大連を本拠地にして組織を拡大しているのです。しかも、その背後にはロシアンマフィアと北朝鮮系コリアンマフィアの連中がついています。大連のチャイニーズマフィアが動かなければロシアも北朝鮮も動かない……ということです」

「米朝会談の失敗がロシアと中国を活気づけているというが、それがマフィアも活性化させているということなのか？」

「チャイニーズマフィアの連中は以前のような貧しい階級ではありません。中国に帰ってそれなりの事業を興し、名士に成り上がっている者さえいるのです。中国東北部の地方役人なんざ、所詮、金で動く奴らですから、マフィアの連中はやりたい放題のことができるようです」

「それでも日本で活動する意味は何なんだ？」

「食と医療の二本柱ですね。食と医療の中には環境問題も当然含まれます。どれだけ金があっても安心できる食べ物はなく、水も飲めず、しかもちゃんとした医療機関にもかかることができないとなれば、海外を知っている三十代の金持ちは本国を見捨てることになんの躊躇もないようです」

「新たな華僑ができてくるわけだな」

「ただし、現在、中国では個人の金の管理さえ国が行っている。地下銀行も筒抜けで意味をなさないようなんです」

「そこで現物輸送が出てくるんだな……」

「そうらしいんです。あるはずがない現金や貴金属は外貨経由で手に入れるんです。その最大の利用法が海外投資、それも優良不動産です。海外で株式投資をする中国人はほとんどいません。国内で失敗している連中を数多く見てきているからです」

「マネーロンダリング事情はどうなんだ?」

「それができるのはある程度以上の、子弟を海外に留学させることができるくらいの共産党幹部です。そこが資金流出拠点になるわけです。かつては『キツネ狩り』をやって不正蓄財の没収に追われていた当局も、キツネ狩りの任務はほぼ終わった……と言っています」

「権力闘争にある程度目途がついた……ということだろう。しかも習近平王朝が盤石すぎるほど盤石になったことの表れだな」

「そうなのかもしれませんが、チャイニーズマフィアの幹部連中も徐々に海外逃亡の準備を始めている……という噂です」

「日本にも来ているのか？」

「それは清水の大親分が一番詳しいのかもしれません。何しろ、上海マフィアのドン周永漢や香港マフィアのドン黄劉亥《こうりゅうがい》とサシで話ができる、国内唯一の人ですからね。福岡に中国人富裕層向けの大病院を造ったのでしょう」

「清水が造ったわけじゃない。地元の有力者に造らせた……というのが正しいようだ」

「結果的には同じでしょう。健康保険が使えない現金商売の患者が大型客船や飛行機に乗って続々やって来るわけですからね。しかも、海外の旅行保険を使って、急病入院の手配をしたうえで長期滞在ができる手法を使っているそうじゃないですか」

「随分詳しいな」

「博多の清水組二代目の幹部とは時々会っていますからね。中国人富裕層を一人、健康診断とガン治療するだけで、シャブをキロ単位で運ぶのと同じ収入になるそうです。笑いが止まらないでしょう。最近の初期ガン治療は三泊四日で手術して退院になるそうです。これが二年先まで満杯……というんですから、ヤクザ稼業なんて何もやらなくていいわけですよ」

「なるほどな……清水のことだ、それ以上の旨味を何らかの形で得ているんだろうな」

「それ以上の旨味……ですか？　想像がつきませんが、例えばどんな旨味があるのですか？」

「観光客だって手ぶらで来るわけじゃないだろう。それなりの富裕層だ。香港や上海のマフィアの上層部から指示を受ければ手土産の一つも持ってくるだろう」

「手土産……現金化が可能なものですよね……中国では金《きん》が一番でしょうか？」

「そうだな。金は最も使い勝手がいいが、それ以上に清水組の最近の得意技を考えると、他人名義の銀聯《ぎんれん》カードでも十分に使える」

「銀聯カード……クレジット詐欺でもやるつもりなんですか？」

「銀聯カードはクレジットカードではなくデビットカードだろう。クレジットカード詐欺にはならないのさ」

「クレジットカードではないのですか？」

「中国は現在、世界第二位の経済大国でありながら発展途上国という位置づけとなっている。その理由は、貧富の差が激しく一部の富裕層がＧＤＰを引上げているだけだということ。日本のように与信審査が発達していないという二点が大きいんだ。それでもなぜ銀聯カードのようなデビットカードが普及したかといえば、治安の悪さと最高額紙幣が百元と小額であることだな」

「確かに百元だと現在のレートでは千六百円くらいのものですよね。やはり偽札対策ですか？」

「それもあるが、中国から持ち出す現金の規制も大きいだろう。そして銀聯カード普及の最大の理由は、個人の資産を国家が管理できる点だ」

「なるほど……銀行とはいえ、国家企業ですからね。それで、他人の銀聯カードをどうやって使うんですか？」

「銀聯カード利用の際には、六桁の暗証番号の入力とサインの両方が必要なんだが、サインなんて、よほどのプロが見なければわからない。しかも、銀聯カードの発行枚数は六十七億枚近くといわれている。富裕層ならばそれなりの預金残高があるわけだが、もし海外で使用した場合、使われた本人がそれを知るのは銀行で預金残高を確認するか、銀聯カードから使用通知が届いた時になる。決済時期を知っていれば最大限三十日は不正使用の発覚を免れるということだな」

「日本のクレジットカード会社のように不正使用の可能性の連絡は来ないのですか？」

「六十七億枚近くもあるんだ。誰がそれを管理するというんだ。さらに銀聯カード使用時の特徴の一つであるサインが問題だ。不正使用が発覚した場合、本人の使用ではないという証明が必要なんだが、本人に渡航歴もなく、サインも違っているとなれば本人に支払い義務はなく、カード会社から加盟店にチャージバックが発生するだけのことになる」

「なるほど……どうにでもなる……ということですね……。それを清水組はやっているのですか？」

「ちょっとした裏情報だ。銀聯カードが手を打とうにも、六十七億枚近くのカード使用者の交遊関係まで調査することは不可能だろう。しかも、清水組は一枚の銀聯カードで不正使用するのは最大で百万円という取り決めをしているようだ」

「何もせずに百万円が手に入る……ということですか？」

「損をするのは銀聯カードを発行した銀行だけ……ということになる」

「清水組二代目もワルですね……俺には何も言わなかったですよ」

清水組二代目は清水保が引退する際に指名し、組幹部全員の血判状を以て決定された、当時の清水組若頭、藤原佳宏《ふじわらよしひろ》だった。藤原は岡広組五代目当時の清水若頭を若頭補佐として支え、清水組に移籍した後は経済ヤクザのノウハウを徹底的に仕込まれていた。

「ワル？　お前が言う台詞じゃないだろう。おまけに儲け話を他人に教える馬鹿がどこにいる」

大和田が笑って言った。

「清水組二代目はもうそれをやってるんですか？」

「そのようだな。藤原は今の反社会的勢力の中で経済ヤクザとしては断トツの頭脳と言われているし、世界をよく見ている男と言われている。ただ、中国本国ではまだ問題になっていないらしい。それほど管理も杜撰《ずさん》なのかもしれないな」

大和田は言いながら、ふと清水組はもっと大きなことをやっているのではないか……と思い始めていた。

するとと根岸組長が思い出したように言った。

「そういえば、中国東北部のチャイニーズマフィアの連中は福岡ではなく、東京に直接来ているようですよ」

「福岡の清水組二代目がカウンターパートではない……ということか？」

「おそらく、神宮寺が仕切っているのではないかと思います。神宮寺は実刑を受けながらもムショの中から弁護士を通じて組織に指示を出していた……と言います。極東一家だけでなく、その傘下の極東ホールディングスの業績も落ちることがありませんでした」

「極東ホールディングスか……今の主たる業務はなんだ？」

「投資顧問ですね。バブル崩壊時に兜町にあった証券会社を買収して、塩漬けにしたまま、登録の更新は行っていたようですね。最近では兜町の店舗を建て替えて、羽振りはいいようです」

「代表取締役は誰がやっているんだ？」

「何でも関西の銀行から引っ張ってきた男らしく、なかなかの切れ者という評判です」

「しばらく見ていないうちに極東一家も様変わりしていた……ということだな」

「そうですね。特に極東ホールディングスがやっている投資ファンドは、それなりの投資家から集めた潤沢な資金を用いて投資をしているようで、ハイリターンが魅力だという客が多いようですよ」

「投資にハイリターンがあるならば、それなりのハイリスクがなければ商売にならないだろう」

「ファンド・マネージャーが優秀なんでしょうね。マフィア独特の裏情報ルートがあるのかもしれませんが、誰でも客になれるわけじゃないようですよ」

「マネーロンダリングに使われているわけじゃないんだろうな」

「投資される金の出処までファンド・マネージャーは調べませんからね。客も客である程度のリスクは覚悟していても、もうかれこれ十数年続いているんですから、いい結果を出しているんでしょう」

「ところで、うちの本部の組対は最近この辺りに入って来ないのか？」

「そうですね。組対二課や四課の連中も最近、新宿には顔を出しませんからね。新宿署も以前よりは暇になったんじゃないですか？」

「歌舞伎町の客層もだいぶ変わったみたいだからな……」

「かつてのコマ劇場周辺を見て下さいよ。昔の面影は全くありません。早稲田の学生もパッタリ寄り付かなくなったようですよ」

大和田はかつて早慶戦の後で学生たちがコマ劇場前にあった噴水に飛び込んで大騒ぎをしていた頃を懐かしく思い出しながら訊ねた。

「大久保病院の周辺はどうなんだ？」

「二丁目もだいぶ変わりましたよ。ハイジア周辺の少女売春も影を潜めましたし、普通のホテルも多く建ちましたしね。風林会館周辺もだいぶ変わりましたね。ただ、コリアンマフィアやチャイニーズマフィア、それからロシアンマフィアの棲み分けははっきりできているようですね」

「しかしラブホテル街はしっかり残っているんだろう？」

「まあ、ほとんどがデリヘルですね。一般のホテルでも宿泊客以外の女性を連れて入っても文句を言わないようですが、一応、身元が割れていますからね」

「なるほどな……。海外マフィアの連中は何で稼いでいるんだ？」

「ぼったくりバー、スキミング、そして売春ですね。職安通りの手前ではシャブはやりませんよ」

「シャブは昔から大久保と相場が決まっていたからな」

大和田は新宿の動きと実態をもう少し確認する必要性を感じていた。

藤中はすっかり馴染んだ博多にいた。

「相変わらず豪華客船がひっきりなしだな」

「五千人、三千人クラスの船が続きますからね。貸し切りバスで大渋滞ですよ」

「福岡から郊外に行ってくれればいいんだが、朝出発して夕方には戻ってくるから、都市高速まで渋滞するんだよな」

藤中は福岡県警刑事部捜査第二課長、キャリア警視の里見幸次《さとみこうじ》と、県警本部に隣接する福岡県庁の喫茶室で話をしていた。里見が前任の刑事局刑事企画課長補佐時代に藤中が指導担当となって以来、時折連絡を取り合う仲になっていた。

「藤中分析官は警察庁に永久出向なんですか？」

「一旦は署長をやらなければならなかったから、二年間は警視庁に戻ったが、捜査一課には署長上がりの理事官ポストがないんで、仕方なくまた長官官房に戻ってきた……ということだ」

「でも、階級は警視正になられるのでしょう？」

「給料が下がるのは仕方ないんだが、管区警察局の部長になるよりはまだ自由に動くことができるだけありがたいと思うしかないな」

「珍しいポストですよね。長官官房分析官……というのは」

「そのうち、警察庁各局から長官官房に分析官という形で集まってくるかもしれないぜ」

「警察庁情報局でも作るつもりですかね」

「官邸のご意向はそうらしいな。東京オリンピックだけでなく、北朝鮮対策でも外務省ルートを外して内閣情報官ルートに切り替えたくらいだからな」

「アメリカの国務長官にポンペイオが就任したのですからね。ウェストポイントの陸軍士官学校をトップの成績で卒業し、その後ハーバード大学ロースクールを経て法律家、政治家になった」

「ポンペイオは中央情報局ＣＩＡ長官を経て国務長官になっている。北朝鮮にとっては極めてやっかいなネゴシエーターが登場した形だな」

「ポンペイオは米朝首脳会談後に自ら『アメリカ大統領と我らのチームが北朝鮮と議題にしたことは北朝鮮国内の人権、宗教の自由、日本人拉致被害者らだ』と明かしています」

「北朝鮮にとっては非核化、大陸間弾道弾等の放棄が主たる議題であったはずなのに、敢えてそれを言わず、人権、宗教さらにはリップサービスのように日本の拉致問題を伝えたところに、ポンペイオの心理作戦があるような気がする」

「心理作戦……ですか……」

里見二課長は首を傾げながら藤中の話を聞いていた。

「だから日本も対北朝鮮外交には外務省ではなくアメリカ中央情報局情報を共有できる内閣情報官をネゴシエーターに選んだんだ」

「確かに内閣情報官は優秀な人なのでしょうが、内調にその任に応えるだけの情報収集能力があると思われますか？」

「そこが悩ましいところなんだが、官房副長官を中心として、総理秘書官を含めた警備局人脈を活かすしかないだろうな」

「総理秘書官ですか……五年以上も総理秘書官として『風に向かって立つ』を実践させられていらっしゃいますからね」

「『風に向かって立つ』……秘書官の要諦のような言葉だな」

藤中が言うと里見二課長がクスッと笑って言った。

里見が言った「風に向かって立つ」という台詞は、警察庁の採用パンフレットに掲載されていた、当時の警察庁出身の総理秘書官の言葉だった。

「藤中分析官は捜査一課というよりも公安部のような雰囲気になってこられましたね」

「捜査一課の殺し、叩き、突っ込み、火付け、人さらい……だけでは世の中は見えてこない。捜査一課が刑事の花形であることは確かだが、組織的な犯罪には対応できないのが現実だ。長官官房という複眼で見るポジションに来て初めて、海外を含む様々な反社会的勢力の姿を目の当たりにした結果だな」

「複眼というのは刑事でもよく言われた言葉ですけど……その範囲が広まった……ということでしょうか？」

「同じ刑事でも、捜査二課の場合には共犯関係が原則だが、捜査一課や三課の場合には特殊犯を除けば単独犯が多いからな。複合した事件というのは少ないだろう。その点、公安はあらゆる視点から物事を見て考える習慣が身についているんだな……一緒に仕事をしていて、彼らの発想の原点に舌を巻くことが多かったよ」

「公安は私も専門外ですからよくわかりませんが、福岡県警の警備部公安一課長で来ている同期生も頭はいいですよ」

「お前はどうして刑事に進んだんだ？」

「警察の基本のような気がしただけです。警備警察は警大の講義ではあまり興味がわかなかった……というか、大学時代にキャンパス内にいた極左連中を見ていましたから、あんな連中が仕事の相手になるのが嫌だったのかもしれません」

「なるほどな。東大にも極左の残党は残っているからな」

「ところで藤中分析官は今、福岡で何を追っているのですか？」

「反社会的勢力と海外マフィアによる犯罪行為だ」

「組対……というか、福岡県警では暴力団対策部ですが、そちらともパイプはあるのですか？」

「一応な、ただ、俺の狙いはチャイニーズマフィアとコリアンマフィアの連中による不法行為だ。暴対……というよりも、どちらかといえば外事警察に近いかな」

「やはり公安ですね」

　里見二課長が笑って言った。

「里見、奴らが福岡の政治家と繋がっていた……となれば、お前のテリトリーだろう？」

「えっ。そんな話があるんですか？」

「県というより、福岡市の幹部が東京出張するたびに福岡出身の芸能人と飲み歩いているんだが、この中には反社会的勢力やチャイニーズマフィア、コリアンマフィアとつながっている奴がいるんだ」

「市の幹部……というとどのあたりの幹部なんですか？」

「二カ月おきに、東京に出張できるような立場……となれば限られてくるだろう」

「そいつは反社会的勢力の連中のために何かしているのですか？」

「反社会的勢力の連中が何の見返りもなく遊んであげる……と思うか？」

　藤中の言葉に里見二課長は思わず身を乗り出していた。

「お前はもう少し様子を見ていてくれ。俺も慎重に動いているんだ」

その夜、藤中は中洲の味噌汁屋のカウンター席に座っていた。隣では地元ブロック紙の社会部長が芋焼酎のお湯割りを飲みながら小声で藤中に報告をしていた。

「藤中さん。例の件ですが奴の背後には大物がいましたよ」

「国会議員か？」

「はい。奴は国政に出たいらしく、その申し入れの際の金が必要らしいんです」

「奴はどちらを頼りにしているんだ？」

「南の方です」

「再び表舞台に出てくるのか……」

藤中は福岡県の南北に分かれた国政実力者の顔を思い出しながら言った。

「子飼いが必要なんです。金は十分に持っているのですが、人がいないのが実情です。福岡市を制する方が福岡県を……ひいては九州を制することになるからです」

「九州か……隣の長州は戦後も何人も総理大臣を出しているのに、九州全体でも三人だけだからな。それも一年未満が二人、もう一人は連立政権で担がれただけだったからな……」

「政治というのはそういうものかもしれませんよ。強い政治家が一人生まれれば、二代、三代と世襲するのが日本の民主主義ですからね。群馬と山口はその最たる例でしょう」

「しかし、福岡を制した国会議員というのは本当にいたのかどうか……本当のリーダーがいたのか？」

「今ほど福岡に一極集中したことはありませんでしたからね。福岡市は北九州市の次……という時代が長かったですから」

「そうだな……かつては四大工業地帯、七大都市には北九州市が入っていたんだったな……それが今や、福岡市は大阪以西では最大の都市になったし、外国人旅客数およびクルーズ船寄港数は日本一となっているからな」

「それだけじゃありませんよ。博多港は神戸港以西の西日本では貿易額、コンテナ取扱量ともに首位になっているんです」

「まさに巨大化が進んでいるんだな……」

「合併もせずに人口が増えているのは東京を除けば福岡市だけですよ」

「そうなのか……住みやすい街だからな……」

「博多港を仕切っているのは今や清水組二代目のようです」

「地元の反社会的勢力の連中はどうしているんだ？」

「見事な棲み分けをやっていますよ。清水組二代目がいるので北九州や筑豊、ひいては筑後のヤクザも入ってくることができないんです」

社会部長は暴力団集結地とも呼ばれる福岡県の反社会的勢力事情を確認するように言

った。

「中国のネットで、福岡は日本で一番危険な街として紹介されているようだが、反社会的勢力の数だけ見ればそういわれても仕方ないが……」

「まあ、福岡市内は一見、極めて安全な街ですけどね」

「一見……か……」

藤中が芋焼酎のお湯割りをゴクリと咽喉に流し込んで続けた。

「よそもんの俺が見て不思議に思うのは、福岡市の再開発問題なんだが、これを新聞はどう捉えているんだ？」

「スタートは博多湾の埋立ですね」

「ガラガラだもんな……。昨日、久しぶりに志賀島《しかのしま》に魚を食べに行ったんだが、不便な場所にでっかいヤッチャバが立っていたよ。あんな所じゃ生産者も、卸《おろし》も業者も通うのが大変なんじゃないのか？」

「ヤッチャバ……懐かしい響きですね。青果市場は確かに不便だと思いますよ。もう一つ都市高速の出口を造る予定のようですが、いつになることやら……」

「都市計画の基本ができていないから、あんなことになるんだ」

「ど素人が金欲しさにやったような計画ですからね。干潟《ひがた》も死んでしまったようですし、今のところ、何もいいものがない埋め立て地ですよ」

「金欲しさ……まさに金の臭いがプンプンするところだな。あの時の業者が再び福岡市の再開発にかかわっているんだろう？」

「そうなんです。どうやら、埋め立て工事を請け負った時からのバーター取引だったようです」

「バーターか……。あの埋め立て地は胡散臭い噂が多いようだからな」

「『ケヤキ・庭石事件』などという事件も起きましてね。元市議会議員が圧力をかけて、福岡市初の第三セクターとして設立された新博多港総合開発という会社に、土地利用計画の決定前に一本百万円もするケヤキを数百本と庭石一万トンを買わせたんです」

「最初の第三セクターね……ケヤキ並木でも作ろうとしたのか？　それとも最初から根が腐っていたとか……」

藤中が鼻で笑うように言った。

「それが、ケヤキの多くは、木の上部を電信柱のように切り落としており、使い物にならなかったようです」

「それは詐欺だな。その元市議会議員はどうなったんだ？」

「実はその金が、元市議が国政選挙に出馬したときの資金となった疑いが持たれたのです。しかも、その屑のケヤキの木は切り出し価格の二百倍だったことも判明しました」

「売る方も売る方なら、買う方も買う方だが、たかだか市議会議員ふぜいでそんな力があるのか。国政に出たとなれば、大きなバックがいたんだろう？」

「そう言われていましたが、詳細は明らかになりませんでした。さらに、元市議のファミリー企業が、埋め立て地の土地購入によって四億円近くも転売益をあげていることが判明したのです」

「おいおい、政令指定都市とは思えないような杜撰さだな。結果はどうなったんだ」

「元市議は関与を否定しましたが、議会はこれを認めず、元市議を偽証や文書不提出で県警に告発しました。ファミリー企業の会社役員は不出頭、さらに、新博多港総合開発社長の福岡市助役と新博多港総合開発常務を特別背任の容疑で告発しています」

「経過ではなくて、結果だよ」

「主犯の三人に加えて関連会社社長等十一人が逮捕され、主犯の三人が起訴されました」

「それで？」

「福岡地裁は懲役三年六月を筆頭にあとの二人にはそれぞれ懲役二年の有罪判決を言い渡しました。弁護側は無罪を主張していましたが、判決では『私益をもたらすためのもの』と認定しています」

「土地利用計画の決定前の行為だろう。先行取得自体が無効に決まっているじゃないか」

「四年後の最高裁第一小法廷は……」

「なに？　最高裁？　地裁判決の不服は仕方ないとしても、高裁判決に対して上告したのか？」

「結果的に上告を棄却。有罪判決が確定したんです」

「どうしようもなく往生際が悪い連中だな」

「しかも元市議は再審請求しているんです」

「笑い話にもならんな。『それでもボクはやってない』というのが流行ったことがあったが、冤罪には二つのタイプがある。犯人ではない場合と、犯罪ではない場合だ。しかし、これほど明確な事件を再審請求とはな……」

藤中が呆れたような顔つきで笑った。

「あの埋め立て地にあるこども病院の問題でも、市長が三回替わったんだろう？」

「よくご存知で……」

「それでも結果的に、選挙時の公約を三人の市長が裏切って『ゴーインニマイウェイ』を通してしまったわけだよな」

「裏切った……という表現が適切かどうかわかりませんが、こども病院の人工島移転の本質的問題は『誰のためのこども病院なのか』ということだったはずなんです。ところが本来の『こどものいのちを守る』ではなく『人工島事業破綻の穴埋め』になってしまったことは否めません」

「埋め立て地と、こども病院との間に何か問題はないのか？」

「実は……」

社会部長はやや言葉に詰まったが、思い直したように話し出した。

「この時の保健福祉局担当部長がその後、市の港湾局長になり、現在の新博多港総合開発社長に就いているんです」

「なんじゃそりゃ。論功行賞か？　市民は知っているんだろう？」

「こども病院移転問題はもう過去のものになってしまった……ということなんでしょうね」

藤中はチラリと社会部長の顔を見て言った。

「福岡に一流の政治家が育たない理由が見えてくるような気がしたな。せっかく引退後は福岡に永住しようかとも思っていたんだが、まだ東京の方がマシな気がしてきた。と言っても、東京のいろんな選挙も滅茶苦茶で、結局は選挙民が悪いだけの話なんだけどな」

「でも、東京では開発に伴う事件は起こっていないでしょう？」

「なんとも言えないのが実情だな。開発、特に埋め立てとなると必ず反社会的勢力が顔を出してくる。港湾利権というのはそういうものだ。反社会的勢力あるところ、必ず汚職がある……これはチャイニーズマフィアと同じ図式だな」

藤中は三杯目の芋焼酎のお湯割りを咽喉に流すと、カウンターの向こう側でニコニコして二人の会話を聞いていた主人に声を掛けた。

「親父さん。何だか福岡も情けないね」

「中洲には関係ない話やばってん、下手に金を手に入れると遊ぶ場所は決まって中洲やけんね。まあその程度の小悪党しかおらんとかもしれんね」

「小悪党か……そう言えば清水のおっさんは最近来とらんと？」

「小悪党から清水さんを連想するのは博多克範さんくらいのもんやろうね」

「いやいや、つい大悪党の存在が懐かしくなって思い出したとよ」

「そりゃ、よけいいかんばい」

主人の笑いについ引き込まれて藤中も笑っていた。主人が手元のメモを見ながら言った。

「清水さんは明後日、来らっしゃあよ。おきゅうとと銀鱈味醂《ぎんだらみりん》ば食べたいげな」

「銀鱈味醂か……そういえばメニューにないな。周《しゅう》ちゃん、銀鱈味醂はなかと？」

「今、漬け込んどう。まだ、早かろうや」

主人の息子の周ちゃんが焼き場の前でぶっきら棒に答えた。

「いつ食べれると？」

「明後日やね。今、国産のいい銀鱈が入らんと。庶民の味がだんだん遠くなってしまいようけんね。去年の秋刀魚《さんま》と一緒」

「秋刀魚かあ……中国人に食わせると何でも消えてなくなるからな……」

「それも日本人が悪いとよ。秋刀魚ば獲って自分ところで加工せんで中国に送って缶詰にするもんやけん、知らんでいい中国人が味を知ってしまう。中国人は大型船を持っとらんけん、台湾に頼んで母船ば作って操業を始めたとよ」

「母船か……公海上だから文句は言えんが、海の中に巨大冷蔵庫を作ったようなもんやもんね。ごっそり獲って、ごっそり運んで、中国の工場行き……」

「しかし、脂も載《の》ってない秋刀魚を喰っても美味くないやろうに……」

藤中が言うと周ちゃんが上目遣いで斬り捨てるかのように答えた。

「秋刀魚の脂の載りがわかる中国人やらおらんと」

藤中は返す言葉が見つからなかった。そこに社会部長が割って入った。

「博多で本当に美味しい秋刀魚の塩焼きば、中国人富裕層に喰わせてやりゃいいったい。そしたら富裕層は中国国内で秋刀魚を喰わんようになる。目黒の秋刀魚やないけど、『美味い秋刀魚は日本で喰え』という食文化を教えてやるのもまた、日本人、博多っ子の仕事かもしれんよ」

藤中が即座に反応した。

「おお、いいこと言うな……富裕層の中には少しは味がわかる奴、情報発信ができる奴がおるやろうけんね」

「脂の載った秋刀魚を七輪で焼いて見せんと、本当の秋刀魚の美味さはわからんやろうな。鮎と一緒で、内臓まで食べる魚は他にはないやろうけんね」

社会部長ものっていた。これを聞いた周ちゃんが答えた。

「博多克範が言うたように、七輪《しちりん》で焼く秋刀魚が一番美味いとはわかっとうばってん、その七輪を作る業者も少なくなっとうとよ。切り出し珪藻土《けいそうど》の七輪やないと、ほんとうの美味さは出せんけんね」

「和食の奥は深いな……。周ちゃんは一流料亭で修業しとうけん、素材の味の出し方をよう知っとうもんね。今日の夏野菜の出汁漬けは美味かった」

「かつおの一番出汁に一昼夜漬けとうけんね」

それを聞いて藤中が社会部長に言った。

「聞いた？　生野菜を出汁につけただけだってよ。素材の味をここまで引き出すものかね……ドレッシングじゃないんだもんね」

翌日、藤中は里見二課長を天神の小料理屋に呼び出した。

「実は、お前は福岡に来てまだ半年も経たないのでよくわからないかもしれないが、福岡というところは財政面でちょっと変わっている……というか、怪しい面が幾つかあるんだ」

「えっ、そうなんですか？」

「一つは福岡発展の立役者となっている福岡空港の問題だ」

「政令指定都市の中で空港へのアクセスが一番いいですからね。しかも、他の追随を許さないほどの都市圏にあります」

「そう。陸上の玄関口博多駅から地下鉄で二駅、福岡の中心天神からでも五駅だ。東京への最終便に乗るのにも、午後八時まで九州一の歓楽街、中洲で飲めるんだからな」

「その福岡空港に何があるのですか？」

藤中が大きく溜息をついて答えた。

「国が管理する空港の多くが赤字であることはよく知られているが、なかでも年間二千万人近くもの乗降客がありながら、巨額の赤字を垂れ流しているのが福岡空港だ。原因は年間八十億円を超える土地賃貸料なんだ」

「国や地方自治体の持ち物じゃないのですか？」

「福岡空港は敷地の三十二パーセントが私有地なんだよ。国が地権者から土地を借り上げ、空港を運営しているんだ」

「どうしてそんなことを……」

「悪い野郎がいたからさ。太平洋戦争末期に旧陸軍の飛行場建設計画をいち早く察知し、周辺の土地を買い集めた男がいたんだ。それが一族に継承されている。米軍からの基地返還が実現し、国が管理する第二種空港になって以降、四十五年の間に福岡空港が払った賃貸料は二千億円を超えているんだ」

「賃貸料が二千億円……ですか？」

「赤字原因は地主からの借上負担金だけじゃないんだ。福岡空港は住宅街に近いという理由から、土地を毎年購入している。航空局は今なお市民の税金で相場の倍近い価格で購入しているので、売却する所有者は今でもボロ儲け状態が続いているんだ」

「それは福岡空港の現滑走路の西側に二〇二四年度の運用開始を目指して二本目となる二千五百メートルの滑走路を増設する目的があるからではないですか？」

福岡空港の慢性化している過密状態を解消する目的で、滑走路を増設する方針が正式決定している。

完成までの暫定措置として、国内線側の平行誘導路を二重化することで混雑を緩和させ、老朽化していた三つのターミナルビルを取り壊し、あるいは改装してターミナルビルを一つに統一する工事が行われている。

「その部分はいいんだ。購入して点々と存在する管理地は、フェンスで仕切られ立ち入り禁止でほとんどが未利用の状態になっている」

「安全な土地の確保……という理由は通らないのですか?」

「これまでの土地利用政策を考えると、裏に何かある……と考える方が自然なような気がするんだ。しかも国土交通省は二〇一八年五月、福岡空港の運営の民間委託に向けた審査委員会において、応募者の第二次審査を行い、福岡エアポートホールディングスを優先交渉権者に選定したと発表している」

「福岡エアポートホールディングスに何か問題があるのですか?」

「空港民営化は、成田・中部・関西・伊丹ですでに実施されているが、乗り入れる航空会社からはさまざまな不満が噴出している。地元権限・権益が温存された今回の福岡空港の民営化は、巨大な既存利権連合の象徴だろう」

「おそらく国交省の認可も初めてのパターンだと思います」

「利権が伴う既存の空港運営には、必要のない関連会社が数多く作られ、そこに役所や空港ビル会社からOBが役員で送り込まれている。いわゆる天下りの受け皿になっている場合も多いからな」

「なるほど……現実の問題ではなく、将来的な問題を抱えている……ということですね」

「地主からの借上負担金問題は全く変わっていないし、福岡市中心部の上空を低空で飛行する『視認進入』が行われることが多いのも問題なんだ。これまで空港の周辺地域に対しての騒音対策は行っていたが、高度千五百フィートから着陸している滑走路方向の賠償問題も発生する虞《おそれ》があるからな」

「藤中分析官はそんなことまで調べていらっしゃったのですか……」

里見二課長が驚いた顔つきで藤中を見て頷きながら訊ねた。

「空港の次は何なのですか？」

「博多湾だな」

「博多港ではなく、埋め立て地の問題ですか？」

「その両方だ。博多港は来日外国人対策、埋め立て地は反社会的勢力の温床になる可能性が高い。早期に手を打っておく必要がある」

「外国人対策はできうる限りの手立てを打っているようなのですが……」

「シャブの密輸入はどうなんだ？」

「覚醒剤はあらゆる情報を追って、水際作戦を行っているようですが、向こうも手を替え……のようです」

「成果は上がっているのか？」

「先月も密輸された覚醒剤約百キログラム、末端価格で約六十億円分を押収しています。この事件では日本人三人と中国人四人を逮捕しています」

「最近は一回の押収量が増えているからな……向こうも一攫千金を狙っているのだろう

が、北朝鮮、中国ルートだけではなくなっているようだからな」

「北朝鮮は日本海ルートが海保等の動きのおかげで難しくなっているようなのです。このため、ワンクッション、若しくはツークッション置いた密輸出をしなければならない状況にあるようです」

「そこに中国東北部のチャイニーズマフィアがかかわっているのだな」

「中国東北部……ですか……」

里見二課長は覚醒剤事犯が専門外のこととはいえ、そこはキャリアらしく頭を巡らせていたようだった。

「最近のシャブは密輸ルートが変わってきたらしいな」

「藤中分析官は覚醒剤を狙っていらっしゃるのですか？」

「東京ではちょっとした覚醒剤取締りが始まっているんだ」

「例の東京マラソン事件ですか？」

「さすがによく知っているな……」

「いえ、この件は警察庁からも指示が出ているのです。東京オリンピックに向けたテロ防止の観点から、覚醒剤事犯の徹底分析ということで、暴対は苦労しているようです」

「そうだろうな……シャブを喰わせて殺す手口なんて滅多にお目にかかることはないからな」

「それが福岡では過去に何度かあったそうなんですよ」

「そうなのか？　察庁《サッチョウ》は何も言っていなかったけどな」

藤中は初めて聞く話に驚いていた。

「暴対の担当者を紹介しましょうか？」

「ありがたいな。それにしても専門外のことをそこまで知っていることにも驚かされたけどな」

「一応、公安一課長と捜査二課長は本部の部長会議への出席を認められているので、情報だけは入ってくるのです」

「なるほどな……しかし暴対部長はキャリアだろう？　どうして本庁に報告していないんだ？」

「暴対部長人事が次回から地元の人事に変わるようなんです。そのあたりに何らかの思惑があるのかもしれません。福岡県警で暴対部は何と言っても花形ですし、日本警察唯一の組織ですからね……。現在の暴対部長は優秀な方ですから……県警全体のことを考えていらっしゃるのでしょう」

藤中は思いがけない情報を得たような気持ちになっていた。

「察庁に何らかの思惑があるのかもしれないな」

頷きながら藤中は新たな情報ルートの必要性を感じていた。

「里見、もう一軒だけ付き合ってくれないか？」

藤中は里見二課長を連れてGSライブバーの「WINDY《ウィンディー》」に向かった。GSは一九六〇年代以降流行ったグループサウンズの略語である。藤中にとっては子どものころ耳にした懐かしい音楽ではあるが、里見二課長の世代はむしろ知らない世界と言ってよかった。

この日二度目のライブが始まった。バンマスの松《まっ》ちゃんこと松本氏が客席の藤中を見つけるなりステージから言った。

「ここで事件は止めちゃり。この人が来ると必ず何か起こるっちゃけん」

「事件が勝手についてくるっちゃけん、しかたなかろうが」

「博多弁上手《うも》うなったね……。筑波大学ラグビー部は頭もよかっちゃね。この人、こう見えても警察庁のお偉いさんやけんね。逮捕されんごとしときんしゃい」

抱腹絶倒なトークが売りのバンマスだが、初めてきた里見二課長は、ライブ最初からの客いじりに唖然として藤中に訊ねた。

「面割れもいいとこですね。それにしてもまるで博多人ですね」

「そう。中洲では博多克範でとおっているからな」

藤中がニヤニヤしながら言って満席の客席を見回した。その中で一人、鋭い目つきの男と視線が合った。男は藤中に軽く会釈した。藤中も軽く会釈を返した。

「また、何か起こるかもしれないな……里見、迷惑はかけないようにするからな」

藤中の言葉に里見二課長はフーッと息を吐いて言った。

「まさに藤中分析官の行くところ事件あり……ですね」

ライブはいつもながら客をいじりながらも、それを目当てに来る客との駆け引きも面白く、初めて来た里見二課長も声を出して笑っていた。

約三十分間のステージが終わった時、先ほど目が合った男が藤中の席にやって来た。

「藤中分析官、ご無沙汰しています。京都でお世話になりました一番ケ瀬《いちばんがせ》徹《とおる》です」

一番ケ瀬警部は青山が祇園祭で遭遇した発砲事件の際に、京都府警の機動捜査隊として、短期間ではあったが藤中とも一緒に仕事をしていた。

「ああ、君か……てっきりヤクザもんかと思って身構えていたんだよ。今日は休暇かい？」

「いえ、仕事で来ています。このステージの前まで、ここに福岡市役所の幹部が顔を揃えていたんですよ」

そこまで言って一番ケ瀬警部が藤中の隣に座っている若い男をチラリと見た。藤中が里見二課長に耳打ちをして一番ケ瀬警部に紹介した。

「彼は福岡県警の捜査二課長だ。都合が悪い話はしなくていいぞ」

一番ケ瀬警部は一瞬怯むような顔つきになったが、思い直したように言った。

「初めまして、私は京都府警組対課の一番ケ瀬と申します」

「福岡県警捜査二課長の里見と申します」

一番ケ瀬は里見二課長がキャリアであることを瞬時に理解して言った。

「無断でお膝元を汚しておりますことをお許しください」

「いえ、最初はどこも同じです。この藤中分析官のように全国を飛び回って捜査する方も珍しいですが、捜査段階で他の都道府県に気を遣う必要はありません」

「そう言っていただき、ありがとうございます」

そこで藤中が一番ケ瀬に無遠慮に訊ねた。

「京都の組対が福岡市役所の幹部を追っているのか？」

「サンズイではないのですが、チャイニーズマフィア、若しくはコリアンマフィアの協力者になっている可能性が高いものですから、裏を取っているところです」

「シャブか？」

「それもありますが、二年前に海外研修という名目で訪中した際からの動きなのです」

「二年も追っているのか？」

「実はうちの本部長は警視庁の外事二課長を経験したことがありまして、アジア関係とコンピュータ犯罪には極めて深い知識を持っているのです」

「植松《うえまつ》さんだろう？　サイバーテロでも察庁の第一人者と言われていた。京都府警はコンピュータ犯罪では以前からトップクラスだからな」

「はい。ただ、今回はサイバーテロ関係ではなくて、本部長は未だに中国に視察と称して物見遊山に出かける地方自治体の職員名簿を、この十数年間、現地から取り寄せているんです」

「十数年間か……マニアックだな……。しかし、物見遊山とは面白い表現だ。確かに中国の政治体制を考えれば、地方自治体の連中が視察して役に立つことは何もないだろうからな」

「そして二年前に警察庁の警備企画課長時代、この案件を見つけて府警に振ってこられたのです」

「警備企画課長からの指示とあれば動かざるを得ないな……しかし、どうして福岡県警ではなく、京都府警だったんだ？」

「この福岡市役所の幹部が大連で接触した相手が、京都の反社会的勢力とチャイニーズマフィアの連中だったことが、領事館からの報告で判明したようでした」

「なるほど……瀋陽の総領事館の出張所が大連にあるからな……あそこの二等書記官は警視庁公安部から出向しているはずだ」

「警視庁公安部……ですか……」

「まあいいや。それで、その京都の反社会的勢力はどこの組に近いんだ？」

「岡広組です」

「岡広組か……総本部ではないのか？」

「総本部から飛び出した新生岡広組の方です」

「奴らの得意技は何なんだ？」

「シノギはシャブが半分、フロント利益が半分……というところです。ただ、シャブは昨年、入管と麻取《マトリ》とが共同で行った『コントロールド・デリバリー』に引っ掛かって、約十八億円のシャブを没収され、組の幹部五人が逮捕されています」

コントロールド・デリバリーとはいわゆる「泳がせ捜査」の一つで、海外から偽装して送られてくる覚醒剤の運送状況を追跡し、容疑者が荷物を受け取るのをその目で見て現行犯人として逮捕する手法である。

「そのシャブはどこから送られてきたものだったんだ？」

「台湾です」

「台湾の黒社会か……」

藤中が呟くように言うと、一番ケ瀬が頷きながら言った。

「藤中分析官は何でもご存知のようですから申しますが、台湾の黒社会は本土のチャイニーズマフィアの影響を強く受けています。しかも、香港、福建省《ふっけん》、大連の三ルートが個別に黒社会を形成しているようなんです」

「福建省は厦門《アモイ》に金門島《きんもんとう》があるからな……昔の蛇頭《じゃとう》の連中が人の代わりにシャブを送るようになった……という話を聞いたことがある」

「台湾だけは悪くなってほしくなかったのですが……」

「台湾だって政治は二分している。台南では前総統が慰安婦像の除幕式に出席したくらいだ。どこの国にもいろんな奴がいるということだ」

「確かにそうですが……」

「日本だって、台湾を見捨てて中華人民共和国を承認したんだから、よそのことは言えない。日本人こそ台湾の人たちに深く謝罪すべきなんだ」

「当時、中国が現在のような大国になるとは思わなかった……ということではないのですか？」

「日中国交正常化という流れがあったのは事実だし、日本が戦争をしたのは、蔣介石率いる中華民国であって、中国共産党ではなかったからな」

「しかし、中国共産党は日本と戦争をした旨を宣伝していますが……」

「それこそ、歴史を勉強しろ、事実を直視しろ、というべきことなんだ。それを言えない外務省のチャイニーズスクールの連中が日本国を中国共産党に売った結果だと、俺は思っているけどな」

「そうなんですか……そういう歴史の勉強は日本でもやっていませんよね」

「日教組という、利権集団に教育の現場が牛耳《ぎゅうじ》られたからだろう。これで日本の教育が五十年は遅れたと言っても決して過言ではない」

「藤中分析官は右翼のようですね」

「馬鹿野郎。お前が言っているのは反社会的勢力の連中がやっている似非右翼のことだろう。事実を直視したことがないからお前はわからないんだ」

珍しく藤中が厳しく言ったので、一番ケ瀬は口を噤《つぐ》むしかなかった。

藤中は藤中で「……たく……」と言ったままよそを向いてしまった。

気まずい雰囲気の中で里見二課長がどちらにという訳ではなく言った。

「反社会的勢力というのは儲かる方に付くわけで、主義主張は関係ないのです。もちろん宗教だって関係がない。かつて北朝鮮に極めて近かった世界平和教などというキリスト教原理主義者が日本に右翼団体を作った時には、表では真っ向から反対し、攻撃さえしていたのに、裏では政治家をとおしてこっそり繋がっていた……という事実もありましたからね」

藤中が驚いた顔をして里見二課長を見て訊ねた。

「里見は公安部門は興味なかったんじゃないのか？」

「好き嫌いの問題ではなく、捜査対象の実態把握の中から出てきた案件です。その似非右翼団体から金を貰っていたり、選挙応援を受けていた国会議員やその秘書だけでも数十人を検挙していますからね」

「そうだったのか……選挙違反の摘発はサンズイと共に捜査二課の二本柱だからな」

藤中が感心していると、一番ケ瀬もまた大きく頷きながら言った。

「組対の中にもマネーロンダリングを扱う部署がありますが、ここでは反社会的勢力だけでなく宗教団体のからんだ案件も多いのです。そして、その双方が複雑に絡み合った案件も多いことは担当者から聞いています。しかも、そこに政治家が入ってくると実に捜査を進めにくい状況になるようです」

「そんな政治家が多いのが関西だからな……関西独特の裏経済……東京人には全く理解できない不思議な構造がある」

藤中の言葉に一番ケ瀬も頷いた。

「関西独特の裏経済の話の根源にあるのは、元々京都で生まれた差別だったと聞いております。京都ではそれに関する教育を子供の頃から受けるんですが、これが逆に、知らなくていい者にまで差別を教える結果になってしまうんです」

「そこにまた便乗する奴が出てくるからな。その代表のような奴が国政にはびこり、北朝鮮を支援してきたんだ。そんな奴をずっと当選させてきた選挙民が多いのも問題だな」

「確かに、そういう政治家が関西には多いと思います。それでも最近は世代交代してきて、膿はだいぶ抜かれてきたんではないかと思っています」

「そうだな、裏経済の大物も最近は動きが鈍くなってきたのは事実だし、北朝鮮の動きが見えてくるようになったからな。新興宗教も間もなく転機を迎えることになるだろうし……動きは加速してくるかもしれないな」

「差別というのは受けた者しかわからない苦痛だろうと思います。これは歴史的に続いている人権問題です。しかし、どういう訳かこれに在日問題が絡まってしまった……」

一番ケ瀬の言葉が終わらないうちに藤中が言った。

「日本と半島が良好な関係ならばいいだろうが、日韓、日朝とも国同士の関係は最悪に近いからな。日本の歴史問題を論じるのもいいが、いつまでも過去を引きずってばかりでは進展はない。慰安婦問題にしても相互の話し合いがついたにもかかわらず、また蒸し返しだ。正式な謝罪を求める……と言いながら、結局は金だろう？　慰安婦問題でごね得できるとわかったら、今度は徴用工問題が再燃してくる。これじゃあ、いつまで経っても和平なんて実現できるわけがない」

藤中にしては珍しく政治批判とも思われる発言だった。

韓国で公開され話題を集めている映画「軍艦島」。軍艦島を構成遺産に含む「明治日本の産業革命遺産　製鉄・製鋼、造船、石炭産業」が世界文化遺産に登録されたことで知名度が海外にも広まっている。

　この映画は、終戦間際に長崎県の端島《はしま》（軍艦島）で過酷な労働に従事していた朝鮮半島出身の若者たちが集団で脱出を試みるという内容であるが、歴史的事実に基づいたものではない。中国や韓国では常々日本に対して「誤った歴史認識」を強調するが、この映画こそ、まさに「事実に反するもの」である。

　しかし文在寅は、この映画をきっかけとして「個人請求権」、つまり朝鮮半島から内地に動員された元徴用工の人達が日本企業に損害賠償を求める権利は残っており、韓国政府もその立場で歴史問題に臨むと語ったのだ。

　この案件については日韓国交正常化に伴う請求権協定の第二条一項に、「日韓両国と国民の財産、権利及び利益、並びに請求権に関する問題が、完全かつ最終的に解決された」と明記されている。韓国政府も日本政府が拠出した経済協力資金の運用に関する法律を制定し、徴用で死亡した人に対し、ひとりあたり三十万韓国ウォンを支給している。

「国内に向ける顔と、国外に対するそれがあまりにも違いすぎますからね。あの左派の大統領は……」

「韓国の政治社会状況には左派と右派がある。これを韓国国内では『進歩』と『保守』と定義している。左派は『反日反米・親北親中』勢力、右派が『親日親米・反北反中』勢力という図式と言っていいだろう」

「すると韓国では反日反米・親北親中が『進歩』……ということなのですね」

「だから、学歴は高くてもあまり教育水準が高くない韓国の若い女性は『進歩』という言葉に惹かれて、文在寅の支持者が多い傾向があると伝えられている。中国で社会的マナーを持つように進めた政策が『文明人』だったのに似ているんだ」

「公共の場で唾を吐かない、割り込みをしない……等の、日本で言えば小学生に教えるようなことを、北京オリンピック前には堂々と駅や街角にメッセージとして掲示していましたからね」

「中高年の中国人の民度はともかく、その中国に経済的に支配されつつある韓国人も中華意識が身体に染みついている。古代から現代に至るまで、朝鮮は中国の圧倒的に大きな影響を受け続けてきた。政治的には朝貢冊封関係を続け、小中華主義の文化だったのだからな。当面、中国が米日に対して強硬策を取ってくる以上、韓国も追従していくしかないというのが実情だろうな。しかも、北朝鮮問題を含めて中韓双方とも北朝鮮寄りとなれば、米朝関係、日朝関係に進展はないだろう」

「するとコリアンマフィアもチャイニーズマフィアに追従する可能性が高いのですね」

「そういうことだ」

「そうなると、在日の反社会的グループもこれに同調した動きになってくる……というわけでしょうか？」

「そこをうまくリードしていくのが岡広組総本部や、その分派なのだろうが、日本国内の反社会的勢力全体に及ぼすようなリーダーシップを取ることができるのは清水保しかいないだろう」

「清水保……ですか？　奴は引退しているという話ですが……」

一番ケ瀬が首を傾げながら訊ねた。藤中が言った。

「清水本人もそのつもりさ。しかし、回りがなかなかそうさせてくれない。清水が相談を受けて答えるアドバイスが、そのまま岡広組総本部等の動きになっていくんだ」

「それで福岡には清水組二代目が君臨しているのですね」

「君臨というわけではないだろうが、反社会的勢力がこれだけ集まる福岡県で、その中心の福岡市を仕切っているのは二代目の背後に清水保の存在があるからなのは間違いないだろう」

「すると、市の幹部の中国視察に端を発した不正の背後に、チャイニーズマフィアが動いている可能性もあると思いませんか？」

「なくはないだろうが、贈賄というのは清水保の手法ではないな」

「手法がわかるのですか？」

「役人を巻き込むというのは、その場しのぎの小物の仕事なんだよ。国や地方自治体等を巻き込むリスクの大きさは計り知れない」

「どうしてでしょう？」

「役人というのは同じ部署にじっとしてるわけではないし、数年に一度は監察がチェックするものだろう。公金を横領して女に貢ぐどこかの役人とは、犯罪者としての意識が違うんだ。太く短く……ではヤクザもんは組織の中では生きていけないんだよ」

「太く短く……ではダメなのですね……すると、福岡市の幹部を動かしているのはチャイニーズマフィア本体……ということでしょうか？」

「犯罪の構造が二重、三重になっていれば別の話だけどな」

藤中の言葉に一番ケ瀬がピクリと動いた。そこへバンマスの松ちゃんがやってきた。

「博多克範さん、久しぶりやね。今日は東京のお仲間はおらんと？」

藤中が里見二課長と一番ケ瀬を紹介すると、バンマスは驚いた顔をして言った。

「まさか、さっきの役人を狙っとっちゃなかろう？」

「その連中は常連？」

藤中が訊ねた。

「この二年くらいやね。福岡出身の財界人や病院関係者とようきよんしゃあよ」

「暴力団関係者とは？」

「うちは入口に『暴力団関係者の入店お断り』の札を何年も前から出しとうけんね。最初は嫌がらせもあったばってん。最近は全く来んごとなったね。まあ、一人だけ別格はおんしゃあばってんね。博多克範さんのお友達やけん、黙認しとうとよ」

「清水のおっさんはそげん来ると？」

「まあ、いいとこ三カ月に一回、季節に一回……やね。いいお客さんと一緒よ」

「いいお客？」

「博多の老舗の大将とか、一流財界人も一緒の時があるとよ。元ヤクザかもしれんばってん、あれだけ鷹揚に話ができる人になったら、やっぱり一流やね……と思うようになるとよ」

「確かに一流は一流だけどな……。それで、話を戻すけど、その福岡市の幹部役人の飲み食いは誰が払いようと？」

「何ちゅうても、ここは安い店やけんね。賄賂にはならんとやろうけど、自分で払ったことは一度もないな。必ず、お連れさんがはらいよんしゃあね」

「田舎役人はこれだからな……」

「そげん、田舎、田舎言わんどき。九州人のあこがれの場所やけんね。福岡は」

「ごめん、ごめん。東京言うても、結局は田舎モンの集まりやからね。京都人が偉そうに『東下り』とか言うばってん、明治維新の時の京都にどれだけ一般人がおったか……。それと一緒たい。なあ、一番ケ瀬」

一番ケ瀬は急に話題を振られて、呆れた顔を見せて藤中に言った。

「似非《えせ》京都人も多いですからね。宗教関係を除くと、百年以上商売をしている老舗の旦さんくらいのもんでしょうね」

「旦さんか……もともと、旦那というのも、寺社に布施をすること、またはその人を指す言葉だからな」

「そうなんですか？」

「語源はサンスクリット語だ」

「藤中分析官は博学なんですね」

「常識たい」

藤中が笑うとバンマスが思い出したように言った。

「そうそう。あの役所の人が最初に来たのは、東京の大手芸能プロダクションの社長と一緒の時やった」

「大手芸能プロダクションの社長？　福岡は芸能人が多いけんね……どこのプロダクションか覚えとう？」

「こっちも一応、プロの芸人やけんね。アルファースターの社長よ」

思わず藤中がバンマスの顔を見て言った。

「榎原哲哉が連れてきたと？」

「おお、フルネーム。さすがやね。そう。その榎原さんが、これもまた似非博多芸人の竹田《たけだ》銀二《ぎんじ》と一緒に来たとよ」

「竹田銀二？　あれのどこが似非なん？」

「あれは博多でも福岡でもない。もっと田舎の出身やもん。偉そうに博多、博多言いようばってんが、あいつは博多では一番の嫌われもんやけんね」

「ほんとう？　博多の代表かと思っとった」

「あいつが使いよう言葉は、博多弁やのうて、うちらは田舎弁て言いようとよ」

藤中は里見二課長を振り返った。里見二課長はニコリと微笑んで頷いていた。藤中がバンマスの松ちゃんに頭を下げて言った。

「バンマス。今日は来てよかった。今度は全国警察の同窓会ば、ここでやろうかね」

「それはやめて」

皆が笑った。

第六章　総員集合

「福岡空港は来るたびに変わっていくな」

「第二滑走路工事に並行して国内線ターミナルを新築、大改装しているからな」

龍と大和田は、迷路のようになっている福岡空港の到着口から手荷物受取所に歩きながら話をしていた。青山から、カルテット全員での福岡出張を呼びかけられたのだった。

「今夜は久しぶりに四人揃って美味い酒が飲めそうだ」

「けど、藤中は清水保と飲むようなことを言うとったが……」

「清水とは五時から飲んでいるらしい。青山も同席しているそうだ」

「五時から飲んどるんか……俺は清水保とはほとんど面識がないんで断ったんやけど、会うてみてもよかったかな……」

「いや、中洲の味噌汁屋のカウンター席なんで、五人が入ると店の邪魔になる。一応、七時にホテルオークラのロビーで待ち合わせている」

「オークラなら中洲に近いからな……それにしても公安ちゅうセクションは誰とでも平気で会うもんやな。この前はうちの爺《じい》に会いに行ったんやけど、銀行屋も舌を巻くほど何でも知っとったそうや」

「爺か……さすがに財閥の家系だな」

「昔からそう呼んどっただけや。単なる愛称やな。それよか、青山はヤクザもんにも相当な情報網を持っとるようや。そもそも、清水保は大和田、お前が紹介したんやろう？」

「まあ俺は当時、長官官房の中でもいわばマル暴だったわけだからな。奴らにとってマル暴担当は所詮『飯のタネ』だから歓迎はされていなかった立場だ。しかし、大組織の幹部クラスとなると、公安というポジションは妙に魅力ある組織に思えるらしい。特に青山のような内閣官房内閣情報調査室の内閣事務官という肩書は、ヤクザもんにとっては得体のしれないものだろうからな」

「なるほど……自分たちも天下国家を動かしているような錯覚を覚える、ちゅうところか……。まあ肩書抜きでも青山は確かに魅力のある男ではあるけどな。あれほどの物知りで分析力が優れた男はそうそうおるもんやないからな」

「面白い男だ。トップ次第ではあるが、あいつを本当にうまく使える上司は果報者だと思うがな……」

「果報者か……内山総監もお前のような腹心を持って果報者やな。国会議員になったら、同じ一回生同士や。おもろいやんけ」

「馬鹿を言え。総監の頭脳と人脈は俺なんかとは比べ物にならない。青山なら勝負できるかもしれないけれどな」

預けていた手荷物を取って二人は地下鉄でホテルに向かった。中洲川端駅まで四駅。ホテルには駅から地下通路でつながっているため、雨が降っていても濡れることはない。チェックインをするとウェルカムドリンクの無料券が付いていた。

「青山、藤中に会う前に一杯引っかけておくか……」

荷物を各々の部屋に入れると、二人はホテルの一階にあるラウンジバーに入って博多地ビールを注文した。

「空港からホテルにチェックインして一杯目を飲むまでに三十分か……考えられないアクセスだな」

「そうやな……羽田やったら、まだモノレールの中や。このアクセスは確かに驚嘆すべきもんがあるな」

「この地ビールは美味いな。地ビールにしては上出来だ」

周囲の席ではアフタヌーンティーを楽しむ若い女性と、ホテル自慢のフレンチトーストを分け合って食べているカップルが目についた。

「男二人で昼から地ビールか……色気ないな」

「仕事中だ。仕方なかろう」

「何言うとんや。今日は休暇届を出しとるやんけ。お前、総監秘書室勤務になって、ちょっと頭、固うなったんとちゃうか？　警視庁警察職員服務規程（飲酒）第三十五条には『職員は、勤務に支障を及ぼし、又は品位を失うに至るまで飲酒してはならない』となっとるんや。確かに昔は『勤務中はみだりに飲酒してはならない』やったけどな」

「そうだったな……服務規程は毎年のように改正になるからな……つい、いつもの出張気分になってしまっていた」

「出張は明日からや。飲も飲も」

龍は一杯目の無料ビールを二口で開けていた。

「酒飲むんに気を遣うのももう少しやな」

「酒、金、女……まあ、龍の場合、金は関係ないだろうが、残り少ない間に失敗するなよ」

「アホ抜かせ。巡査やあるまいし、今更そんな失敗してどうするんや」

「巡査か……あれから三十年近く経つんだな……」

「そうやな……長かったな……」

思わず龍も感慨深そうに呟いた。すでに龍自身は警察を去るという意識の下に思い出に浸っていることを、暗に大和田に伝えているかのようだった。

大和田がそれを察したように言った。

「今回、四人揃って福岡に集まることになったのは、今回の事件を片付けるためだけでなく、今後の俺たちの生き方を再確認するためのような気がするんだ」

「そやな……青山がなんで俺らを呼んだのか……何か意図があるはずや。大和田、再来年の東京オリンピックにかかわるテロ対策やが、警察は重要な点を見逃しているような気がするんや」

「国際テロの関係か？」

「ああ。国際テロちゅうとイスラム原理主義者ばかり注目されるが……日本を嫌うとる国はまだまだあるで」

「日本は難民の受け入れには厳しいからな……その点は青山も何となく言っていたんだ。今度会った時に話すと言っていたが、ユーロ圏を心配しているようだった」

「ユーロ圏？　中国、ロシアではのうてEU……ではのうてユーロか？」

「最近、中国のことはあまり気にしていないような雰囲気だったな。一帯一路を単なる夢物語と斬り捨てるようになっていたからな」

「そうか……ロシアはどうなんや？」

「青山はプーチンの能力を評価しているようだ」

「変わった奴っちゃな……共産主義国のスパイが似非民主主義に変節した国を牛耳ったことに、同じスパイとして妙な賛意があるんかいな」

「青山をスパイと呼ぶと怒るぞ」

「あれ以上のスパイは日本にはおらんやろ。あいつの情報分析の背景には必ず国際情勢が絡んどる。それも裏情報に近いような、どこから得た情報なんかわからんけど、結果的に、あいつの言うとおりになりよるからな。まるで予言者のようや」

「予言者か……」

ふとその時、大和田がラウンジの奥にいた一組の客の存在に気付いた。

「清水組二代目の藤原佳宏と岡広組総本部の国嵜源蔵だ」

「なに？　国嵜が博多に来とる……いうんか？」

「間違いないな。何か新しい動きでもあるのか……それぞれに一人ずつ付き添いがいるが、清水組二代目の横にいるのは誰だろう」

「写真撮っといたらええやんか」

「この位置からじゃ目立ってしまう」

「ほなら俺が撮っとくわ」

そういうと龍は内ポケットからスマホを取り出し、堂々と撮影を始めながら言った。

「こういう時は動画の方がええんや。音もせんし、さりげのうズームもできる」

「なるほど、慣れたもんだな」

「これも青山に教えてもろうたんや。一流のスパイからな」

「やめとけ。動画だろう、録音機能も付いているんじゃないのか?」

「しもた。そうやった。青山に見せられへんな……」

「見せる時に音声をミュートにしておけばいいんだよ」

大和田が笑って言った。


午後七時、ホテルのロビーにカルテットが集まった。

「どうだ、何か成果はあったのか?」

大和田が青山に切り出した。

「まあまあだな。清水とは先月、高野山で会ってきたばかりだったが、その後出てきた疑問に関して確認することができた」

大和田が「ホウ」と言って再び青山に訊ねた。

「青山、お前は東京マラソンの案件と三社祭の案件のどちらを重点的に追っていたんだ?」

「これには背後関係に共通するところが幾つかあったので、時間がかかっていたんだ」

「岡広組総本部か？」

「それもあるんだが、ロシアンマフィアの動きが気になったものだからな」

これを聞いて龍が意外そうに訊ねた。

「シャブにロシアンマフィアがどうかかわってくるんや？」

「話せば長いんだが……アメリカが世界の警察役を放棄したことで、幾つかの覇権争いが世界中で起こっている。特に顕著なのが中国とロシアの間なんだが、中国が習近平の『一帯一路』などという単なるスローガンを追っているだけなのに対して、ロシアはプーチンの現実主義で覇権争いを一歩リードしている」

青山の回答を聞いて、大和田が訊ねた。

「プーチンか……日露首脳会談を前に何か動きがあるのか？」

「政治的な方向がはっきりすれば、利権を得ようとするマフィアも目標に向かって動くことができる。ロシアンマフィアはこの目標に向かって計画的に日本国内でも動きだした……と考えている。シャブはその一環なんだが、これは過去の日本社会を牛耳っていた政治家や、その背後にいたフィクサーに対する圧力でもあることがわかってきたんだ」

「覚醒剤中毒殺人が政治家やフィクサーに対する圧力になる……ちゅうんか？」

龍が首を傾げながら訊ねた。すると黙って聞いていた藤中が言った。

「場所を変えようぜ。でかい男が四人で立ち話じゃ、いくらホテルのロビーでも目立って仕方ない」

四人は藤中が予約しておいた博多料理の店に向かった。

「また開拓したな」

店に入るなり大和田が藤中に向かって言った。

「最近は県警の連中に店を教えてやるようになったよ。今日は博多のおふくろの味を食べてもらいたくてさ」

「藤中、お前ほんまに博多人になったみたいやな」

「これが美味かっちゃん」

おきゅうと、ごまサバ、がめ煮、辛子明太子、鶏皮、紅しょうがの天ぷら……博多の名物がずらりと並んだ。

「お前が鶏皮四十本とオーダーした時は『アホか』思うたが、これはおかわりやな」

「だろう。これがここの名物だ。この後、バラとズリが八本ずつ来るからな」

龍は初めて食べる本物の博多料理に興味を持ったようで、身を乗り出して藤中に訊ねた。

「なんやそれは」

「豚バラと砂肝だ。博多の焼き鳥屋に行って最初にオーダーするのが、この二種類なんだが、これは決して博多名物ではないからな。しかし、バラはお前が想像しているものとは違うモノが出てくるぞ」

藤中は得意げに言った。

バラとは言うものの、丁寧に焼かれた脂の部分は透けて見えるような薄さだった。

「これに串を通すんも難しいんやろうけど、こりゃまた美味いな。豚のええ味がするで」

その後、四人は黙々と博多料理をたいらげながら、ビールをチェイサーにして日本酒を飲んだ。

「福岡は酒も美味いからな……」

青山の言葉に大和田が反応した。

「たまにホッピーと焼酎が懐かしくなるが、日本人が酒と言えば日本酒だろう。日本酒は身体だけでなく、心も温めてくれるからな。神戸人の龍も同じだろう？」

「そうやな。灘の生一本《きいっぽん》やからな」

「実にいい店だな」

大和田が紅しょうがの天ぷらをおかわりして言った。

「A級とかB級とか言うてグルメぶる奴が多いけど、地元の家庭料理にまさるもんはないんや。今はステーキもしゃぶしゃぶも家庭料理になってきたからな」

「それは金持ちの龍の家だけだろう」

藤中が皮肉交じりに返すと、青山が言った。

「よほどの贅沢をしない限り、それなりの洋食は家庭で食べることができるようになったのは事実だな。うちの冷蔵庫にもステーキ用の肉がぎっしり入っている」

「お前は肉好きやからな。文子《あやこ》ちゃんも大変やな」

龍が茶化すように言うと、青山が生真面目に答えた。

「文子が好きなんだよ。特にアメリカンビーフのパウンドステーキをぺろりと平らげる」

「若い母ちゃんもらうと大変やな。子供はどうやねん?」

龍がニヤついた顔つきで調子に乗って訊ねると、青山は一瞬返答に詰まったが、思い直したように三人を見回すと、精一杯表情を変えずに、軽くひと息吐いて答えた。

「来年の予定だ」

「おお、そうか、そりゃめでたい。祝いにこの喜多屋の純米大吟醸を飲もう」

龍と青山の掛け合いを笑って聞いていた藤中は、青山の子供の話を聞くと自分のことのように喜んだ。互いの妻が従姉妹どうしなので藤中にとっても親戚の誕生となる。

一段落したところで大和田が切り出した。

「青山、先ほどの話だが……」

「ロシアンマフィアか……順序立てて話をしよう」

青山は龍の紹介で三宮の銀行を訪れたところから話し始めた。

「龍の爺という、生きたデータベースのような人の話をきいて、兵庫大空銀行を調べているうちに、ある鉄鋼大手企業の存在が浮かび上がってきたんだ。『不正のデパート』と陰口を叩かれるほどの会社で、不祥事は今に始まったことではない」

「神戸か？」

「そうだ」

「鉄鋼大手が合併によって規模を大きくする中、この会社も遅ればせながら大阪にある鉄鋼会社を吸収合併したんだ。しかし、この合併後、二つの会社の社長同士が対立したんだな。この時、吸収された会社の社長は右翼の巨魁と呼ばれていた男のもとに駆け込んで、吸収会社の社長の追い落しにかかったんだ。しかし、この右翼の巨魁は途中で吸収会社の方に寝返ってしまったんだ」

青山の話を聞きながら、大和田は記憶を辿るように言った。

「たいした巨魁だな」

「力のある側に立つのが強者の常だ。結局、会社は福岡県北九州市にあった巨魁の保有する七億円の土地を三十五億円で買い上げたんだ」

「その当時で二十八億円の利益と考えると、確かに巨魁だな」

「しかし、この会社にとって不幸だったのは、この巨魁のダミーとして動いた総会屋を懐に入れてしまったことだったんだ。会社の内部に深く喰い込んでいく総会屋の呪縛で会社はがんじがらめになっていった」

「その総会屋は有名な奴だったのか？」

「関東では三本指に入っていただろう。このため、この会社は本社機能を持つ関東と関西二つの拠点にそれぞれ総会屋が入ることになってしまったんだ。そして、関東の大物総会屋の死後、後釜に座った総会屋が、空前の金融スキャンダルに発展した証券・銀行事件の主役になったわけだ」

青山の解説に龍が頷きながら言った。

「聞いたことのある話やな……そのつながりがこの事件の背景にあったんか……」

「この金融スキャンダル以来、兵庫大空銀行が神戸大空銀行として合併されても、『総会屋担当の総務部長が社長への登竜門』と皮肉られる体質は続いたんだ。そして負の遺産を抱えたまま神戸大空銀行は四井銀行に吸収される結果となったわけだ」

「それで、もともとの大手鉄鋼会社はどないなったんや」

「文系社長の時代が終わり、理系社長に移るんだが、コンプライアンス体制のみならず、組織風土や役員・社員の意識の面で根深い問題を抱えたままであることを現体制も認めている。どうにもならんな」

「四井銀行はその大手鉄鋼会社を切ることはできないのか」

大和田が訊ねた。

「できない。この大手鉄鋼会社は政治色が強すぎるんだ。ここにまた大きな闇がある」

「例の右翼の影響があったのか？」

「全くないわけではない。大物総会屋の刎頸《ふんけい》の友と呼ばれた右翼で、政財界をつなぐフィクサーとして知られた男が、この福岡の空港地権者の仕掛け人と深い関係にあったんだ」

「そこで福岡が出てくるのか……」

大和田が頭の整理をしているようだった。

「このフィクサーは大規模リゾート施設建設に際し、神戸大空銀行の頭取に働きかけて一千億円の協調融資を引き出したくらいだからな。しかも戦後の名相と呼ばれた首相の内閣成立の陰で暗躍したことを三大紙の一つが名指しして記事にしたくらいだ」

「確かに闇が深いな……」

大和田が頷くと龍が訊ねた。

「青山、お前が内調時代に当時のMOF《モフ》担《たん》を中心とした大蔵省接待汚職事件の背景を徹底的に調べて、銀行協会から疎まれたんは俺もよう知っとる。そのせいで、銀行からの情報を未だに取ることができんのもな」

ＭＯＦ担とは、都市銀行や証券会社などの大手金融機関に所属し、当時の大蔵省（現：財務省、Ministry of Finance）に頻繁に出入りして様々な情報を官僚から聞き出す「対大蔵省折衝担当者」の俗称である。

青山がフーッと大きく息を吐いて答えた。

「あの頃、僕は仕事が面白くて仕方なかったからな」

「銀行ちゅうとこは、絶対自主的に警察等の捜査機関に協力はせん組織や。しかも、銀行員が第一に守るんは銀行本体より顧客やからな。俺たちも何度となく銀行にガサを打ったけど、一度として積極的な協力を受けたことはないし、行員の個人情報など全く開示せん。特に今回のように合併が繰り返されたような場合には『すでになくなった銀行のことは知る由もない』と、邪険に扱われるんが常や」

龍は実家が銀行を経営していたにもかかわらず、現在は捜査二課として、警察官としての立場で話をしていることが青山には嬉しかった。

「ただ大蔵省接待汚職事件の中で自殺に追い込まれた三人の重要人物を調べているうちに、ある銀行頭取の死の背後に、最後の黒幕といわれたこのフィクサーの存在があることがわかったんだ」

「『日比谷の大将』やな」

「そうだ。そして福岡の闇を知るようになった……ということだ」

「そうか……お前の福岡への関心の原点はそこにあった……ちゅうことか？」

「そこに清水保まで出てきたわけだからな……因縁を感じたよ」

「それで、ロシアンマフィアはどこで出てくるんや？」

龍が業を煮やしたように訊ねた。そこで藤中が代わりにこれに答えた。

「前置きはここまでだ。実は今日、青山と二人で清水保と会ってきただろう？　その時青山が清水のおっさんに確認したところ、清水のおっさんも認めたよ。青山、説明してやれよ」

「藤中、それじゃあ何もわからんだろう」

青山は三人を見回して言った。

「ロシアは日本の活動拠点を福岡に創る気だ」

「なんやて？」

龍が思わず身を乗り出してきた。

「福岡は日本海側にある唯一の百万都市だ。しかも、九州という、アジアの地政学で全方位外交ができる場所でもある」

これを聞いて大和田が言った。

「アメリカが沖縄に日本の空輸基地を置いたのと同じ発想だな……実は俺もある筋から、ロシアは釜山に軍艦、というよりも原子力潜水艦の基地を置くのが目的だという話を聞いたことがある」

　龍が腕組みをしたまま黙っているので青山が答えた。

「そうだと思う。話を戻せば、先ほどの大手鉄鋼会社が政治マターだという話をしただろう。その政治家の対ロシアの経済支援の背景として出てくるのがこの大手鉄鋼会社だったんだ。しかも、それに融資したのが四井銀行だった。全ては兵庫大空銀行の当時のスキームがそのまま残っていた……ということだったんだ」

「けど、それは日露間の政治問題があったからやないんか？」

「政治問題というと、北方四島の『特別な制度のもとでの共同経済活動』のことばかりが目立っているが、八項目の『協力プラン』の具体化に関する作業計画の改訂に関する共同声明、というのがあるんだ。その中に、『ロシア極東地域の開発のため、ユーラシアと太平洋とを結ぶゲートウェイと位置づけるウラジオストクを中心とした極東地域においてエネルギー、農林水産業、医療、輸送インフラ及び都市開発等の分野において協力』というのがある」

「やたら長ったらしいな……つまり、ウラジオストクを中心とした極東地域開発協力なんやろう？」

「開発協力と一言で言っても様々な分野がある中で、あえて具体例を挙げているところがミソなんだ。具体例の全てにロシアンマフィアが絡んでいる」

「エネルギー……にもか？」

「ロシアの天然ガス開発の人員調達を行うのはロシアンマフィアだ」

「農林水産業は？」

「北海道で裏取引が行われている木材の半分以上はロシア産だ。さらに蟹、鮭、イクラ等の水産物の多くは洋上取引が行われ、これを仕切っているのがロシアンマフィアだ」

「医療は？」

「日本のジェネリック医薬品の裏流通ルートは北朝鮮経由でロシアにも繋がっている」

「なんでロシアンマフィアはそないに元気なんや？」

「プーチンの外交が功を奏しているからだろう。ロシアンマフィアは一国だけでは意味がない。その背景に外交があってこそマフィアとして生きる道がある」

「なるほどな……けど、日本でロシアンマフィアが動いてるちゅう話はあんまり聞かんで……」

すると大和田が言った。

「龍、今、日本で一番流行っている外国人パブはロシアを中心とした旧東欧圏の女性を集めた店だ。若い、美人、プロポーションがいい。しかも素直で貧しい。日本人や東洋人にはない新鮮さを持っているようだ」

「お前、行ったことあるようやな」

龍が上目遣いで大和田を追求するような口調で言った。

「ロシアンパブが日本で有名になったのは、かつてカルマ真仙教の幹部が地下鉄サリン事件を起こした前後に、錦糸町のロシアンパブに入り浸っていたのがスタートだろう。カルマはロシアと密接な関係があったし、当然そこにはロシアンマフィアが食い込んでいたからな」

大和田の答えに対して、龍は青山に訊ねた。

「青山、それはホンマか？」

「ああ。事実だ。先ほど話した大蔵省接待汚職事件でも、有名になったのは新宿のノーパンしゃぶしゃぶだったが、裏の接待は錦糸町のロシアンパブだったな」

「そうやったんか……すると、そのルートは延々と受け継がれとるいうわけや」

「受け継がれているだけじゃない。当時は東京の錦糸町周辺だけだったものが、今や日本全国津々浦々に展開されているし、歓楽街の中でも幹部クラスに最も人気があるスポットになっているようだ」

「するとロシアンマフィアだけやのうて、日本の反社会的勢力も絡んどるんやな」

大和田に代わって青山が答えた。

「ロシアンマフィアはなかなか表舞台には出てこない。しかも、その指揮命令系統はかつてのＫＧＢ並みに統制されている。おそらく、ＫＧＢの残党が仕切っているのだろう」

「ほんまかいな？」

するとと藤中が今度は答えた。

「清水保が認めたのは実はその部分なんだ。今、北朝鮮に対する経済制裁が国連決議を経て行なわれている中、瀬取りの手法を使って様々なものが裏取引されているが、仕切っているのはチャイニーズマフィアではなく、ロシアンマフィアだというんだ。しかも、チャイニーズマフィアは香港ルートではなく、大連を中心とした東北部グループで、これにコリアンマフィアが完全に追従しているそうだ」

瀬取りとは、洋上において船から船へ船荷を積み替えることを言う。

「極東のマフィアのそろい踏み、ちゅうことか……。なんでそうまでして北朝鮮を助けなあかんのや？」

「北朝鮮が潰れてしまっては中国もロシアも面白くないからだ」

青山がストレートに言った。

「中国とロシアの思惑は一緒なんか？」

「似て非なるもの……と言った方がいいだろう」

「非なるもの……ようわからんな。マフィアは共同歩調を取りながらも、国としての思惑は違うんか？」

「似ているところは朝鮮半島を北朝鮮主導で統一することにある」

「なんや？　韓国主導ちゃうんか？」

「韓国経済は中国なしには成り立たない。中国に見切られたら終わり……というところまで来ているのに、現在の文在寅を支持している連中、中でも正しい教育を受けていない若い女性たちは自国の現状に気付いていない。そして反日、反米のスローガンに同調し、平和的南北統一の夢を追っている」

「なるほどな……確かにそう見えるな……」

「それをやらせているのは中国なんだが、中国は中国で国内に多くの問題を抱えている。その最大の問題が人口問題と、環境問題だ。もうこれは自国だけでは処理できない状況にきている」

「そんなに酷いんか？」

「無残だな。地球の歴史の中で最大の発展途上国だ。そして、これはいつまで経っても先進国に入ることができない共産主義国家ならではの原因がある」

「国民の七割以上が貧しい……ちゅうことやろう？」

「そうだ。共産主義である以上、これは仕方がないことだ。共産党による実質的一党独裁が命題である以上、国民全員を共産党員にすることはできないのだからな」

「そうやった。それくらいは警備警察の基本として初任科の頃から習うてきたわ。しかし、ロシアも昔の共産党員が経済を牛耳っとるんやないんか？」

「もちろんそうだが、共産党による支配体制ではなくなった。むしろ十八世紀からの資本主義国家以上の新興資本主義国家として、労働者の不満を軽減している。もちろん一方で、マスコミ統制や反対派に対する圧力は強化されているがな」

「そこがロシアの闇なんと違うんか？」

龍にしては珍しく積極的に質問を繰り返していた。

「どこの国にも闇はある。闇は闇でこれを巧く仕切る者がいればいいんだ。発展途上ではアメリカだってろくなことはしていない。内政では先住民族に対する圧政、レッド・パージ等反対派には徹底して圧力をかけ、他方ではマフィアを巧みに使って一般市民をも脅してきたんだからな。そして、外交では覇権主義で、所かまわず戦争を仕掛けてきた」

「言われてみたらそうやな……」

龍の質問が途切れたところで大和田が青山に訊ねた。

「青山、お前は先ほどプーチンの外交政策が功を奏しているようなことを言っていたが、日露関係もプーチンの思いどおりになっている……ということなのか？」

「いや、一方的にロシア外交にやられている……ということではないと思う」

「しかし北方領土問題は全く解決の糸口さえ見えていないじゃないか？」

大和田が言うと青山は表情を変えることなく、逆に大和田に対して質問した。

「本当にロシアが北方四島を日本に返還すると思っているのか？」

「なに？　北方四島が奪われたのは、第二次世界大戦の最終局面、それも広島と長崎に原爆が落とされた終戦直前に、ソ連が日本と結んでいた日ソ中立条約を一方的に破棄して攻め込んだ結果だろう」

「そうだ」

「『そうだ』って、青山、そんな理不尽があっていいのか？　勝ち馬に乗って国と国との約束を破ったうえに、領土まで奪い、多くの日本人がシベリアに抑留されて命を落としているんだぞ」

「シベリア抑留に関しては僕も許しがたいし、日露平和条約締結の段階で何らかの問題解決につながる条件が示されることになるだろう。しかし、その前の『ソ連が日本と結んでいた日ソ中立条約を一方的に破棄して攻め込んだ』という部分は、お前の歴史認識が間違っている。それじゃあ、ヤクザもんの似非右翼と似た発想だ」

さすがに大和田もムッとした顔つきになって青山に言った。

「俺の歴史認識のどこが違うというんだ？」

相変わらず青山はポーカーフェイスで答えた。

「お前も世界史でヤルタ会談は習っただろう」

「ああ。今問題になっているクリミア半島の、ヤルタ近郊のリヴァディア宮殿で行われた、米英ソ首脳会談のことだろう」

「詳しいな」

「世界史は俺の受験科目だからな」

「この時アメリカとソ連の間でヤルタ秘密協定を締結して決められたのが、ドイツ敗戦九十日後のソ連の対日参戦、および千島列島・樺太などの大日本帝国領土の処遇だったんだ。しかもスターリンは、それ以前に満州国の権益、樺太南部や千島列島などの領有を要求しており、ルーズベルトは太平洋戦争の日本の降伏にソ連の協力が欠かせないためにこれらの要求に応じる形で、日ソ中立条約の一方的破棄、すなわちソ連に対日参戦を促していたんだ」

「すると、ソ連による一方的な参戦ではなく、アメリカ、イギリス承認の上というよりむしろアメリカの要請を受けて日ソ中立条約の一方的破棄をした……ということなのか？」

「そうだ。スターリンは北海道も要求していたようだが、さすがにアメリカもそこまでは認めなかったようだ。戦争末期の極めて短い間に、ソ連の戦果に対して大日本帝国の領土を与えるという、結果としてソ連に有利な内容になった背景には、こんな外交が行なわれていたことを、日本の教育は教えてこなかっただけのことだ」

大和田は黙るしかなかった。大和田がチェイサー代わりの生ビールを注文すると、あとの三人もこれを真似た。すると藤中が青山に訊ねた。

「当時のことはわかった。しかし、アメリカは小笠原や沖縄をよく日本に返還したものだな。何か理由があったんだろう？」

「アメリカは戦後実質的に日本を支配し、日本のあらゆるシステムを変更してアメリカのコントロール下に置くことに成功した。さらに、空港がない小笠原や多くの島嶼を抱える沖縄に対して、アメリカの予算を使って管理するには金がかかり過ぎたし、軍にとっても極東地域での長期滞在は不平不満の温床になりつつあったんだ。もう一つ、アメリカにとっては日本に対する負い目の一つとして二個の原爆を戦争とは言いながら実際に使用したことがあったようだ」

「なるほど……アメリカのご都合……ということか？」

「それもあるし、日本に軍の経費を負担させた方がアメリカ国民だけでなく、日本国民の理解をも得られると考えたからだろう。その見返りとして、多くの密約も結ばれたようだけどな」

「なるほど。よくわかった。青山、お前、世界史の教師になった方がよかったかもしれないな」

「教師か……向いていないだろうな」

大和田の言葉に青山が澄まして返した。すると龍が再び青山に質問した。

「ところで青山、ロシアの教育事情はどうなんや。ちゃんと教育制度はできとんのか？」

「ロシアの教育は、子どもによく勉強させることが特徴だそうだ。日本のような詰め込みや基礎知識を教えるだけでなく、創造性を伸ばすために自分で考えるプログラムも多く、生徒の自主性を尊重する選択科目制が導入されているようだ」

「なんや。日本より進んどるんか？」

「ロシアの高等教育、つまり大学の学生の数は約五百万人と言われている。大学は日本と同じ四年制が多いが、それ以上の場合もある。モスクワだけでも九十近い大学があり、専攻に関わらず外国語教育にも力を入れている。第一学年から第三学年の間、第一外国語の履修が義務付けられている。さらに言語学、文学、翻訳・通訳論、国際関係論、世界経済などを専攻とする場合は第二外国語、ときには第三外国語の履修が義務付けられる」

「日本はあかんやんけ」

「高等教育が形骸化している日本の大卒の知識と、イギリス、アメリカ、ロシアの教育システムで学んだ学生の知識とでは、まさに雲泥の差があると言っていいだろう。警視庁の大卒警察官の昇任実態を見てもわかるだろう。高卒に抜かれる者がいかに多いことか……情けなくなる時さえある」

「そやな」

龍は言葉を失っていた。

それを見た藤中が笑いながら言った。

「いつの間にか青山はロシアびいきになってしまったようだな。まあ、どこまで本気かわからんが、今回の事件の背景を聞く前に、もう少し勉強させてくれ。ロシア外交、いや、プーチン外交の強みはどこから来ているんだ？」

「ロシアの政治経済がプーチンを先頭とするシロビキ系エリートの台頭を促したことだな」

シロビキとはKGBや軍など強力官庁のエリートで、主に燃料や戦略資源の管理を担った権力エリートを指している。

大和田はシロビキを知っていたらしく、軽く二度頷いて訊ねた。

「奴らの得意技は何だ？」

「情報だ。旧KGBだけでなく、世界中に張り巡らされたロシアンマフィアからの情報をも吸い上げている」

「なるほど……プーチン本人がKGBのエージェントだったわけだから、情報収集分析だけでなく、諜報や謀略にも長けている……ということか？」

大和田は自分の知識を確認するかのように訊ねると、青山もそれを理解して答えた。

「そう。だから外交もピンポイントで攻めてくる。今、世界の火種となっているトルコ問題も最初に火をつけたのはロシアだ」

今度は藤中が身を乗り出して訊ねた。

「それはどういうことなんだ？」

「二〇一七年の四月にトルコがロシアから購入を決めたS-四〇〇『トリウームフ』は、多目標同時交戦能力を持つ超長距離地対空ミサイルシステムだ。『トリウームフ』の意味が『大勝利』だからな」

「それが何か問題があるのか？」

「トルコはEUへの参加は見送られているが、NATOのメンバーだからな」

NATO（North Atlantic Treaty Organization）、北大西洋条約機構は、北大西洋条約に基づき、一九四九年にアメリカ合衆国を中心とした北アメリカおよびヨーロッパ諸国十二カ国によって結成された軍事同盟である。現在二十九カ国が加盟している。

「トルコは割と早い時期にNATOに加盟したんじゃなかったか？」

大和田が確認するように訊ねると、青山は彼らしく正確に答えた。

「ドイツよりも早い、十三カ国目だったと記憶している」

「そのトルコがどうしてロシアのS-四〇〇超長距離地対空ミサイルシステムを導入す

ることになったんだ？」

「そこがプーチンの策略だな。これでトルコはＮＡＴＯに残ることさえ難しくなった」

「トルコは地政学的にも、やはり重要なポイントだろう？」

「昔からトルコは西アジアのアナトリア半島と東ヨーロッパのバルカン半島を領有する、アジアとヨーロッパの二つの大州にまたがる国だからな。トルコは自国をヨーロッパと称しているが、どうもヨーロッパ諸国の多くはこれを認めていないようだ」

青山の答えを補足するように大和田が言った。

「ヨーロッパと言っても、東ヨーロッパのバルカン半島東端の東トラキア地方を領有しているだけだろう。イスタンブールは持っているものの、ヨーロッパ大陸におけるトルコの領土は国土全体の数パーセントしかない」

「大和田、お前も地理の教員になった方がよかったかもしれないな」

青山に大和田はフンと笑うと、藤中が青山に訊ねた。

「どうしてトルコがＮＡＴＯに残ることが難しくなるんだ？」

「Ｓ‐四〇〇超長距離地対空ミサイルシステムを導入することによって、ＮＡＴＯ軍の戦略ミサイルだけでなくあらゆる空軍機の行動がロシアに筒抜けになってしまうからだ。さらに高次元の対ステルス戦能力も備えているようで、超水平線攻撃を可能とするセンサーとデータリンクシステムを搭載し、航空機、巡航ミサイル、そして弾道弾迎撃ミサイルにも対処が可能となるんだ」

「データリンクシステムか……確かにNATO軍の空からの攻撃は無力化される可能性があるな」

藤中も納得していた。龍が青山に訊ねた。

「トルコを支援する国はロシアの他にはないんか？」

「ドイツだ。この背景にはEU諸国が抱える難民問題があるんだが、メルケル自身『難民政策に誤りがあったようだ。時間を戻すことができるのならば、やりなおしたい』と記者会見で語っている。難民の無制限受け入れを呼びかけ、称賛されていた『ぶれない女』が自国内で窮地に陥っている。ドイツとすればなんとかトルコに踏ん張ってもらって、難民の流出をくい止めてもらいたいところなんだ」

「それで片が付くんか？」

「所詮EUはキリスト教の国家連合なんだ。トルコの宗教構成は、宗教の帰属が身分証明書の記載事項でもあることからかなり正確な調査結果が存在する。それによると、人口の九十九パーセント以上がイスラム教徒なんだ。この宗教問題がEU諸国の中でも大きな問題になっていることは間違いないからな。そこで難民問題を考えてみると、難民の出身国は多い順に、シリア五百五十万人、アフガニスタン二百五十万人となる。一方、難民の受け入れ人数が多い国はトルコの二百九十万人が最大だ。しかも、トルコと国境を接しているシリアにはまだ七百六十万人という難民予備軍が控えているんだ」

　青山が答えると藤中が確かめるように青山に聞いた。

「彼らはみなヨーロッパを目指しているんだろう？」

「ろくな教育を受けていない難民にとって、ヨーロッパは戦争、略奪がない、裕福に暮らすことができる楽園としか映っていないからな」

「それをトルコ一国でくい止めるのは無理があるだろう」

「トルコは今まさにカオスの状況にある。エルドアン大統領を批判するトルコ最大の発行部数を誇るザマン紙を政府の管理下に置く決定を裁判所が下し、さらには同紙系列のジハン通信社まで政府管理下に置かれることになった」

　青山の解説に龍が顔をしかめて言った。

「それやったら、エルドアン政権は中国の共産党政権となんも変わらんようになってしまういうわけやな」

「そこに中国の習近平も資金援助の話を持ちかけているし、ロシアもまたドイツに働きかけてトルコ援助金を出させようとしている。今回のS‐四〇〇超長距離地対空ミサイルシステムの導入に関しても、ロシアのEUに対する強烈な先制パンチだったんだ」

「EUやユーロ圏の崩壊はロシアが世界戦略に踏み出すチャンス……ということか？」

「難民発生の根源でもあるシリアのアサド政権を支持しているのはロシアだからな。実に巧みな戦略ということだ。ロシアがトルコと組んでボスポラス、ダーダネルス海峡を経由してエーゲ海から地中海に自由に自国船を航行させて、どんな手を使うかはわからないが、難民渡航制限を行えばイタリアを中心とした反EU諸国は、一気にドイツ、フランスを見捨ててロシアに付く可能性もあるからな」

「そうなると、ロシアンマフィアもさらに元気になる……ということなんだな」

「そういうことだ」

「しかし、中国も動いとんのやろう？　チャイニーズマフィアも元気になるんとちゃうんか？」

「中国は口先だけだ。トルコはＮＡＴＯ中で唯一、上海協力機構にも属している国だからな」

上海協力機構は、中国・ロシア・カザフスタン・キルギス・タジキスタン・ウズベキスタン・インド・パキスタンの八カ国が中心となる多国間協力組織である。発足から時間が経過するにつれて次第に単なる国境警備の組織としての枠組みを越え、軍事同盟として発展しつつあるともいわれている。

「中国が口先だけ……ちゅうんはどういうことや？」

「上海協力機構の国境警備組織は、習近平のスローガンである『一帯一路』と深い関係にある。しかし一帯一路は何度も言うようにスローガンであって、実行可能な現実路線ではないということだ。現に中国がインド・パキスタンと共同歩調をとることができるはずもないからな」

「そういうことか……それやったら、トルコは問題やな……」

「世界でも最も親日国家であった国だ。何とか立ち直ってもらいたいところなんだが」

「そうやったな……」

龍も感慨深げに頷いていた。大和田が生ビールのおかわりを四人分注文した。

その時、龍はふと思い出したように言った。

「そうゆうたら青山、造船分野の外国人技能実習生のこと知ってるか？」

「日本も一時期は造船大国だったし、技術的には今なお世界のトップクラスだからな。外国人技能実習生が存在していてもおかしくはないだろう」

「今でも中国から千人以上の技能実習生が来てるんを知ってるか？」

「中国から？　いや知らない」

青山が身を乗り出した。

「実はな……」

龍は中高生時代の同窓生から聞いた、チャイニーズマフィアに近い中国人が造船業に入り込んでいる噂話を伝えた。青山は腕組みをして目を瞑《つむ》って少し考えたのち、呟くように言った。

「神戸にある造船所か……軍艦狙いなんだろうが、日本企業も大型コンテナ船や客船に関しては、過去に情報公開もしくは指導をしていた記憶はあるんだが……」

「そんなら韓国人の技能実習生はどうなんや？」

「韓国は商業用船舶の設計や性能解析、生産および建造においては、世界最高水準と言っても過言ではない。しかも造船とＩＴの融合における成果が出ているといっていいだろう」

「ほんまに何でもよう知っとるな」

「いや、日本の造船業を少し心配しているのは事実だ。ただし、軍艦を造る技術はアメリカと同等だと思っているし、工期に関してはアメリカ以上だと思っている」

「その技術が盗まれる虞はないんか？」

「ないとは言えない。現に軍艦を造る企業に対するサイバーテロは後を絶たないし、そのほとんどが中国からであることはわかっている」

「すると外国人技能実習生も産業スパイの可能性がある……ちゅうことか？」

「否定はできないな。開発途上国には、経済発展・産業振興の担い手となる人材の育成を行うために、先進国の技能や技術を習得させようという狙いがあるのは確かだからな。しかもこの制度は、日本の国際協力・国際貢献の重要な一翼を担っていると言っても決して過言ではない」

「所管官庁はどこなんだ？」

「法務省と厚生労働省だな」

「法務省が入っているとなると、入管が外国人技能実習生の人定《じんてい》はある程度取っているということか……」

「技能実習を適正かつ円滑に行うために、日本と送出国の二国間取決めとして協力覚書を作成しているようなんだが、中国とは覚書を交わしていないようだ」

「どういうことだ？」

「おそらく『他の途上国と一緒にするな……』という中国ならではの意識があったのではないのかな」

青山の答えに大和田が訊ねた。

「例えば、イージス艦を造る造船所に外国人技能実習生が派遣されるようなことはないんだろうな」

イージス艦とは、イージスシステムを搭載した艦艇の総称。通常、高度なシステム艦として構築されている。イージスシステムはアメリカ海軍によって、防空戦闘を重視して開発された艦載武器システムである。イージスとは、ギリシャ神話の中で最高神ゼウスが娘アテナに与えたという、あらゆる邪悪を祓う盾「アイギス」(Aigis) のことである。

「アメリカ国外初のイージス艦であるこんごう型ミサイル護衛艦に加え、あたご型護衛艦、まや型護衛艦の七艦が現在、日本にあるんだが、これまで長崎と東京、横浜の三カ所でしか造船されていないはずだ」

「イージス艦以外の軍艦はどうなんだ？」

「確かに神戸でも造られているはずだ」

「やっぱり神戸で造りよるんか……」

「ただ、人材の採用もサイバーテロにも十分気をつけているはずだ。もちろんインターネットへの接続は専用のパソコンを使っているし、電話回線も別になっているはずだ」

「なんでそないなことがわかるんや？」

「防衛省情報本部が確実な監察を行っているはずだからな」

「そうか……しかし、造船所の作業員となんらかの接点を持つことは可能なんじゃないのか？」

「それは否定できない。個人の資質の問題だからな」

「そこをどう探るか……やな」

龍は自ら得た情報に何か事件の核心に触れるインスピレーションを感じている様子だった。

「ハッキングしてみるしかないだろうな」

　あまりにあっさりと青山が答えたので龍が呆れた顔つきになって訊ねた。

「そないなこと、相手にバレんようにできるんか？」

「ギリギリのところまで挑戦してみるしかないだろう」

　青山の回答に大和田が訊ねた。

「違法収集証拠の運用は公安部の得意技とはいえ、コンピュータを選ばないと危険ではないのか」

「組織のものは使わない。仮に相手方のサイバーセキュリティでガードされたとしても、こちらのＩＰアドレスを逆探する暇はないシステムを使うさ」

「すでにその手法は確立されている……ということか」

「まあそういうところだ。滅多に使う手法でもないし、今回は国の緊急事態だ」

「まあ、確かにそうだろうが……いまだにハッキングの世界と言うのはそういうものなのか？」

「最低でも五カ所の基地局を繋ぐんだが、うちのシステムは掟破りなんだ」

「なんだそれは……」

「中国人民解放軍の海南島基地の陸水信号部隊を経由するつもりだ。しかも狙うパソコンも特定している」

　中国人民解放軍の海南島基地にある陸水信号部隊は、中国が国家的に総力を挙げて行っているサイバーテロの拠点と言われている。

「そないなことして大丈夫なんか？」

「もし、敵側が逆探に成功しても、そこに出てくるＩＰアドレスを確認すると人民解放軍総参謀部第三部のパソコンということになるだろう」

「そないなことまでできるんか？」

「いわゆるハッキングに際して面白いマルウェアを使ってリモートアシスタンスをかけるだけのことだ」

マルウェアとは、不正かつ有害に動作させる意図で作成された悪意のあるソフトウェア等の総称で、コンピュータウイルス等のことである。

また、リモートアシスタンスとは、ネットワークを通じて自分のパソコンを遠隔地にいるユーザーのパソコンの画面に表示させ、実際に操作させる機能のことである。

「リモートアシスタンスになるとネットワークがつながりっ放しになって、逆探が可能になるんじゃないのか？」

大和田が青山に訊ねた。

「だからマルウェアを仕込むんだ。デバイス接続時に機密性の高いファイルや情報がリスクにさらされることはないし、パワフルな高速リモートデスクトップアクセス、リモートサポート、オンラインコラボレーションツールが相互につながり合うように工夫している」

「まるで犯罪者のようやな」

「犯罪者相手に善人ぶっても仕方ない。目には目を、歯には歯を……だな。強力なリモートアクセスやクロスプラットフォームの機能を生かせば、簡単に作業ができる。統合接続レポートを使用すれば情報サポートのパフォーマンスを分析することも容易だ。必要と思われるデータはスクリーンショットで画像化し、画像は自動的にＯＣＲしてデータに戻すシステムだ。即座に分析が可能な状態になる」

「いつから公安は諜報組織になったんや。一歩間違うたら、とんでもない犯罪組織や」

「マルウェアを作成すること自体がイリーガルだろうからな。しかし、不正行為を実行しても、その試みが相手やサイバーセキュリティ会社等に検出されてしまっては、その目的を達成することはできない」

「そりゃそうやろ。せっかくの苦労が台無しやからな」

「セキュリティベンダーと攻撃者の間では、いたちごっこが繰り返されている。だからわれわれも回避技術を徹底的に研究して、検出、分析、把握を回避するためのマルウェアを作成している。ただ、いかなる技術を用いても未知のマルウェアを百パーセント検出できるわけではない。逆に、いかなる技術を用いても未知のマルウェアからパソコンを百パーセント保護できるわけではないからな」

「参ったな……そないなことを日常的にやられたら捜査二課は死んでしまうわ」

「ＩＴ技術は驚くべきスピードで進んでいる。警視庁もサイバー犯罪対策課だけに任せていては、彼らの負担が増えるばかりでなく、あらゆる捜査部門の捜査そのものが立ち遅れてしまう。違法収集証拠排除の基本は理解していても、だからといってジッと指をくわえて見ているだけでは捜査は遅れるばかりだ。特殊詐欺が一向に減らないのも、捜査二課が犯罪組織以上のサイバー犯罪感覚を持っていない、つまり先手を打つことができないことにも原因があるだろう。奴らにも必ず指揮系統があって、それが全てアナログで行われているわけじゃない」

「そうやな……確かに遅れとるな……刑事部は」

「刑事部の中で『情報』というポジションがあるのは捜査二課だけだろう。それならばなおのこと、違法収集証拠排除論に固執していては捜査はできない。違法収集証拠排除論というのは、これを公判廷で用いることができない、ということだけ留意すればいいんだ。犯罪組織の内部情報を摑むのに違法収集証拠排除は必要ない……それくらいの感覚を持たなければ、捜査は後手後手に回るだけだ」

　青山の意見を聞いて藤中がポツリと言った。

「一課、三課には遠い世界の話だな。公安は最強組織というより最恐組織だ」

「これはあくまでも組織犯罪の予防に対しての話だ。捜査一課にはまず無縁な話だろう。

捜査三課の場合には集団スリや窃盗団の内偵には応用できないこともないだろうが、刑事の島国根性ではこういう広域事件捜査は難しいだろうな」

「島国根性か……刑事の意識改革にはまだまだ時間がかかるだろうな。刑事局から長官官房に移って初めて、それに気付いた」

藤中が大きく息を吐いた。すると青山が突然話題を変えた。

「ところで、今回、福岡で集合したのには少しわけがあるんだ」

龍が腕組みを解いて訊ねた。

「そうやろうと思うとった。何か仕掛けとんのやろう？」

「今、清水保を二十四時間視察している。奴の携帯電話、ホテルの客室電話も全て通信傍受している」

これには藤中が一番驚いた様子で身を乗り出した。

「お前、いつから……」

「高野山に行った後だ」

龍が訊ねた。

「清水保は引退しとるんとちゃうんか？」

「本人はそのつもりだろうし、岡広組総本部、分派の連中もそう思っている。しかし、清水組二代目はそうじゃないし、チャイニーズマフィアもそう思っていない。しかも、これは香港ルートだけでなく、中国東北部ルートも同様だ」

「ここ、福岡で何かあるんか？」

「実は明日、香港ルートの新たなリーダーが空路で福岡入りするんだ」

「なんやて？　そんで五日間の出張をするよう言うてきたんか？」

「ああ。現役最後の卒業旅行をしようなんてつもりはない」

青山の言葉に大和田と龍が思わず顔を見合わせた。それを見て青山が続けた。

「さらに、フィンランド航空でヘルシンキからロシアンマフィアの大御所が到着している」

「ヘルシンキ経由……か」

「今、福岡空港にヨーロッパ路線はフィンランド航空しか入っていないからな」

「ＫＬＭも撤退したようやな」

「博多克範には悪いが、そこが、福岡がまだ国際都市化できない要因だ。『アジアからの玄関口』ではいつまで経っても田舎都市のままだからな」

「田舎都市か……確かに世界に誇る観光地は阿蘇か長崎まで行かなければないからな」

「これだけの文化がありながら、それを活かすことができないのは行政の人材不足なんだろうな」

「相変わらず厳しいのう」

「人口百万人以上の地方都市でリトルトウキョウ化を阻止できるのは京都と福岡だと思っていたんだが、新たな都市計画プランを見てがっかりしたよ。九州の雄と言われる割には独自文化が埋没してしまっているからな」

「リトルトウキョウか……確かに日本中どこに行っても街の中心は東京のミニチュアだからな。ヨーロッパ人にとっては面白味がない国かもしれないな」

「歴史と文化を如何に残し、再生するか……いくらインバウンドを強調しても、京都奈良以外の都市を訪れるのは、発展途上国の人間ばかりになってしまうような気がする」

「観光立国が聞いて呆れるな……ジャパニーズカジノで丁半博打でもやれば面白いかもしれないがな」

「それはいいアイデアだ」

藤中の発想に青山が笑った。二人を尻目に大和田が真面目な顔つきで訊ねた。

「ロシアンマフィアの大御所というのは何者なんだ？」

「元KGBのエージェントでウラル山脈以西の燃料資源を管理する立場にある男だ」

「権力エリートがロシアンマフィアの大御所なのか？」

「元々諜報や謀略のプロだ。表の世界より裏の世界を仕切るのに長《た》けている……ということだな」

「どうしてKGB出身者は現在のロシア連邦で成功しているんだ？」

「KGB出身者は、ソ連の一般人よりも国際情勢や国内の真の状況を的確に把握している。この情報とノーメンクラツーラ上位者の財力によって政界でまず成功し、その仲間である、いわゆるシロビキの中核も構成するようになった……というわけだ」

一口にロシアンマフィアといっても、世界中のマフィア同様に一体ではない。極東地域でセルゲイ・ノブリョフが首領となって活動しているマフィアは、モスクワやサンクトペテルブルクの巨大マフィアの傘下にあった。しかも、この巨大マフィアのトップにもかつて、ソ連国家保安委員会（KGB）等に所属していた将官の諜報機関員が就いていた。

「表の世界だけでなく、裏の世界も操る……という図式か？」

「ソ連時代から脈々と流れる支配層の姿だな」

青山の言葉にため息をつきながら大和田が訊ねた。

「そのドンの名前を知っているのか？」

「アンドレイ・モロトフという男だ」

アンドレイ・モロトフはロシアのエネルギー資源を動かす陰の元締ともいわれ、サンクトペテルブルクにある二大マフィアの一方のドンである。彼の祖父はスターリンの側近で、その一族はノーメンクラツーラの上層部に列していた。彼は一九九一年のKGB解体時には少将で、現在のロシア連邦大統領ウラジーミル・プーチンよりも一ランク上だった。KGB職員の法律上の地位は軍人である。軍人と同じ階級呼称をもち、上下関係ははっきりしていた。

「そのアンドレイ・モロトフは福岡で誰と会うんだ？」

「まず清水保だろう」

「清水はどこからそんなルートを見つけてきたんだ？」

「裏には裏のルートがある……ということだ。海外のマフィアからも日本の反社会的勢力の陰のドンが清水保だと思われている証拠でもあるな」

この時、二人の会話を聞いていた藤中がいたずらっ子のような顔つきで言った。

「そういえばKGBの最後の議長は『バカーチン』っていうんだよな」

青山が呆れた顔つきで答えた。

「本当にくだらないことはよく知っているな」

大和田が再び真剣な表情になって訊ねた。

「ウラル以西の燃料資源というと原油と天然ガス……ということだろう？　どうしてそれをロシアンマフィアが仕切ることができるんだ？」

「もし、ロシアが国家ぐるみで北朝鮮にエネルギーを送っているとすれば、国連決議に反する常任理事国として問題になる。だからマフィアが勝手に商売をしている……ということにしているのだろう」

「しかし、中国は露骨に国連決議に反しているじゃないか」

「中国だって東北部のエネルギー資源はほとんどがロシアからのパイプラインで送られている。しかもここにもチャイニーズマフィアが絡んで資源の抜き取りをやっている……ということだ。韓国船籍のタンカーが東シナ海の公海上で北朝鮮船籍のタンカーに近づき横付けしている様子が確認され、瀬取りが行なわれている現場写真が公開されたが韓国政府は否定している」

「表面上は国家間の密輸ではなく、コリアンマフィアが勝手にやっているように見せているのだろうな」

北朝鮮関係者が国連安全保障理事会の科した経済制裁に反し、石油などを別の船籍の船に外洋上で移し替えて密輸していることが国際問題になっている。

韓国の港では制裁後も北朝鮮産の石炭が搬入されているのが何度も確認されたため、二〇一八年七月にアメリカ政府は文在寅政府に対北朝鮮制裁に穴を開けるなと警告している。

「コリアンマフィアはロシアンマフィアとチャイニーズマフィアの単なる道具になっているに過ぎない。アメリカが国連安保理に提出した文書では中国とロシアの企業を制裁破りの黒幕に挙げているが、これは企業ではなくマフィア組織であることは明らかだ」

北朝鮮は二〇一八年一月から五月までに確認出来ただけで、二十隻以上の船を運用した瀬取りによって計八十九回にわたり、国連決議で制限された年五十万バレルの既に三倍の石油を違法に手に入れたことが発覚している。

「ロシアンマフィアとチャイニーズマフィアの協調連絡があるんだろうな」

「チャイニーズマフィアでも中国東北部、それも大連に拠点を置くグループはますます潤沢になっている。北朝鮮が開発した戦略核と大陸間弾道弾をはじめとする各種ミサイルの密輸を請け負っているという話が現実味を帯びているのは事実だ」

「それに日本のヤクザがどう関与してくるんだ？」

大和田の問いに青山が三人を見回して答えた。

「日本のＯＤＡが使われている可能性がある」

「ＯＤＡ？　どこの部分に使われているというんだ」

ＯＤＡ（Official Development Assistance：政府開発援助）とは、発展途上国の経済や福祉向上のために、先進工業国が援助や出資を行なうことである。日本は発展途上国を直接支援する二国間援助と、国際機関に資金を拠出する多国間援助を行っている。

「そもそもＯＤＡは発展途上国に対する援助だろう。発展途上国には賄賂がつきものだ。中国なんてその最たる例だ」

「しかしＯＤＡの決定権は外務省にあるんだろう？」

大和田が青山に訊ねると、龍が割り込んで重ねて訊ねた。

「青山、何かサンズイがあるんか？」

「ＯＤＡの度重なる不祥事の背景には、ＯＤＡ運用を最大の省益とする外務省の抱える本質的な問題があるんだ。今、僕が調べただけでも、ＯＤＡの委託費を巡る不正流用問題、事業を受注する見返りに相手国の首脳に合計約二億五千万円のリベートを支払った問題がある。ＯＤＡ不正を防ぐ抜本的な仕組みなどあるわけがない。期待できるはずもない受入国関係者の遵法意識と倫理観任せ……ということだ」

「そこには政治マターも存在する……ちゅうことやな」

「ＮＧＯやＮＰＯ、役人、そして政治家が大きくかかわっている。それが今回の二つの事件の背景だと思っている」

「単なる銀行員とヤクザもんの覚醒剤中毒死がそこまで発展するのか……」

大和田が珍しく腕組みをしてテーブルの空いた喜多屋純米大吟醸の一升瓶を睨むように見つめていた。藤中がポツリと訊ねた。

「すると公安部の大部隊が博多にいるというわけか？」

「ＫＧＢ対公安部の情報戦が始まる」

「なんちゅうとこに呼ばれたんやろうな、俺らは……」

「おそらく、龍にも大和田にも関係する人物が登場してくるはずだ。オークラの近くにあるビジネスホテルに視察拠点と監視カメラモニター管理部屋を用意している。もし、視察、追尾の必要がある人物がいたら教えてくれ。遊軍を投入する」

「監視カメラか……公安部らしいな。画像解析装置も持ち込んでいるんだろう」

「最新版だ。画像追尾もできるようになっている」

「監視カメラは何台入っているんだ？」

「イベントデータレコーダーを装着しているバス会社とタクシー会社、運送各社に協力を依頼している。総監はもと福岡県警本部長だろう？　電話一本で片が付く」

「すると街中を監視カメラが走っている……ということか？」

「そう思っていいな。手配人物を感知した段階で自動的にＧＰＳ追尾機能が働くからな」

イベントデータレコーダーとは、車載型の事故記録装置の一種で、日本国内では一般的にドライブレコーダーと呼ばれている。

「ドライブレコーダーは高速ＬＴＥ回線付きなのか？」

「もちろん。位置情報だけでなく、リアルタイムで現場の画像確認ができる」

藤中が頷いているのを見て青山が珍しく余談に触れた。

「ロシアは人口当たりの交通事故死リスクが世界的に見て高いんだ。しかも警察官への不信感が根強く、職務怠慢や汚職が横行している背景から、ドライブレコーダーは必需品として普及しているらしい。こういう背景があったからこそ二〇一三年のチェリャビンスク州の隕石落下では、市街地の上空を尾を引きながら落下する隕石の様子を、多くのドライブレコーダーが撮影できたそうだ。一般市民による様々なアングルからの隕石落下の映像が動画共有サイトを通して世界中に公開されたというわけだ」

青山の話に大和田が頷きながら言った。

「なるほどな……国のレベルを見る時にタクシーと警察官を見ればわかるというが、まさにロシアはまだまだ……ロシアンマフィアが力を持つはずだ」

すると龍が言った。

「日本でも警察車両にカーロケーションシステムが導入された時は反響が大きかったからな。特にパトカー乗務員の反発はひどいもんやった」

カーロケーションシステムは、日本の警察が導入した警察用緊急自動車等の現在位置、進行方向や活動状況等を地図端末装置に表示するシステムである。

「『上は俺たちの行動を監視するつもりか』言うて、組織捜査の重要性などはなから信用しとらんかったからな。今となっては当たり前のことやけど、監視しとったんは事実やったからな」

藤中が笑いながら言った。

「まあ、当時の日本警察のレベルというのはそんなところだったな」

大和田は龍の言葉と藤中の笑いを無視するかのように青山に訊ねた。

「ちなみに、今回、公安部はどれくらいの人数を投入しているんだ？」

「六十人だ」

龍が思わず声を出した。

「六十人を一週間出張させとんのか……刑事部の予算では到底できん数や。それも全員が警察施設やないホテル泊りやろう？」

「今回は秘匿捜査だ。仕方がない。ただし、ここの三人に関しては例外で、それぞれの要望を聞くことを条件にしている」

「それはご丁寧なこっちゃ」

龍が顎の下から咽喉にかけて掻く素振りを見せながら言った。青山はそれを見て見ぬふりをしながら言った。

「それだけ警察庁も今回の事件の真相を知りたいし、官邸や東京都も東京オリンピックや来年の即位の礼に対する不法事案を、何としても阻止したいという現れだろう」

「来年か……」

龍が呟くと青山が間髪を入れずに、穏やかな声で言った。

「『俺も大和田もいない』……か？」

龍と大和田が顔を見合わせながら青山に訊ねた。

「大和田のことも知っとったんか？」

「公安だぜ」

第七章　ＫＧＢ対公安

福岡にカルテットが集結する前日のことだった。

今回博多を訪れることになっているロシアンマフィアの極東地域首領のセルゲイ・ノブリョフは、かつて、ロシア軍参謀本部情報総局（ＧＲＵ）に所属する大佐級の諜報機関員だったというのが、清水保からの情報だった。清水もこれまで二度、博多でノブリョフと会っていたようだった。

青山は直ちに外事第一課の庶務担当管理官を通じて人物照会を行った。

青山が庶務担当管理官を指定したのには理由があった。ロシア側の協力者となっている者が外事第一課内に存在する可能性を知っていたからだった。これは「モグラ」と呼ばれる、組織の中に潜伏する敵対組織の協力者だった。

かつて公安総務課が外事第一課と一緒に行おうとしていた、極秘の強制捜査を事前に察知され、着手直前にスパイたちが緊急帰国してしまうケースが相次いでいた。

この「モグラ」の存在は極秘に内偵を行ってみたが判明することはなかった。このため余計な決裁ルートを使わずに外事第一課内のシステムに入ることができる、公安講習同期の庶務担当管理官である土井《どい》警視に依頼したのだった。

「セルゲイ・ノブリョフは大使館勤務ではなく、駐日ロシア連邦通商代表部の外交官として登録されていました」

「高輪《たかなわ》か……」

青山はソ連時代からロシアの情報収集活動の拠点となっている駐日ロシア連邦通商代表部の存在を疎ましく思っていた。青山が呟いた「高輪」というのは、駐日ロシア連邦通商代表部が東京都港区高輪四丁目に存在する在外公館だからだ。

日本に外交官を派遣している国々が大使館などを拠点に情報収集活動を行うことは「外交関係に関するウィーン条約」という国際法で認められた行為である。一口に情報収集活動といっても、仕事内容は様々である。政治家、霞が関の役人、企業との交流から貴重な情報を仕入れている。

だがロシア連邦は、駐日ロシア連邦大使館とは別に、主として経済活動を担当する拠点を、駐日ロシア連邦通商代表部という形で高輪に置いている。

「ノブリョフが日本にいるのですか？」

「ＧＲＵのエージェントを卒業して、今では立派なロシアンマフィアのボスになっているようだ」

「政治家や経済界に入ることができない連中は、たとえＧＲＵの一佐クラスであっても金儲けのルートを知っているだけに、マフィアに入る連中は多いようですよ」

「ＫＧＢもそうだがＧＲＵも裏世界を知っているだけに、金儲けも巧いようだな」

「所詮、共産主義の上層部は拝金主義の連中ばかりですからね。十年前のものになりますがノブリョフの画像データを送りましょうか？」

「チヨダの校長のデスクに送ってもらいたい」

「了解」

「他には秘匿で頼む」

「モグラ対策ですか？」

「心苦しいがやむをえない」

青山がチヨダ経由を依頼したのは情報の拡大を防ぎたかったからだった。

青山は拠点作業のスペシャルチーム三人を連れて福岡入りしていた。

ノブリョフの定宿は決まっていた。しかも偽名を使って入国することもわかっていた。

青山はすぐに福岡県警警備部公安第一課長に電話を入れた。

「二川《ふたかわ》課長、お久しぶりです」

「これは青山先輩。いつご連絡が来るかとお待ちしておったのですが、お忙しかったようですね」

「知ってたの？」

「うちの課員は気付いていませんでしたが、うちの捜査二課長の里見から、カルテットの皆さんが福岡に勢ぞろいされる予定とは聞いておりました」

「捜査二課長？　誰？」

「私の同期生で里見と申します」

「どうして里見二課長が僕たちの動きを知っていたの？」

「長官官房の藤中分析官と飲み歩いていたようですよ。あれ、言っちゃいけなかったのかな……」

電話の向こうで二川公安一課長が気まずそうな声になっていた。

「そうだったのか……藤中は自由に動いているからな……。今回は秘匿だったので挨拶は遠慮したんだ。その件は放念してくれ」

「かしこまりました。ところで福岡で何かありましたか？」

「実は……」

青山は、ノブリョフの画像データがチヨダ経由で福岡県警公安第一課長のデスクに届くことを告げ、画像解析ソフトのデータを設定して、福岡空港と博多港国際ターミナルョフのリアルタイム防犯カメラ解析を依頼した。

リアルタイム防犯カメラ解析は、防犯カメラという名前は付いているものの、ノブリョフ個人に対する実質的な監視カメラに他ならなかった。

アンドレイ・モロトフは福岡空港の入国審査で本人名義のパスポートを示して入国した。身長一八〇センチメートルを超え、がっちりした体軀に銀髪がよく似合っていた。福岡空港からタクシーを利用して博多のホテルオークラ福岡に到着すると、清水保名義で予約されていたスイートルームにチェックインした。

ホテルオークラ福岡は清水保の定宿でもあった。

アンドレイ・モロトフの到着から一時間遅れて、清水は二人の通訳を同行して同じ部屋に入った。通訳の一人はノブリョフから指示されたロシアサイドの女性だった。

まもなく二人は通訳二人を交えた四人だけで協議に入った。

「ノブリョフは日本で勤務した経験があるから、日本の公安のチェックに引っ掛かる可能性がある。私は彼と直接会わない方がいいだろう。彼のプライベート電話を知っている。電波が届く時間を見計らって私から電話を入れるつもりだ」

「ノブリョフは海路、上海から向かっているようだが、身分を変えているのか？」

「おそらくそうだろう。上海のホテルでも偽名だった」

「偽名にする理由はなんだったんだ？」

「体調が思わしくないらしい。しばらく極東のエネルギーを本部で管理してもらいたい旨の連絡があって私が飛んできたんだ。今回のエネルギー問題は国の政策とも大きくかかわってくるからな。ノブリョフがダメならば私が責任を持たなければならない案件だ」

「日本が大きな役割を果たす……ということか？」

「日本のエネルギー政策なしには極東開発はできない。北方領土問題は後回しだな」

モロトフの言葉に清水は眉をひそめた。

「北方領土問題？　ロシアに返還の意思などないだろう？」

「ＥＵがコケれば情勢は変わってくる。今のロシアにとって極東も大事ではあるが、対欧、対米問題の方が重要だ。その一方が揺れている。特にプーチンと仲がいい、ドイツのメルケルがもうもたないだろう。ポピュリズムの台頭はドイツだけでなくＥＵ全体に広がる可能性が高いからな」

「衆愚政治、大衆迎合主義のＥＵの変動を見据えたうえで、対米、対日政策を変えてくる……ということか？」

「まあそういうことだな。一般大衆の利益や権利、願望、不安や恐れを利用するのも政治家の一手段に過ぎない。ロシアは欧州の一国だからな」

「国土が広すぎるというのも大変なことだ」

「ほとんどが何の役にも立たない土地だが、そこがまた世界の生命線を握っている。もしシベリアの針葉樹林がなくなれば世界の自然環境は一気に変わるからな。地球が亡ぶと言っても決して過言ではない。今のアメリカ大統領はそこをわかっていないから困るんだ。メキシコ相手に喧嘩をしても世界にはなんの影響もない」

「確かにそうだ。トランプが再選されることはないだろうが、あと二年は激動の時代が続くだろうからな」

「こんな話を我々のような裏の世界の者が話さなければならないとは、おかしな世の中だ」

「表が安定していないと裏も稼ぎが減るのだから仕方なかろう」

清水が笑って言うと、モロトフも笑いで応じた。

「清水、あなたは本当にトータルコーディネートができる政治家であり経営者だ。あなたとの縁ができたことを本当に嬉しく思う。ところであなたの後継者は育っているのかい？」

「政治家以上に優れた後継者を育てるのが我々の任務だ。私の後継者がおそらく、次の日本の裏社会を仕切ることになるだろう」

清水の自信に満ちた顔つきにモロトフは穏やかな顔つきで頷いて言った。

「あなたに任せよう」

まもなくモロトフがスマホを取り出して電話を架けた。

「現在、壱岐《いき》の横を通過中だそうだ」

清水にそれだけ伝えると、モロトフはノブリョフと話を続けていた。


二川公安一課長から、青山に報告が入った。

「博多港国際ターミナルのカメラがノブリョフを検知しました。現在の画像が現場から届いております。なお、入管にはノブリョフという名前ではなくスキルビッチ・エイクスキーという名前のパスポートを示して入国しました」

「偽造パスポートではないんだな」

「パスポートそのものは正規のもののようです。なお、入管で指紋を確認しましたので、現在、科警研の指紋センターに照合手続きを取っています」

「まさかノブリョフはスパイ時代の指紋を採られているとは思ってもいないだろう。顔つきは相当変わっているのか？」

「よく見ればわかる……という感じです。重信房子の時とはえらい違いです。それにしても指紋採取までしているとは警視庁公安部ならではですね」

「十指だけではなく、掌紋まで採っているからな。少々の指紋変更手術をしても無駄な努力ということだ」

青山は福岡県警の公安係員が行確作業に入っていることを確認して続報を待った。

そこに藤中から電話が入った。

「青山、お前、いつ福岡を離れるんだ？」

「明後日の午前中には神戸に入らなければならない」

「なんだ、四人の団結式の翌日か……」

「大和田と龍にはやるべきことを伝えている。ただ、今日、ロシアンマフィアのボスの一人が博多に着いたんだ。清水保が教えてくれたとおりだった」

「清水のおっさんが？　いつのことだ」

「高野山から帰った二日後に電話をもらったんだ」

「ほう。お前も清水のおっさんとそういう関係になったんだな」

「お前のように二人で中洲で飲むような間柄ではないさ」

電話の向こうで藤中が笑って訊ねた。

「それで、ロシアンマフィアのボスはどうするんだ？」

「動きを確認したいと思っている。最初に誰と会って、どういう会話をするのかを知りたいんだ」

「イリーガルか？」

「やむをえないだろうな」

青山があまりにも平然と答えたので、藤中が吹き出しながら言った。

「俺には真似ができない芸当だな」

ノブリョフの宿泊先は定宿となっているキャナルシティにあるグランドハイアットホテルだった。

「自ら指定した十一階のスイートルームに三日間投宿予定だそうです」

グランドハイアットのロビーで二川課長と合流した青山は、公安係員がホテルの警備担当者から受けた報告を聞いていた。

「航空機を使った入国ではなく、上海からの航路を選んだのも出国手続きが容易だからだろう。しかも宿泊先が豪華客船ではなく、あえて定宿に泊るということは、誰かと接触するからだ……しかもノブリョフ自身が予約をしていたということは、それなりの大物を招くという意味だ」

「たしかにノブリョフは本名ではなく、パスポート名のスキルビッチ・エイクスキーという名で、上海のウォルドーフ・アストリア・上海・オン・ザ・バンドから予約をしていたようです」

「いい所に泊っているな……」

「外灘《バンド》のいい場所ですからね」

「すぐ裏手に向こうの公安の情報基地があるけれどな」

「そんなことまでよくご存知ですね」

二川課長が呆れた顔つきで言ったが、まるで耳に入っていなかったかのように青山は呟くように言った。

「さて、どうやって作業をかけるかな」

「青山先輩は秘聴するおつもりなのですか？」

「やるしかないでしょうね。ただホテルに迷惑を掛けるわけにはいきませんから、ここは独自でやるしかないでしょう」

「独自？」

「相棒を使います」

青山が二川課長が持ってきたホテル内の詳細な図面を見ていると、そこに藤中がやってきた。

「青山、何事だ」

「ちょっと頼まれてもらいたいんだが」

「何か嫌な予感がするんだが、どうせ割に合わない仕事なんだろう？」

「お前の嫌いなイリーガルのお手伝いだ」

「何がお手伝い……だ。何をやらかそうというんだ。ロシアンマフィアのボスがここに投宿しているということか？」

　藤中は青山の隣にいた二川課長には目もくれずに言った。

「おそらくな……」

「おそらく？　どういうことだ」

「まだ身元の確認が取れていない。画像解析による一致だけだ」

　その時、青山の携帯が鳴った。

「科警研だ」

「おう、我が懐かしい古巣か……」

　藤中が口を挟んだが、青山は科警研の担当者から直接報告を聞いた。

「そうですか。了解。ありがとうございました」

　電話を切った青山に満面の笑みが浮かんだ。

　青山の様子を見た二川課長が満を持して訊ねた。

「青山先輩、当たりですね」

「当たりだ。今や奴は外交特権もない単なるパンピーだからな。しかも実質的には偽造パスポートを所有している……」

　藤中が怪訝な顔つきで青山に訊ねた。

「こちらは？」

「福岡県警の二川公安第一課長だ。すまん紹介が遅れた」

青山は二川課長と藤中の双方に頭を下げた。藤中がバツが悪そうに二川課長に頭を下げて自己紹介をした。

「存じ上げています。うちの里見と一緒に飲んでいらっしゃるようで……里見は同期ですから」

「そういうことでしたか……」

藤中は二川課長に再び頭を下げたあと、青山に顔を向けて言った。

「ところで、そのロシアンマフィアのボスのデータが科警研にあるということだが、何者なんだ」

「元通商代表部の外交官だ。もっとも、その本性は諜報部員だけどな」

「外交官崩れのマフィアか……いかにもロシアっぽいな。名前は？」

「外交官の時はノブリョフだったが、現在はスキルビッチ・エイクスキーという名前でパスポートを所持している」

「スケベビッチ・エッチスキー？」

言いながら藤中が大笑いを始めた。二川課長も思わず声を出して笑い始めた。青山は呆れた顔をして藤中に言った。

「即興にしてはたいしたものだ」

藤中はフンと鼻を鳴らしてから、青山に訊ねた。

「そんなことよりも偽造パスポート所持容疑でパクるのか？」

「元通商代表部の外交官となれば在日本ロシア大使館に通告する必要もあるからな。少し泳がせてからの方がよさそうだ……」

そこまで言って青山は二川課長を見て言った。

「二川課長、ここは正攻法で令状請求して通信傍受をしたいと思います」

「それがいいでしょうね……そうなるとホテルにも令状を見せなければならなくなりますね」

「案外、こちらの名前の方が正しい場合もありますが、そうなればロシア大使館も文句を言ってくる筋合いではなくなったわけです。旅券法違反が成立するかどうかよりも、奴に飛ばれないようにすることが第一です。やはりここは藤中に手伝ってもらいましょう」

「確かにこちらが本名で、外交官時代はエージェント名を使っていた可能性もあるわけですね」

「何でもありありの世界ですから、こちらも負けずにやりましょう。もちろん県警さんには一切迷惑をおかけいたしません」

一時間後、ノブリョフから客室係に空調が効かないという連絡が入った。藤中が作業員と一緒にノブリョフが泊っている部屋に脚立を持って入った。

作業は十分もかからずに終わった。藤中はリビングに三つの盗聴器を青山の指示どおりの場所にセットした。

「すげえ所にセットするものだな」

「向こうもプロのスパイだ。一度部屋に入った段階で盗聴器等のチェックは行っているだろうし、しかも部屋はノブリョフ自身が指定したそうだ。ところでノブリョフの雰囲気はどうだった？」

「一言で言うと余裕がある……って感じだな。体格はほぼ俺と同じだが、おそらく東スラヴ系だろう、チャイコフスキーを少し丸くしたような雰囲気だ」

「チャイコフスキーか……目は鋭いのか？」

「そうだな、一見穏やかそうだが、目は笑っていない……という感じだ。白髪で白い髭鬚を蓄えている」

「服装は？」

「仕立てのいいスーツを着ていた。相当な金持ち……という感じだな。腕時計はリシャール・ミルのオートマティック・フライバック・クロノグラフだったな。二千万円はする代物だ」

「リシャール・ミルのエクストリームウォッチか……。空調の不具合を怪しんでいなかったか？」

「前にも一度あったらしい。苦笑いをしていたが、鷹揚な立ち居振る舞いだった。それにしてもカーペットの柄に合わせた色の盗聴器なんて初めて見た。あれは公安部が購入したものなのか？」

「購入ではなく、うちのチームで開発したんだ。通常の金属探知機やそこらの受令機では探知できない素材と基盤を使っている」

「部屋の内部を見ることはできないのか？」

「向かいのワシントンホテルの部屋から千ミリの光学望遠レンズを付けたビデオが回っている。カーテンを閉められてしまえばそれまでだが、レースカーテンなら何とかなる。しかも温度センサー対応のキットも併用しているから、仮に顔は見ることはできなくても動きはわかるだろう」

「それもお前のところが開発したのか？」

「これは画像解析専門企業との共同開発だ」

「公安部の予算は桁が違うからな」

「捜査一課のハイテク犯罪捜査の予算とそうは変わらない」

「しかしお前のところだけの予算だろう。捜査一課全体のハイテク予算と、公安総務課の一理事官の予算が同じ……ということじゃないか」

藤中の言葉に青山は首を傾げて誤魔化すしかなかった。

「青山、すでに公安部のスペシャルチームを福岡に呼んでいたんだな？」

「清水保からの情報どおりだったので助かった。上手くいけばいいんだが」

「今回、清水のおっさんも同席するのか？」

「本人はしないと言っていた。二代目に任せているようだ」

「そうか……青山、俺も視察拠点に入れてもらえないか？」

「お前ならいいだろう。係員も僕と一緒なら安心するだろうからな」

青山と藤中がワシントンホテルの拠点に入って二時間後、ノブリョフの部屋に来客があった。

「清水組二代目の藤原佳宏か……」

藤中が唸るように言って続けた。

「一人だけか……偉くなったものだ」

まもなく藤中が仕掛けた盗聴器から音声が届いた。

「二人とも流暢な英語だな」

ノブリョフと藤原の会話を聞きながら青山が言った。

「藤原佳宏も清水保同様、京都大学卒だからな。これくらいの英語は当たり前に話すだろうし、ボキャブラリーも豊富なようだな。しかも意識してのことだろうがハーバード訛を入れている」

「そんなのがわかるのか？」

「ケチャップが『catch up』に聞こえるのと同じだな。有名なフレーズとしては『Park the car in Harvard yard.』というのがあって、ボストン訛では音節の最後にある『r』を全く発音しないんだ。これにハーバード訛が加わると最後の二文字が『haven't yet』に聞こえる」

「それは意識してのことなのか？」

「そうだろうな。ニューイングランド訛でもボストン訛でもない、独特の訛りだな」

藤中が何か言いかけたところで青山がこれを制した。パソコン横のスピーカーから声が響いた。

「I would like you to do cancer surgery as soon as possible.」

「asap? Do you want to undergo surgery?」

「Yes please.」

藤中が青山を見て言った。

「青山、これは立場が逆転しているような感じだな」

「確かにある意味で命乞いだな……藤原の新たな商売が軌道に乗っている証拠だ」

「富裕層向けの各種手術の顧客は中国だけでなく、ロシアにも広まっていた……ということだな」

「命を預けるのと一緒だからだな……だから藤原は敢えて仕事の話を全くしないんだ」

その後、ノブリョフと藤原の間では商売の話はなかった。藤原が途中で病院関係者に電話を入れて緊急手術の受け入れの打診をすると、即座に話が決まった様子だった。

「この貸しは大きいな……」

「清水組二代目はロシアンマフィアのボスに大きな貸しを作った……ということだな」

ビデオ画像を見るとノブリョフが藤原を挨拶のハグというよりも、むしろ、感謝を込めて抱きしめているように見えた。

藤中が呟くように言った。

「これで清水組二代目は安泰だな」

青山も頷きながら言った。

「とんでもないシーンを目撃したものだ。明日から龍や大和田にも力を借りなくてはな……」

四人の会食の翌日、さっそく龍と大和田は福岡でＯＤＡ関連の情報収集を始めていた。東京で動くと外務省だけでなく、関連する公益法人にも探知される虞があったからだ。特にロシア関連のＯＤＡは、福岡に拠点を置いたロシアンマフィアルートから調べることができた。さらに、ODAを利用して裏金を作り、それを使って職員をハーバード大学等に留学させている事態も判明した。

「青山さまさまや」

龍が言うと、大和田も頷いていた。

同じ日に、青山は福岡から直接、単身神戸に入った。

岡広組総本部若頭補佐の白谷昭義が三宮駅前にある喫茶店で待っていた。店の奥の席に座ると、青山に指示された、国内のチャイニーズマフィアの動向について報告を始めた。

「兄貴、国内のチャイニーズマフィアは一本じゃありません。特に関東と関西で全く違う動きをしているようです」

「全く違う？」

「関西はこれまでどおり香港ルートとの深いつながりから、シャブや地域企業に入り込んだ経済活動をしているようですが、関東は東北部ルートとの交流が深くなっていて、コリアンマフィアを指揮下に入れて動いています」

「関西のコリアンマフィアはどうなんだ？」

「こちらは関西独特の裏経済の中の一つとして、チャイニーズマフィアの傘下には入っていないようです」

「関西のチャイニーズマフィアの経済活動というのは具体的には何だ？」

「これが、約半分が造船業に特化しているんです。香港で造船業でも始めるつもりなんでしょうか。今や中国は世界一の造船大国になっているようですね」

青山は白谷の顔をジッと見て訊ねた。

「造船業と言っても幅が広いだろう？　造船の中のどういう部分に集中しているんだ？」

「艤装《ぎそう》という段階だそうです」

「なに？　艤装だと……」

青山は唖然とした顔つきになっていた。

造船における艤装とは、船として機能するために必要な装置や設備の総称であり、またそれらを取り付ける作業のことである。この作業は船体をおおまかに完成させ進水を終えた後に行われるのが一般的である。

「まさか軍艦の艤装をやらせているわけじゃないだろうな」

「そこまではわかりませんが、今、神戸で軍艦を造っているのは一社だけのようです。それも専門のドックを使っているそうですから、中国人は入ることができないんじゃないかと思いますが……」

「その一社にも中国人はいる……ということなのか？」

「はい。艤装というのは装備品の取り付け段階ですか？」

「もともと同じ設計の船体でも、艤装の仕方いかんで操船や業務遂行の難易度が変わってくるし、船の性質まで大きく異なってくる。艤装の良し悪しというのはそれだけ重要な要素なんだ。だから軍艦の場合、艤装員長が、そのまま初代艦長に就任することが多いといわれる」

「それは大変なところに中国人が投入されていることになりますね。いわば国家機密の範疇でしょう」

「そうだな……悪いが、造船所の職員、職人同士の接点や情報交換がなされていないかお前の立場でも調べてもらえないか。僕は僕で別ルートを使ってみる」

青山は白谷との情報交換の初めから気が重くなっていた。

「兄貴、ちょっと場所を変えて、酒でも飲みながら話しましょう。私も報告をしながら気が滅入ってしまいました」

青山は白谷の気遣いが嬉しかった。それ以上に青山自身が冷静さを欠いていたのではないかという反省もあった。

「どこか美味い店はあるか？」

「餃子とビールで如何ですか？」

二人は三宮駅の南口近くにある、餃子の名店と言われているらしい店に入った。なるほど、メニューには餃子とビールしかなかった。

焼き餃子二人前と瓶ビールの大びんを注文して話を始めた。

「ところで白谷、東京の神宮寺武人を知っているか？」

「神宮寺武人と言えば、清水の大親分の甥に当たる者ですよね」

「そうだ。奴が社長の極東ホールディングスがやっている投資ファンドの投資先を調べてもらいたいんだ。数年前に出所して投資信託をやっているようだ」

「極東一家系列ですと、会社はやはり新宿ですか？」

「ああ。元々、秘密基地のような迷路状に内装されたビルだったんだが、さらに要塞化しているようだ」

「何か悪さをやっているのでしょうか？」

「神宮寺はただの小物じゃない。何か大掛かりなことを企んでいるようだ」

「しかし、要塞の中で何ができますか？」

「投資と一口に言っても、色々な手法がある。しかもハイリターンを繰り返すようなリスクの高いファンドはそうそうあるものじゃない。海外が相手なのかもしれないが、余計リスクが高くなるだけだ。相互に相当な信用がなければ投資は成立しない」

「顧客リストをゲットしたいですね……兄貴のところに誰かその道のプロはいませんか？」

「いないでもないな……元ハイテク捜査官がいる」

「元？　サイバー犯罪捜査官じゃないんですか？」

「いや、現在は民間にヘッドハンティングされて、大手ＩＴ企業のエグゼクティブマネージャーになっている」

「大丈夫ですか？　神宮寺のところもそれなりのセキュリティ対策を行っているはずですよ」

「彼はプロ中のプロだ。これまで様々な組織をハッキングしてきたからな」

「組織……ですか……公安部が狙う組織って、相当手強い相手なんでしょうね」

「革命集団から国際テロ組織まで様々だな。犯罪組織のグレードが上がれば上がるほどコンピュータセキュリティ対策は整っている。しかし、必ずといっていいほど抜け道が見つかるんだ。プロはそれが楽しくて仕方ないらしい」

「その、元ハイテク捜査官の専門は何なのですか？」

「よくわからない。何でもできてしまうんだ。だからヘッドハンティングがひきもきらない。天才というのはそういうものだな」

「すいません。うちでできればいいんですが、足がついた時のことを考えると……」

「わかっている。誰かが調べている……とわからせた方がいい場合もある。どんな結果が出てくるか……だな」

「拠点は東京の方がいいのですか？」

「いや、大阪に置こう。先方の会社には礼を尽くして数日間、彼を借りることにしよう」

「パソコンは何台用意すればいいのですか？」

「三台用意してくれ。そしてそれぞれにグローバルＩＰアドレスを付与しておいてくれ」

　グローバルＩＰアドレスはインターネットに接続されているコンピュータや通信機器を個々に特定するために割り当てられたＩＰアドレスのことである。インターネット上の住所にあたり、インターネットに接続する際に必ず必要となる。

「いつも三台使われているんですか？」

「そうだな。二台は保険のようなものだが、セキュリティ対策に引っ掛かった時に直ちに別ルートが使えて便利なんだ。波状攻撃をかけることもできるしな」

「相当やってきたんですね」

「敵を知ることも大事なことだからな」

「なるほど……しかし、ＩＰアドレスというのは個人情報に当たらないんですかね。誰でも調べることができるわけでしょう？」

「ＩＰアドレスは公開されるものであり、インターネットの仕組みはそれを前提として構築されているんだ。今のようにサイバー犯罪が起こりうることを開発時から想定して、ICANNを頂点とした階層的な委譲関係によって、世界的な管理が行われているんだ」

ICANNとはインターネットの各種資源を全世界的に調整することを目的として設立された民間の非営利法人である。

「しかし、それでもサイバーテロを防ぐことはできないんですね」

「なんでもそうだが、特にコンピュータ犯罪の場合には『やった者勝ち』という傾向は変わらない。やられてばかりじゃ面白くないだろう」

青山は東京に帰ると初代公安部ハイテク捜査官で、現在民間企業のエグゼクティブマネージャーになっている左藤慎二《さとうしんじ》に電話を入れた。

「左藤ちゃん。久しぶり。ちょっと相談があるんだけど……」

青山が状況を説明しハッキングの捜査協力を依頼すると、上司の許可を得たうえで、できることなら休暇を取って個人として協力したい旨の回答を得た。

直ちに青山は警備局警備企画課情報分析担当理事官、別名「チヨダの校長」に面談を申し込んだ。

チヨダは警備警察情報の最終集積地であり、あらゆる公安作業の司令塔である。かつて陸軍中野学校の跡地にできた警察大学校の中に設置された経緯があり、その校章から取って「サクラ」と呼ばれていたが、皇居に隣接する霞が関に移転したことで「サクラ」から「チヨダ」と呼称を変えていた。

青山はチヨダの校長にこれまでの経緯を報告し、計画案を伝えた。

「青山さん、事情はわかりました。大阪の拠点費用ならびにレンタルパソコン、協力者謝礼を含めた予算請求をお願いします」

「領収書は取れませんが、よろしくお願いします」

「詳細は聞かなかったことにしますが、万が一の時には私が責任を取ります。備企課長、審議官、局長への報告に関しては、すべてをご放念願います」

「承知しました。左藤君の了解が取れ次第動きたいと思います」

左藤元ハイテク捜査官からの協力了承の電話が入ったのは二日後のことだった。

二人はその二日後、大阪に入った。

白谷が二人を新大阪駅で出迎えた。

「必要なものは全て揃えております。場所は先月夜逃げした会社の事務所で会社と土地建物の登記は残ったままです。また、コンピュータ等もその会社のものですから、足がつくことはありません」

「お前のところとの関係も出てこないのだな」

「大丈夫です。孫請けの知人のものですから、うちらの業界の連中でも辿り着くことはできません。ところで、こちらが、その道のプロ中のプロの方ですね」

青山は左藤元ハイテク捜査官を白谷に紹介した。

「お話は伺っております。ひとかたならぬご尽力に感謝申し上げます」

「いえ、青山さんは私の兄貴分ですから、これくらいのことは当たり前です。そしてまた一部は私の方にも関係があることですから、捜査協力の一環として存分に使って下さい」

白谷が案内した会社の事務所は大阪駅から徒歩十分もかからない、曽根崎《そねざき》警察管内の曽根崎新地、いわゆるキタにあった。

白谷を帰したあと、左藤元捜査官が青山に言った。

「その道の人とは思えないほどの知性を感じましたね」

「ヤクザもんとはいいながらも、一応京都大学を卒業しているインテリヤクザなんだよ」

「そんな気がしました。前科前歴もなさそうな雰囲気でしたね」

「法の裏側まで知っている奴だからな。さて準備だけして飯でも食べに行くか」

「それにしても、ほんとうに夜逃げした会社の事務所なんですかね。ベッドルームも二つ、バストイレも別で冷蔵庫の中はギッシリ酒とつまみが入っていますよ」

「そういう奴なんだよ。明日、朝一番で法務局で登記簿を確認してくるが、あいつのことだ。嘘はつかないだろう」

「信頼関係が凄いですね」

「左藤ちゃんと同じさ。信頼しているよ」

左藤元捜査官はパソコンを三台とも立ち上げると、設定を確認しながら自ら用意した外付けハードディスクを繋いで、ソフトをインストールするとハッキングの準備を整えた。

「いつでも大丈夫です」

「よし、じゃあ食事に行こう」

「今日も青山さんのこだわりの店ですか？」

「そうだね。大阪料理……ってあまり聞いたことがないかもしれないけど、美味い店があるんだ。出張が決まった日にすぐ予約を入れておいたんだよ」

「私に味がわかりますかね……」

「美味いものは誰でもわかるよ。大阪の料理というのは材料の良さを活かすことに尽きるんだ。そしてしっかり取った出汁の旨さ。さらにその持ち味以上の味はつけないことなんだそうだ」

二人が向かった店はいわゆるミナミの心斎橋。南警察署の裏通りにあった。

「懐石料理ですか？　東京でも何度か連れて行っていただきましたが……」

「京料理とはまたちょっと違った美味しさがあるよ」

先付け、前菜、椀、お造り、炊きもの、焼きもの、強肴《しいざかな》、替わり鉢、ご飯、香のものと続いて、最後に水ものでしめた。

「なにもかも美味しかったですが、あのお椀は見事としか言いようがありません」

「関西ではこの時期必ず出てくる名残の鱧と走りの松茸だからね。やはり京料理の出汁とは違うが、美味さは変わらない」

「青山さんはなぜこんないい店ばかり知っているんですか」

「実はここも白谷の紹介なんだ」

「ますます底知れない人ですね」

満足感に溢れながら二人は店を後にした。

部屋に戻ると左藤はパソコンの電源を入れ、流れるような動作でキーボードを打ち始めた。

「うん、そうか……なるほど……」

呟きながら作業を進める。

「青山さん。やはりプロテクトは厳しいですね」

「無理はしなくていいよ」

「いえ、いくつか試してみますよ。そうか……こっちでいくかな」

「中国ルートはどちらから入ってるの？」

「これはロシアから北朝鮮経由です。北朝鮮から中国は比較的入りやすいんです。人民解放軍総参謀部第三部のパソコンにマルウェアをセットしました。さて、これからです。今日はちょっと違うルートから狙ってみましょう」

「すでに調査済みなんだね」

「ほう。もともと人民解放軍総参謀部第三部もチャイニーズマフィアのパソを覗いていたんですね……それならやりやすい。さて、電源が入った瞬間に侵入できるかどうか……ですね」

「電源が入った瞬間が大事なんだよな……」

「そうです。明日の朝イチで様子を見ましょう」

左藤元捜査官はそこで電源を落とした。ロシアの窓口が逆探知を始めたからだった。

「仕込んだマルウェアはどんなやつなの？」

「俗に言うボットネットです」

ボットネットとは、一般にサイバー犯罪者が悪意あるプログラムを使用して乗っ取った多数のゾンビコンピュータで構成されるネットワークのことである。

「まるでサイバー犯罪者だな」

「私の支配下に入ったコンピュータは、使用者本人の知らないところで犯罪者の片棒を担ぐ踏み台になってもらいますよ」

「すると、あとは解放軍総参謀部第三部のパソコンが勝手に極東ホールディングスのサーバに入ってくれる……ということ？」

「ボットネットでは私のような指令者を特定することは、その性質上非常に困難なんです。万が一私に特定の手が伸びそうになったら自爆するように構築していますから、問題はないはずです」

「よく一人でそこまでやるな。組織化された犯罪者集団並みのテクニックだな」

「それが今の仕事ですから、研究は怠りません。解放軍総参謀部第三部はうちのクライアントにもさんざんサイバーテロを仕掛けていますからね」

左藤元捜査官は笑いながら言った。

翌朝、午前九時半過ぎに解放軍総参謀部第三部のパソコンが動きだしたサインが出た。

「さて、入ってくれるかな……」

パソコンのモニターはターミナル画面、つまりプログラミング用の黒い画面になっていた。

「プロテクトがかかっていますね。まあ基本でしょう。さてと、どんなソフトを使っているのか……」

「時間は大丈夫なの？」

「大丈夫です。極東ホールディングスのサーバに入ってくれているのは解放軍総参謀部第三部のパソコンですから……」

「でも、ロシアのルートにはつながっているんだろう？」

「そうですが、ロシアのサイバーセキュリティソフトは入口よりも、その先を追いかける習性があるのです。まず行先を確認して入口に戻る……と考えればいいんです」

「そうか……まだ到着してないから、まだ大丈夫……ということか」

「光と電波はほぼ同じスピードですから、一秒で地球七周半くらい動くんですが、一度でも電線や機械といった抵抗があるものを通すと、格段にスピードが落ちてしまうんです。ですから、今回のように五カ所をつなぎ、しかもインターネット・リレー・チャットを利用すると、それなりの時間はかかるわけです」

インターネット・リレー・チャットとは、サーバを介してクライアントとクライアントが会話をする枠組みの名称である。ここでは会話の代わりにファイルの転送を行っていた。

「二番目のパソコンから極東ホールディングスのサーバに侵入しました」

「データは見つかるかな？」

「データベースと表計算ソフトをまず確認していますので割と早いと思います。おう、今、ちょうど自動的に必要と思われるデータをスクリーンショットで画像化し始めたようですね。間もなくインターネット・リレー・チャットでデータが届きますよ」

「その解析はどれでやるんだい」

「この外付けハードディスクの中にOCRソフトが内蔵されていますから、画像確認とデータ化を自動的にやってくれます」

間もなく三台目のパソコンのモニター画面に表計算ソフトのスプレッドシートが現れた。

「これも名簿のようですね」

「元はエクセルデータなの？」

「マイクロソフトの『SQLサーバ』ですね。関係データベース管理システムとしては以前の『アクセス』よりは使い勝手がいいんです。最適なバックエンドデータベースを構築できるようになっているんです。極東ホールディングスの中にもマニアックな奴がいる……ということでしょうね」

「名簿のタイトルで面白そうなものはあるかな？」

「『Investor』というのがあるので、まず一つですね」

「『投資家』か……いいね。タイトルを英語にしている理由はどうしてだろう？」

「コンピュータオタクは往々にして英語で表示したがるものなんです。自分さえわかればいいわけですから」

「なるほど。他には？」

「『Client』というのもあります」

「クライアント……『顧客』か……面白いな。それぞれ投資または、受け入れた金額順にソートをかけてくれるかな」

「了解。なんだかんだ言っても、所詮、素人さんですね。もう少し頭を使ってもいいのに……。おっと、これは税務署用の二重帳簿データかな？」

「そんなのまでデータ化しているんだ……」

「二重帳簿は原本と照会しないと意味がありませんからね。捜査二課が見たら大喜びすると思いますよ。投資先にはケイマン諸島のタックスヘイブンもありますね……。裏取りに、このタックスヘイブンのデータも抜いておきましょう。口座番号まで記されているので、照会は簡単ですよ」

　左藤元捜査官の凄業を目の当たりにしながら青山が言った。

「左藤ちゃん。何も怖いものはないね」

「私自身は何も持っていませんからね」

「何言ってんの。給料は公務員の時の十倍くらいはあるんじゃないの？」

「短い間にどれだけ稼ぐか……ですからね。私も五十過ぎてまでこんな仕事をしようとは思っていませんよ。四十代で一旦卒業して、第二の人生……というよりも、もうすでに警視庁警察官を別にして五社目ですけど、本当の楽しい人生を考えながら、今は仕事を楽しんでいるんです」

「仕事を楽しむ、か……。なかなか言えないね」

「青山さんだって、仕事を楽しんでいるんじゃないのですか？」

「僕は楽しむというよりも、自己満足的な使命感のようなものに押されている感じだな。特に情報の世界と言うのは終わりがない。ハムスターが回し車の中で懸命に走っているのと同じだよ。しかも、公安という日陰の花としてね」

「日陰の花のハムスターですか……なんだか悲しいですね。でもハムスターが走り続けるのは生き残るための本能だそうですよ。野生のハムスターは夜行性ですから、餌を探し縄張りを確認するために走り続ける習性があるそうです」

「悲しい性だな……」

「籠の中で走れないハムスターは当然ながらストレスが溜まってしまうようです。しかもハムスターはストレスに弱く、寿命を早める原因になるようです」

「それで走り続ける……まさに転位行動だな」

生物学上、本来の目的とはまったく関係のない行動をとることによって自己満足に陥る行為を転位行動と呼んでいる。

「青山さんの場合には生物学の本能行為は適用外です」

左藤元捜査官が笑って続けた。

「おそらく、極東ホールディングスの捜査対象データはこれくらいだと思います。一応、顧客データも分析しておきますね」

「左藤ちゃん。投資家データをこのＵＳＢにコピーしてもらえるかな」

「公安部のビッグデータと照合するんですね」

「公安部に戻っておいでよ。ボランティアで……」

「勘弁してください。業務上の予算があと百倍くらいになって、仕事が楽しめるようになったら、ボランティアに行ってもいいですよ。この部屋のパソコン環境は一見簡素に見えますが、数千万はかかっています。こういう装備を必要時にすぐに手配できるようにならなければ公安部だって、すぐに立ち遅れてしまいますよ」

「そうだよね。仰せのとおりだ」

青山は頷きながら公安部のサイバー部門に投資家データを送った。

左藤元捜査官は極東ホールディングスに対するハッキングで、様々な資料を獲得していた。

「極東ホールディングスの実質的バランスシートです。資産合計四百五十億円、利益剰余金が二百八十億円ですよ。しかも保有不動産は不動産鑑定評価基準の原価法で六十億円ですし、社員数は六十四人。当期純利益は三十一億円だそうです。とてつもない優良会社ですよ」

「一人当たり約五千万円の純利益を生んでいる……ということか……。どうせ法人税はたいして払っていないのだろうから、国税が見たら大喜びするだろうな……」

「他に何か調べることがあったら言って下さい」

「左藤ちゃん。神戸にある造船所で軍艦を造っている会社を調べてもらえるかな」

「それは瞬速でできますが、その中でも何かご要望があるのではないですか？」

「中国からサイバーテロを受けている会社を知りたいんだ」

「親会社ではなく、造船所本体に……と言うことですね」

「そう。防衛省ルートでも調べることはできると思うんだけど、情報本部が明かさないと思うんだよね」

「防衛省のサイバーセキュリティはこの数年でかなり厳しくなりましたからね。ペンタゴンよりも厳重かもしれませんよ」

「ようやく日本の国防もその域に達してきたか……。それで、サイバーテロを受けた造船所の中に中国人がいるのかどうか……わかるかな？」

「勤務評定データを覗けばいいんですよね。こういう分野はどこの企業も案外緩いんですよ。警視庁も……ですけど」

「そうなの？」

「青山さんも警部時代にやったと思いますけど、勤務評定を打ち込む専用パソコンというのは各部署に一台だけなんですが、人事一課、二課とリンクしなければならないのでスタンドアローンになっていないんです。そして結果は自動的に給料に反映されるので給与課や警視庁職員信用組合にもつながってしまうんですね」

「なるほどね。わかった。とりあえず中国人探しをやってみて」

青山、左藤コンビは着々と違法収集証拠に基づく情報収集を行っていた。


その頃、福岡に派遣されていた公安部員は警視庁本部の会議室で一斉に捜査結果のまとめに入っていた。

「こいつがロシアンマフィアの大物だったのか……」

初めてモロトフの顔を見た外一出身の捜査員が声をあげて続けた。

「チャイニーズマフィアのボスと日本ヤクザの重鎮の会談か……それぞれに通訳をつけて、まるで首脳会談の雰囲気だな」

「会場もホテルの会議室ときているからな。その後に連中が揃って会ったのが、元与党幹事長か……それも、未だに不動産疑惑がバリバリの野郎だ」

二人の情報担当管理官、さらに四人の係長が個々に受けた報告を確認しながら会議を進めていた。

「青山理事官からの申し送りだった、組対と捜二情報は全て判明したのか？」

「回答はすでに総監秘書室と捜二の理事官に送っています。お二人とも、例の同期カルテットの一員だったようですね」

「それで、組対は何だったんだ？」

「行確の依頼が来たのは三人。岡広組総本部若頭、福山会会長代行、極東一家顧問の三人です。これを仕切っていたのは福岡の清水組二代目本人でした」

「捜二の行確依頼は福岡市元助役、福岡市総合開発副社長、四井地所グループ長、大成ハウス西部本社社長の四人で、彼らを仕切っていたのは元与党幹事長の息子でした」

「また元与党幹事長か……ガンだな」

この会議結果は直ちに大阪の青山にもたらされた。


青山に白谷から電話が入ったのは青山と左藤元捜査官が捜査を始めて四日目のことだった。

「兄貴、神戸の造船所の件ですが、兄貴が予想していたとおり、チャイニーズマフィアから金をもらって、艦船の艤装情報を流していた奴が判明しました。それからチャイニーズマフィアの奴ですが、中国東北部ルートのナンバーツーで、奴自身、中国の哈爾濱《ハルビン》工業大学で金属工学、大連理工大学で造船学を学んでいたエリートだったようです」

「哈爾濱工業大学か……まさに中国版アイビーリーグのエリートだな。名前は？」

「李兆国《りちようこく》。四十二歳です」

「若いな……何か裏がありそうだ。調べる価値がありそうだな……」

青山は左藤元捜査官に追加で李兆国について調べてもらうと共に、警察庁のビッグデータに照会をかけた。

第八章　最終決戦

龍は贈収賄の捜査に着手した。

「福岡の案件は福岡県警に任せるが、元幹事長が上増しされた土地売買の代金を原資として、これを投資と見せかけて不正の利益を得ていたのは間違いがない。国会議員は辞めていても党の県連顧問の座には居座って、県政、市政を牛耳っている。職務権限の問題もクリアされている」

「理事官、投資はリスクが付きものです。いくら莫大な利益を得たと言っても、これを不正と断定できるのでしょうか」

「投資先は普通の企業ではない。しかもロシアンマフィアが深く関与したインサイダー情報満載の企業だ。利益が上がって当然なんだ。しかもその窓口がチャイニーズマフィアと深くつながっている極東ホールディングスだからな」

「そのロシアンマフィアと極東ホールディングスの接点が、今回の福岡での会合だった……ということですね」

「そう、会話の録音も取れている」

龍は二人の事件担当管理官からの質問に答えていた。

「公安部は極東ホールディングスにガサを打つ予定があるのですか？」

「証拠を押さえるためには、ガサを打つしかないだろう。現にそこには証拠の山があるんだからな」

「しかし、違法収集証拠でしょう？」

「現時点ではな。しかし、ガサが裁判官から発せられた令状によって行われれば、そこで押さえられた証拠は適正手続によって得られた証拠になる」

「どうもその点が合点いかないんです。公安部の手法はガサによって組織実態を解明することにあって、犯人を捕まえることに力を置いていないのがこれまでの常だったでしょう？　令状請求の疎明資料に違法収集証拠があったら、発せられた令状にも違法性が残るのではないですか？」

「今の公安部は昔とは違う。それも極左暴力集団を相手にしていた、混乱期とは違うんだ。確かにハッキングという手法は違法かもしれないが、それはあくまでも端緒情報の収集であって、もう一つ別ルートからのデュープロセスに則った捜査を進めているんだ」

「意味がわかりません」

「公安部は別件でサイバーテロの捜査を行っている。その際、日本企業に対して行われたサイバーテロの行為者が、極東ホールディングスと連絡を取っていた事実を確認しているんだ」

「どこがそんなことをやっているのですか？」

「アメリカのエシュロンと防衛省のマラード（MALLARD）だ」

「マラード？　聞いたことがありませんが……」

「防衛省情報本部電波部が運用しているエシュロンの日本版がマラードだ」

「ほんとうにそんなものが存在するのですか？」

「十数年前、公安が海外逃亡していた連合赤軍の最高幹部を日本国内で逮捕した案件があったが、この基の情報はエシュロンによってもたらされたものだったんだ」

「そうだったのですか……」

「公安部はこの情報を基に捜査を始めて、結果的に逮捕につなげたんだ。今回も、その時と同じような手法を使って公安部独自の捜査を進めたんだよ」

「私はどうしても、公安部の捜査手法というものに馴染めないんですよ」

「馴染む、馴染めない……ではなくて、今そこにある犯罪を如何に摘発するか……を先に考えるべきじゃないか？」

「それはそうですが、どうしても適正手続という、刑事訴訟法の基本原則を逸脱した捜査が少しでもあることに納得いかないのです」

「管理官は捜査二課勤務が今回初めてだから仕方ないが、捜査二課にも『情報』という部門があることを知っているでしょう。情報なくして捜査二課は存在しないと言われているとおり、捜査二課の捜査情報は所轄から上がってくるものだけではなく、この情報部門が懸命に集めてきているんだ。彼らの情報入手が全て適正手続によるものだと思うかい？」

「どういうことですか？」

「協力者を作り、金を渡して事件情報を得ることだって日常茶飯事だ。しかし、これを公判資料に載せるかい？」

「それは……」

「情報というものはそういう一面もあるんだよ。そして、情報は宝なんだ」

「確かに……」

　事件担当管理官はまだ完全には納得がいった様子ではなかったが、首を傾げながらも龍の話に頷いていた。

大和田は日本国内の反社会的勢力と海外マフィアとの接点について、古巣の組対四課と協力して掘り下げた捜査を行っていた。

「岡広組の分裂に伴って岡広組総本部の動きは日本中の反社会的勢力が注目しています。中でも関東の最大勢力である福山会と麦島組との関係が微妙になってきているのは事実です」

「岡広組総本部は関西を中心として東海地区まで幅広く勢力を拡大しながらも、福岡で第三拠点とも思える清水組二代目を中心とした新たな経済活動を行っている。そして、その福岡で実験的に進められているのが海外マフィアとの連携だ」

「チャイニーズマフィアからロシアンマフィアへと連携の仲間を変化させている……ということですか？」

「資料をよく見てくれ。これは公安部が分析した最新の反社会的勢力と海外マフィアとの関係だ。チャイニーズマフィアの中で力関係が変わってきていることと、中国東北部で勢力を拡大しているグループがロシアンマフィアと手を組んでいることがわかる。しかし注目すべきは、東北部ルートは香港ルートを立てながらコリアンマフィアを傘下に収めつつあるということだ。さらにこれはまだ公安部でも推測の段階だということだが、東北部ルートは中国共産党幹部とのつながりが深くなっているのではないか……ということなんだ」

「中国共産党の権力闘争の構図をチャイニーズマフィアも意識している……ということですか？」

若手管理官の言葉に大和田が頷きながら答えた。

「いいところに気付いたな。これは俺の仲間の推測なんだが、チャイニーズマフィアも香港の外資と富裕層の投資狙いだけでは旨味がなくなってきた……と考えた方がいいらしい。その中で、東北部ルートはロシアからエネルギー資源を受け入れ、かつ、現在の中国が太平洋進出を狙っている中で造船業に力を入れている国家政策に巧みに入り込んでいるようなんだ」

「それが神戸の問題……なのですね」

「そこは公安部が捜査を進めている。もう一つ、これは公安部と捜査二課の合同捜査の結果を見てみなければなんとも言えないが、反社会的勢力と海外マフィアの金の運用結果や、金儲けに血眼になっている連中に浸透する反社会的勢力の実態を解明しなければならない」

「チャイニーズマフィアに関しては日本の反社会的勢力との相関図がある程度できていますが、ロシアンマフィアの実態把握は当課ではあまりできていないのが実情なんです」

「チャイニーズマフィアは二つに分かれているようなんだがどうなんだ？」

「チャイニーズマフィアに関しては、昨年まで在オランダ日本国大使館勤務をしていた星野《ほしの》管理官が、ヨーロッパを始めとして海外で活動しているチャイニーズマフィアの実態を調べていましたので、これが役立っています」

「組対三課からの情報ではオランダからのシャブの密輸が多いそうだが……」

「欧米では香港ルートのチャイニーズマフィアがベトナム系の国際犯罪組織を支配下に置いて、ベトナム系の多国籍犯罪者を使っているようです」

「ヨーロッパ産のシャブはどこで作られているんだ？」

「ドイツもしくはオランダということです」

「ドイツで……」

大和田が言葉を失いかけていると、事件担当管理官が言った。

「ドイツといっても、生粋のドイツ人……ということではなく、ドイツに移住した中国人やベトナム人の場合が多いようです」

「そうか。マフィアと民族的には同じでも、国籍は違う場合が多いのだろうな。その一例として香港返還の時も、香港の犯罪組織のメンバーの多くが米国、カナダ等に渡ったようだからな」

「ベトナム人犯罪組織の連中も同様です。ベトナム戦争後に難民となって国を捨てた連中が海外で犯罪組織をつくっている場合が多いのです。そして、その最大組織を香港ルートのチャイニーズマフィアが押さえたことによって、犯罪組織同士が結託しているというのが現状のようです」

「ヨーロッパでは今後、中東、アフリカからの難民の一部がこのような犯罪組織に吸い込まれるか、若しくは自分たちで犯罪組織を立ち上げていくのだろう」

「ヨーロッパも大変ですね。ＥＵはどうなってしまうのか、全く先が見えませんよね」

「最後の防波堤と言われていたトルコがＮＡＴＯを出ざるを得ない状況にある。これはＥＵに対する揺さぶりというよりも決別に近い判断だ。しかもトルコは、アメリカも敵に回そうとしている。これに海外マフィアも反応してくるはずだ。特に覚醒剤を扱っている犯罪組織のターゲットは日本だからな」

「そういえばチャイニーズマフィアの香港ルートは台湾の黒社会を活用しているようですが……」

「良好な日台関係を考えて、これまで比較的緩かった関税の穴をねらった犯行だろう。しかも、台湾は沖縄にさえブツを運び込めば、あとはフリーだからな。海保や沖縄県警も目を光らせているようだが、日本の最西端に位置する与那国島《よなぐにじま》は台湾の宜蘭県《ぎらんけん》蘇澳鎮《すおうちん》まで百十一キロメートルしかない」

「それでも百キロメートルは超えているんですね」

「百キロメートルという距離は、長崎県の五島列島にある五島市と長崎港までの距離とほとんど同じだ。しかも、石垣島から与那国島までは百二十四キロメートルの国境の島ということだ」

「するとモーターボートだと二時間あれば楽に着くわけですね」

「そういうことだ。最近の台湾黒社会はさらに速力がある小型のジェットフォイルを持っているそうだから、その目的は明らかだな」

「なるほど……台湾はいい国だと思っていたのに……」

「いや、台湾はいい国だし、ほとんどの人が善人だと思っている。ただ、中にはそんな輩もいるし、反日の人がいても何もおかしくはないだろう。ともかく、チャイニーズマフィアと反社会的勢力との連携の実態をもう一度早急に精査してくれ」

「大和田理事官、コリアンマフィアはどうしますか？」

「これも関東と関西では違うと思う。過去のデータだけでなく現在進行形のものを警察庁のビッグデータで解析しながら、最低限度、都内は自分の眼で見てきてくれ。特にチャイニーズマフィアの傘下に入っている組織は最重要だ」

　藤中は警視庁刑事部捜査第一課長室で露木《つゆき》捜査第一課長と捜査状況の確認を行っていた。

「深川署に特別捜査本部が設置されている東京マラソンランナー殺害事件の捜査はどう

なっているのですか？」

「はっきり言って上手くいっていない。殺人事件とはいえ、うちの担当する事件ではなかったような気がする」

露木捜査一課長は苦々しく答えた。藤中も頷きながら訊ねた。

「シャブは組対に任せておけばよかった……ということですか？」

「その後の三社祭のマル暴の殺害事件との関係もあるからな」

「向こうは組対四課が仕切っているんですよね。四課長との関係はいいんですか？」

露木捜査一課長がため息まじりに答えた。

「あの人は変わっているからな……現場も大変なようで、四課の担当管理官がストレスで入院したそうだしな。パワハラ……とも言えないし、困ったものだ」

「情報は何も入ってこないのですか？」

「裏からの情報では、向こうも進展がないというのが実情だ」

「東京マラソンの方は、被害者である銀行員のバックグラウンドは調べ上げているのでしょう？」

「何と言っても関西人だからな。京都大学を卒業した後、兵庫大空銀行、神戸大空銀行での活動実態がよくわからないんだ。現在の四井銀行も未だに決して捜査に協力的ではない。総務部門では緘口令《かんこう》が敷かれている……という噂まで出ている始末だ」

「情報ルートはないのですか？」

「うちは情報部門というものが得意ではないからな……マル暴の情報もなかなか取ることができない」

露木捜査一課長の顔が苦渋に満ちてきた。

「これまで捜査一課でシャブによる殺人事件を扱ったこともありますよね」

「数は少ないな。シャブの事件を全て組対に振ることはないが、組織的背景がない場合で、しかも、一般人が多量摂取して死んだ案件だからな」

「それで今回は一課が受けた……というわけだったのですね」

「そういうことだ」

「現在、捜査本部はどのような捜査を進めているのですか？」

「手詰まりだな……現場周辺にいたボランティア関係者は全て聴取したんだが、全員シロだった。あらゆる防犯カメラ映像も確認したのだが、容疑者の発見には至らなかったんだ」

「厳しいですね……。ところで露木課長、マル害が兵庫大空銀行時代から岡広組と代々木教関西支部の担当者をやっていたことをご存知ですか？」

「岡広組と代々木教……どういう関係があるんだ？」

藤中はこの時点で捜査第一課がこの事件捜査をするのには無理があることを悟った。

「露木課長、これからマル害のバックグラウンドを捜査しても時間がかかり過ぎると思います。ここは組対四課と合同捜査にした方がいいと思いますよ」

「藤中君もそう思うか？」

藤中は露木捜査一課長の顔を見ながら二度ゆっくりと頷いた。

藤中はその足で組対第四課長に面談を申し込んだ。

「君が藤中君か。刑事局長から話は聞いていたよ。今日は三社祭の関係と聞いているが、何か被疑者逮捕に関して参考になることがあるのかな」

「浅草中村組が福山会系にもかかわらず、本家筋の小山組を尻目に銀座に進出していることはご存知ですよね」

「当たり前だ」

「それでは浅草中村組は新規パチンコ店の開店情報をいち早く入手しているという情報は如何ですか？」

「どこからの情報だ」

「生安部保安課関係者からの情報です」

「保安課か……パチンコ関連企業には警察庁のＯＢも多く天下っているからな……それが今回の事件と関連があるのか？」

組対四課長はキャリアの中でも変人と陰口を叩かれているだけあって「横柄」を絵に

かいたような態度だった。

「背景にコリアンマフィアの存在があるということです。しかも、これには関西系のそれがかかわっていると思われます」

「関西コリアンマフィアか……」

関西と言っただけで組対四課長の姿勢が変わった。藤中は予想どおりの反応を無視するかのように、口調を変えずに言った。

「関東のコリアンマフィアは最近、中国東北部系のチャイニーズマフィアの影響を受けているようですが、関西のそれはあくまでも旧来の組織背景を貫いているようで、チャイニーズマフィアの影響を受けていません」

「ちょっと、ちょっと待ってくれ。その情報はどこから取ってきた」

「うちのメンバーが調べました」

「それって、あのカルテットと言われている同期生か？」

「そうです。我々は今回の東京で起きた二つの事件に興味があるわけではありません。事件に蠢《うごめ》くバックグラウンドと、その中の巨悪を狙っているんです」

「巨悪？」

「政治家を含め、反社会的勢力の幹部やロシアンマフィアも入っています」

「政治家……藤中君、俺はね、東京の組対を馬鹿にしていたんだよ。関西の反社会的勢力の抗争を兵庫の捜査四課長としてこの目で見てきたし、県警の組対局員の姿勢と警視庁とでは覚悟が違っていたからな」

「彼らは日頃から関西独特の裏経済に接していた……という訳ですか？」

藤中の問いに組対四課長は驚いた顔つきで言った。

「藤中君は裏経済の実態を知っているのか？」

藤中は顔色一つ変えず、平然と答えた。

「清水保は飲み友達ですからね」

「清水保？　どういうことだ？」

「先週も博多で一緒に飲んできましたよ。高野山の宿坊にも何度かお邪魔しましたしね。いろいろ関西の反社会的勢力のことは学んでいますよ」

組対四課長は言葉を失っていた。それを見て藤中が言った。

「課長、人生の先輩として一言申しますが、もうそろそろ自分の常識の押しつけは止めた方がいいと思いますよ」

「押しつけ？　どういうことだ」

組対四課長が急に息巻くように言ったので、藤中はすまし顔で答えた。

「今まで、どういうポジションを渡り歩いてきたのか知りませんが、キャリアをお客様としか扱わないところばかりだったのでしょうね。あなたの同期生も何人か存じ上げていますが、階級を盾に年長者に君付けしたのはあなたが初めてです。刑事企画課長でさえ私に君付けしませんからね」

組対四課長の握った拳が震えていた。それを見て藤中は引き際と考え「失礼します」と、室内の敬礼だけして組対四課長室を後にした。

青山は福岡に派遣した六十人からの詳細な報告書に目をとおし、必要と思われる部分のみを編集した画像を確認していた。

「清水保はほんとうに引退しているのだろうか……」

ロシアンマフィアやチャイニーズマフィアの幹部と話をする時の清水の顔つきは、高野山の宿坊の茶室で話をした時のそれとは明らかに変わっていた。

しかし、その二日前に中洲の味噌汁屋で会った時は、好々爺ではなく、大企業の重役のように感じたことを思い出していた。

高野山で会った時の清水が狂言師であるならば、味噌汁屋での清水は能楽師のような重々しい雰囲気を持っていた。

藤中が清水に訊ねた。

「清水さん、今日は博多に岡広組総本部幹部も来ているようですが、清水さんも一緒に会われるのですか？」

「もう、どこかで見かけたのかい」

清水は鷹揚に言った。藤中は青山が通信傍受した結果であることを告げることができないため、ニコリと笑ってごまかしながら答えた。

「福岡県警からの報告ですよ」

「そうか……あのクラスになると警察だけでなく、ＪＲ各社も気を遣うんだろうな」

「お会いになるのですか？」

「宿泊先だけは伝えておる」

「それは先方から連絡が来るのですか？」

「そうだ。ワシから連絡をする理由がない」

清水が言っていることは嘘ではなかった。藤中が頷いていると青山が訊ねた。

「清水さん、最近ロシアンマフィアの幹部が頻繁に福岡に海路で入っているようですが、ご存知ですか？」

「今、世界で一番元気なのはロシアのプーチンだろう。そうなれば自ずとロシアンマフィアも元気になるというものだ」

「彼らはビジネスチャンスを日本、それも福岡に求めているのですか？」

「中国に対する牽制もあるだろうし、最近はその属国と化している韓国に対しても同じだろう。北朝鮮とアメリカの協議も不調に終わっておることを考えれば、今がビジネスチャンスであると判断するのは商社マンだけではないということだ」

「韓国に対して牽制を行うのは北朝鮮絡み……と考えているのですか？」

「朝鮮半島を統一する際に、南北どちらが主体になるか……そこを考えさせていると考えればわかるだろう」

「北が主体になる可能性が高い……ということでしょうか？」

「中国もロシアもそれを望んでいるだろうし、現在の韓国大統領もそれでかまわない……と考えてるようだからな」

「韓国の企業関係者は違うでしょう？」

「企業と言っても、財閥だからな。ある意味で国営企業のような会社だ。国の方針に逆らうことができないのがあの国の企業だ」

「財閥主体の企業は、結果的に一業種一社……という形になってしまいますよね」

「国内競争がないので、逆に海外進出はしやすいんだ。その代わり、国民にとっては選択肢が少ないだけ不幸な状況だな。しかも若者にとっては財閥系企業に入らなければ生きる資格がないような社会環境になってしまっている」

「夢を失った青年が多いのも韓国の実態でしょう」

「そしてマフィアに流れても、そこでまたチャイニーズやロシアンマフィアの傘下に入らなければならなくなるとは、実に気の毒だな」

　他人事のように言う清水に苦笑いをした藤中が訊ねた。

「清水さん、今、俺たちは東京都内で発生した覚醒剤中毒による殺人事件を追いながら、様々な事象を解明しようとしているんですが、その背景にコリアンとチャイニーズマフィアの影もちらついているんですよ。今、清水さんご自身はチャイニーズマフィアとの連絡は取っているんですか？」

「周も黄も連絡をくれている。相変わらず二人は、決して仲がいいわけではないがな。国の仕事も手伝っているのだから仕方なかろう」

「最近は中国東北部系のチャイニーズマフィアも元気だと聞きましたが……」

　清水がふと青山の顔を見てから藤中に答えた。

「藤中君も国際情勢をよく見るようになったようだな。中国の東北部三省は確かに元気なようだ。特に哈爾濱、大連は人、物、金が集まっておるそうだな」

「東北部三省はロシアとの縁も深いと思うのですが、現在はどうなのですか？」

「大連にはいい思い出がないだろう。日露戦争で失い、その戦争がロシア革命の要因のひとつでもあったわけだからな」

「中国との国境問題は解決しているだけに、特に領土としての興味はないというわけですね」

「中露間に領土問題はないだろう。後は朝鮮半島の共同保有を目指すくらいのものだな」

青山は共同保有という言葉に敏感に反応した。

「朝鮮半島を北主導で統一した場合、どのような保有方法があると思われますか？」

「中国は鴨緑江《おうりよくこう》から、ロシアは豆満江《とうまんこう》から相互に釜山を目指し、ここに中露共同して国際港を作るつもりなのだろうな」

「日本にとっては大変なことになりますね」

「それが外交というものだ」

「日本国内の受け皿はどうなるのですか？」

「反社会的勢力の……ということか？」

「そうです」

「岡広組総本部と清水組二代目しかなかろう」

「ロシアンマフィアに関してはどうなのですか？」

「岡広組総本部にはないな」

青山が「最後に……」と前置きして訊ねた。

「東京の神宮寺武人から何か相談は受けていらっしゃいますか？」

清水は青山の眼をジッと見て答えた。

「わしには何も言って来んな。ただ、上海の周とは連絡を取り合っているようだ」

そこまで言って、芋焼酎のお湯割りに手を伸ばして、付け加えるように言った。

「周は最近、ロシアンマフィアとも仲がいいらしい」

清水のリップサービスだった。


「相手によってここまで豹変できるものだろうか……」

清水との会話を思い出していた青山は、ふと一つの報告書の一文が目に留まった。

〈岡広組総本部は博多湾内にある埋め立て地に大型冷凍倉庫を建設した。倉庫と隣接する護岸工事を請け負ったのは杉村建設工業。福岡空港地権者の一人である〉

「大型冷凍倉庫か……何を密輸するつもりなんだ……？」

青山の頭の中には「密輸品の隠し倉庫」としか浮かんでこなかった。

青山は福岡県警の二川公安一課長に電話して、岡広組総本部が造った大型冷凍倉庫の話を伝えた。

「知っていますよ。広岡冷凍ですね。と言っても、ほんの一カ月ほど前の話ですから、まだ情報収集中なんです。こちらの情報でもいわくつきの倉庫のようですね」

「いわくつき？」

「土地を不当な安価で購入しているんです。しかも、売ったのが今回の福岡再開発のグループ企業で、工事を請け負ったのが地元でも悪評高い土建屋だったんです」

「杉村建設工業はそんなに評判が悪いんだ……」

「さすがに何でもご存知ですね。先々代の頃から右翼や反社会的勢力との関係も深く、関西の裏経済グループとも深い仲です」

「国家とのつながりもあるんだろう？」

「与野党双方につながっています」

「元幹事長か？」

「それもありますが、関西の極左系野党議員ともつながりがあるんです」

「極左系？　誰だ」

「北朝鮮の万景峰号《マンギョンボン》を借りて、ツアーを組んだ奴ですよ」

「あいつか……」

「奴らは今、様々なボランティアに介入して、裾野を広げているようですよ」

「東日本大震災の塩竈《しおがま》モデルを画策した連中だからな」

「ボランティアと言うくせに、自分たちの存在をアピールするための様々な意匠を揃えているんですよ。まさに似非ボランティアですよ。奴らは金があるんですから……」

「地方公共団体に入り込んで、そのうち地方政治にも出てくるつもりなんだろう。その時は全力を挙げて叩き潰さなければならないがな。そうか……奴らともつながっていたのか……関西の裏経済のようだな」

「まさにそのとおりです。奴もまた裏経済と深くつながっているんですよ」

「茨木市の公園土地問題疑惑でわかったよ」

「さすがですね」

「それよりも、博多湾の倉庫と隣接する護岸工事の件を聞きたいんだ」

「どういうことでしょうか？」

「倉庫の隣に護岸工事ということは倉庫に船が横付けされる……ということだよな」

「サイドドアを備えた船で、岸壁の高さにサイドドアがあり、フォークリフトで積み込み・積み降ろしをしているようです」

「短距離輸送用の冷凍船か……」

「船舶の所有者は沖縄の海運会社で菊池興業です」

「菊池興業？　あの末本幸雄《すえもとさちお》の兄貴がやっている会社か？」

「何でもよくご存知ですね」

「国会議員の中でもあれほど政党を替えた奴はいないだろう。しかも今は噂の極左系政党に移っているからな。沖縄の海運会社だと、保有船舶も多いんだろうな……」

「沖縄県は百六十の島から成っていて、うち有人島が四十七。有人島には航路があるわけで、菊池興業は五指に入る会社ですから、相応の船舶が県内には存在しているでしょう」

「その気になれば、台湾との密貿易も簡単にできるだろうな」

「会社ぐるみでなければ容易でしょう」

「広岡冷凍への積み荷をチェックする方法はないかな……」

「福岡でやるより、沖縄の方がやりやすいと思いますが……まず、乗組員をチェックすることが大事かと思います」

「そうだな……臨検をやるにしても何らかの容疑が必要だからな……」

臨検とは、行政機関の司法警察員が法規の遵守状況や不審点の確認のために、現場まで出向いて立ち入り検査する事であるが、一般に船舶の立ち入り検査を指すことが多い。

「二川ちゃん、国交省と沖縄県警に大学や警大の同期生はいないの？」

「今、国交省大臣官房にいるのがゼミ仲間です。沖縄県警の警備部長も同期です」

「船員法に基づく臨検をやってもらうことはできないかな……」

「船員法ですか？　ちょっと待ってください。今、条文を確認します」

電話の向こうでパソコンのキーボードを叩く音が聞こえた。最近は六法全書ではなく、誰もがパソコンを開く習慣があるようだった。

「船員法のどこでしょうか？」

「航海日誌の記載とか、そういうものなんだけど……」

「ああ、ありますね。『書類の備置』第十八条です。『船長は、国土交通省令の定める場合を除いて、次の書類を船内に備え置かなければならない』とあって、その中に『海員名簿』『航海日誌』『積荷に関する書類』などがあります。しかし、よくそういうことに頭が回りますね」

「映画の『スター・トレック』冒頭のナレーションで艦長の書く『航海日誌（Captain's log）』が用いられていたんだ。以前は『宇宙大作戦』というテレビドラマだったけどね」

「ああ、知っています。カーク船長とミスター・スポックですね」

「そう、宇宙船エンタープライズ号だ」

「懐かしいですね……それよりも、臨検ならば警察でもできますが、最低限度の必要性が求められます」

「そうか、国交省は必要ないのか……」

「海保に何らかの理由をつけてもらってやってもらう手もありますが……」

「海上保安庁か……今、尖閣の中国船と北朝鮮漁船の不法操業対策で忙しいだろうからな……」

「第七管区の福岡海上保安部に協力を依頼してみましょうか？」

「できるのか？」

「国交省の友人をとおしてお願いしてみます。海保とは仲がいいですから」

「ありがとう。何か不審点があったら教えてもらえるかな」

「もちろんです。ぜひまた博多でご一緒したいものです」

「そうだな。そう言えば、さっきの話のネタで思い出したが、普段よく使う『ブログ』という言葉は『weblog（ウェブ上に残される記録）』が短縮されたものなんだよ」

「航海日誌でそこがでてきますか……どこにそんな情報が詰まっているんですか」

「肝心なことはすぐに忘れてしまうんだが、くだらないことは覚えているんだ」

二人は互いに笑って電話を切った。


海上保安庁の動きは早かった。彼らもまた台湾と沖縄の間で行われる海上ルートの小型船舶等を利用した瀬取りによる大量の覚醒剤密輸の事犯を捜査していたのだった。

瀬取りの現場で現行犯逮捕をするのは、洋上であるため困難が伴う。このため海保は瀬取りの事実を確認し、レーダー探知によって荷受けした船舶が国内に接岸した段階で、警察と連携して捜査に着手することもあった。

「新たな手口があったようです」

福岡県警捜査二課長から青山に連絡が入ったのは青山が電話連絡をした二週間後のことだった。

海保と沖縄県警警備部は合同で青山からの電話の二日後から態勢を組んでいた。

「台湾の黒社会と香港ルートのチャイニーズマフィアが組んだ覚醒剤密輸グループは小型クルーザーを与那国島近くの無人島に接岸させ、そこに覚醒剤を下ろすんです。その後、菊池興業の関係者がこれを引き揚げて宮古島に移し、ここで水揚げされるクロマグロの体内に覚醒剤を入れて冷凍させ、一旦那覇にある菊池興業の冷凍庫に保管する……という手口でした」

「マグロの体内に隠した覚醒剤密輸だな。厚生労働省麻薬取締部でも台湾から日本に持ち込まれようとした大量の冷凍マグロの中から見つけている。末端価格にして八十四億円分の覚醒剤だったようだ」

青山は続けて訊ねた。

「そのマグロは押さえたのか？」

「いえ、まだ内偵段階です。宮古島のマグロ漁師がマグロの捌き方を指導したことを供述しています。また、宮古島にシャブを下ろした現場は撮影できていますし、菊池興業の冷凍庫に隣接した作業場の内部画像も撮れています」

「短期間のうちにそこまで捜査が進められたのか……」

「そのマグロと思われる品が、博多港行きの冷凍船に載せられているという情報でした。青山さん。福岡にいらっしゃいませんか」

「公安部の捜査員一個班を同行させてもいいか？　もちろん捜査に直接タッチはさせない。捜索差押と鑑識活動に加えてもらえればいいんだ」

「もともとは青山さんが狙ったヤマですからね。結構ですよ」

青山は事件担当管理官以下十二名を連れて福岡に向かった。

「ここだけでどれだけの捜査員がいるんだ？」

「県警は五十人態勢です。陸揚げした積み荷が最初に冷凍倉庫に入った段階で捜査を開始します。海保は積み荷を降ろし始めたところで当該冷凍船が逃走できない措置を取るようです」

「海と陸から挟み撃ち……か。僕にとっても初めてのタイプの現場だな……」

間もなく冷凍船が広岡冷凍の倉庫の岸壁に接岸した。倉庫の中からフォークリフトが六台出てきた。

冷凍船のサイドドアが開いた。パレットの上に大型の木箱が乗っている。

「どうしてあの荷役自動車をフォークリフトと呼ぶか知っているかい？　昇降および傾斜が可能な荷役用のつめのことを『フォーク』と呼ぶからだ」

「確かにフォークの形をしていますね。相変わらずの博識ですね」

二川公安一課長が笑って言った。

「着手直前にそれだけの余裕があれば大丈夫だ」

青山も笑っていた。

最初のフォークリフトのフォークが冷凍船の積み荷のパレットに刺さった。ゆっくりと積み荷が持ちあがる。フォークリフトが向きを変えて冷凍倉庫に入った瞬間、どこに隠れていたのか、捜査員が倉庫内に突入した。

「さて、われわれも参りますか」

二川公安一課長と青山はゆっくりとした足取りで冷凍倉庫に向かった。


「大和田、面白いものが出てきたぞ。すぐに福岡に来い」

大和田は福岡県警博多臨港警察署に置かれた捜査本部に到着した。

「お前に見せたくて用意しておいた」

青山が笑顔で大和田を出迎えた。捜査本部の隣室に大和田を連れて行くとデスクの上にシルバーの証拠品保存用ビニールシートが掛けられ、その上に白いビニール袋と赤いビニール袋があった。

「ほう、シャブか……。これは輸液バッグか？」

「そうだ。奴らはシャブだけでなく輸血用の血液も大量に輸入していた。しかも血液は中国本土から密輸されたものだった」

「なんのために？」

「癌手術と移植手術のためだよ。しかも保険適用外のな」

「すると清水保が福岡に中国人富裕層向けの大病院を造った……というあれか……」

「広岡冷凍の幹部がゲロったよ」

「まず一つクリアか……」

「いや、もう一つ面白いことがわかった。ロシアンマフィアがたびたび博多港に密入国しているんだ」

「なに？」

「ロシア人富裕層もまた、自国の医者を信用していなかったからだよ」

「そうするとロシアンマフィアよりも優位な立場にあったのが清水保だった……ということか……」

「そういうことになる」

「広岡冷凍を作ったのは清水組二代目ではなく、岡広組総本部だったよな」

「そこが最後の問題だったんだが、ようやくわかったんだ。福岡市の保健福祉局担当部長が、その後、市の港湾局長を経て新博多港総合開発社長になった背景に岡広組総本部の動きがあったんだ。そして何よりもそこには福岡の奥に巣食う巨悪がいたんだよ。福岡市民の間で問題になっていた『こども病院移転問題』は単なるダミーだった……ということだ」

青山の言葉に大和田も啞然とするばかりだった。

「それよりも覚醒剤中毒殺人事件はどうなっているんだ」

「その本犯《ホンボシ》を知っているのが清水組二代目のところにいたよ」

「なんだって？」

「そいつは、桜内組を抜けてコリアンマフィアに入った奴なんだが、清水組二代目に草鞋を脱いでいるんだ。それを教えてくれたのは清水保だった」

「清水保が……」

大和田が首を傾げた。それを見て青山が言った。

「清水保は何もかも知っているんじゃないかと、その時思ったんだ。この男は組織を抜けていない、日本の反社会的勢力に院政を敷いているのではないか……とな」

「日本の反社会的勢力に院政……とてつもない話だな……しかし、言われてみれば、いまだに高野山には政財界だけでなく反社会的勢力のトップまで詣でているんだよな」

「そこが清水保の不気味なところだったんだ」

「それで視察態勢を取ったのか……」

「そういうことだ」

大和田が頷きながら訊ねた。

「その桜内組を抜けてコリアンマフィアになった奴と話をしたのか？」

「ああ。ほぼ、解明した」

青山は清水組二代目組長の藤原佳宏に会った時のことを思い出していた。

「保の親父《おやじ》からあなたのことは聞いている」

藤原佳宏は百八十センチメートルを超える身長にガッチリした体軀で、後姿を見ると藤中と見間違いそうだった。

「そちらに草鞋を脱いでいる元桜内組の組員に会いたいんだが」

「李《り》か……保の親父が言ったそうだな……それだけ信用されているあなたが羨ましいよ」

「信用なのか、自己防御なのかわからないがな」

「自己防御？　そんな人じゃないことは、あなたが一番知っているんじゃないのか」

「時々、あの人がわからなくなる時がある……ということだ」

青山は正直に答えた。藤原が笑って答えた。

「正直な御仁だな。あそこまでの大物だ。そうそう本音がわかってしまっては面白くもないだろう。俺だって三十年以上の付き合いがあるが、保の親父が何を考えているのかまだわからない。隠居してなお……だ」

「本当に隠居しているのかもわからなくなった」

「だろうな」

藤原が声を出して笑って卓上の固定電話を取って李を呼ぶように秘書役に伝えた。

まもなく組長室の部屋をノックして痩せた五十過ぎに見える男が入ってきた。男はすでに話を聞いている様子だった。

「李基成《もとなり》と言います。シャブ喰わせてタマを取った奴の件ですね」

丁寧な日本語だった。

「都内で二回、銀行員と福山会系浅草中村組の組員五人がやられた件だ」

「兵庫大空銀行の担当だった男と、若頭補佐の古賀俊作ですね」

「そこまで広報はしていないぞ」

「やった奴から聞いています」

男の供述に、青山は思わず目を見開いて訊ねた。

「本犯を知っているのか？」

「今、新宿のチャイニーズマフィアの下働きをしている金格哲《キムギヨクチヨル》という男です」

「在日韓国人なのか？」

「いえ、奴は在日朝鮮人です。桜内組を抜けて一旦は北朝鮮に帰ったんですが、どういうルートか知りませんが、日本に帰ってきて新宿のチャイニーズマフィアの下に入ったようです」

「コリアンマフィアではなく、チャイニーズマフィアの下なのか？」

「北朝鮮系のコリアンマフィアの多くは、ロシアンマフィア若しくはチャイニーズマフィアの下に入っているんです。北朝鮮人が外資を稼ぐにはロシアか中国で会社を作るしかないのです。特にコンピュータ系の会社はそうです」

「その金《キム》は、コンピュータを扱うことができるのか？」

「金はもともと頭のいい奴だったんです。だからシャブとネット犯罪を任されていたんです」

「シャブを任されたからといって、殺しまでやらされていたのか？」

「幹部の証のようなものです」

「銀行員と浅草中村組の連中を殺させたのは誰なんだ？」

「おそらく、上海の周永漢の流れだと思います。周は最近、香港の黄劉亥と対立して東北部のチャイニーズマフィアに接近しているそうです」

青山はハッとした。周永漢の名前を聞いて袁偉仁と神宮寺武人の顔を思い出したからだった。

「殺された二組に何か共通点はあるのか？」

「共通点はないでしょう。ただ、銀行員はもともと桜内組の金を運用していたんですが、組の分裂でこの金の一部をよそに回していたことがバレたようです」

「よそ?」

「ロシアンマフィア下の北朝鮮系コリアンマフィアだったようです」

「浅草中村組はどうなんだ?」

「若頭補佐の古賀俊作がロシアンマフィアの女に入れ込んで、都内のシマを荒らした……という話でした」

「新宿のチャイニーズマフィアだが、極東一家か?」

「そんな名前じゃなかったような気がします。確か……東京狂騒会とか、龍華会とか言っていたようでした」

「その二つが一緒になって極東一家になったんだよ。その頭が清水保の甥で神宮寺武人と言う奴だ」

清水保の名前が出た時、横で聞いていた藤原が思わず声を出した。

「保の親父の甥がチャイニーズマフィア?」

「乗っ取ったんだ」

青山の言葉に藤原が啞然とした顔つきになって、言葉を失っていた。

青山は目を開けて大和田に向かって言った。

「また神宮寺武人に会わなければならなくなった。令状を持ってな」

「奴はチャイニーズマフィアじゃなかったか？」

「中国東北部系チャイニーズマフィアを仕切る存在になっているよ。そして、ロシアンマフィアを含めた裏社会の金を動かす存在になっていた」

「そうだったのか……龍は知っているのか？」

「これからだ。二課には最後のまとめをやってもらうさ」

「どれだけの捜査員を投入しなければならないんだ？」

「それはお前に任せるしかないだろう。総監ともども、最後の仕事だ」

「ありがとう」

大和田は青山の肩をポンと叩いて福岡県警の捜査本部を後にした。


三日後、西新宿にある十七階建ての極東総合ビルの周辺は完全な交通規制が行われていた。

「さて、要塞に突入するかな」

証拠隠滅を防ぐため、捜査員の突撃部隊は極東総合ビルの正面からではなく、隣のビルから極東総合ビルの十五階部分の非常階段に入った。すでに公安部は極東総合ビルの外周に取り付けられた監視カメラの位置を全て把握していた。さらに非常階段への出口に取り付けられている非常ベルの有無を確認し、最上階とその下の十六階以外にはないことを確認していた。

午前八時の時報と同時に捜査員が一斉に極東総合ビル内に侵入した。

十五階から十六階に上がる階段は全て封鎖されていた。

「十六、十七階には直通エレベーターしか行く手段はないようです」

「いや、奴らは必ず逃げ口を用意している。最上階に事務所を置くのはリスクを伴うからな。赤外線スコープを使ってくれ」

内部に入った現場指揮官に無線指示を出しながら、カルテットは揃って正面から極東総合ビルに入った。

四人はそれぞれ伝令役の警部を同行していた。伝令はリアルタイムで警視庁本部のそれぞれの捜査本部と連絡を取る役目だった。

「抜け道があるオフィスを発見しました。無人のようですので非常開扉いたします」

捜査員が室内に入り、屋内にある非常階段を確認して上階に進んだ。

「十七階の扉に到着しましたが鍵がかかっております。ドアを叩きましたが反応がありません」

「ドアを破壊してもいいぞ。中には最低でも十人以上はいるはずだ。今頃、大慌てで一斉に緊急連絡網を使って指示を仰いでいるのだろう」

帯同していた機動隊特科小隊の隊員が動いた。ウォータージェットを用いたウォーターカッターのエンジン音が響き、ドアの鍵部分に押し付けられた。数秒でドアの鍵部分が貫通した。

「ダイアモンドカッターと比べると音がしないし、圧倒的なスピード差だな。水浸しになるのが問題だが……」

まもなく、捜査員が一斉に十七階になだれ込んだ。中には青山が言ったとおり十数人の職員が電話応対に追われていた。

「警察だ。全員電話を置け」

事件担当管理官がドスの利いた大きな声を出した。

「なんだお前ら」

「警察だとさっきから言っているだろう」

「電話を切るんだ」

そう言って管理官が捜査員に目配せをすると、捜査員は受話器を持っている者の電話を片っ端から切って、オンフック状態になっている電話も確認した。

「責任者を出せ」

「俺たちは当直だから責任者はいない」

「一番上の者は誰だ。俺に対応しているんだからお前なんだろう？」

「だから何だ」

事件担当管理官が胸ポケットから捜索差押令状を取り出して男に示すと、内容を読み上げた。

そこへ青山らカルテット四人が入ってきた。

「神宮寺武人には連絡がついたのか？」

「誰やお前は」

「昔馴染みだ。神宮寺に電話できる奴は誰だ」

「俺だ」

「電話しろ。昔馴染みが来ているとな」

捜索差押活動が着実に進む中、神宮寺武人が事務所に着いた。

神宮寺が青山の顔を見て呟くように言った。

「やっぱりあんたか？」

神宮寺と対面するのは、青山が殺人教唆容疑で大阪のホテルで逮捕し、その後、取調室で何度となく顔を合わせ、最後に東京拘置所に見送って以来のことだった。

「久しぶりだな。ムショの中でも相当勉強をしたようだな」

「殺人教唆で逮捕しておいて、傷害と詐欺と覚醒剤密輸で起訴だからな。あんたの捜査能力を疑うな」

「訴因変更というのも公安捜査の技の一つだ。三回も再逮捕できた間に極東一家の中身がよくわかったからな」

「公安というところは、いつまで経っても汚ねえことをしやがる」

「あの時、合法的だと言ったはずだ。綺麗も汚いもないんだよ」

青山は相変わらず木で鼻を括《くく》るような言い方だった。ムッとした顔つきになって神宮寺が言った。

「うちのコンピュータにサイバー攻撃を仕掛けてきたのはあんたか？」

「知らんな。お前に恨みでも持っている者じゃないのか？」

「そんな奴はいない」

「百パーセント儲かる投資なんてあるわけがない。しかもハイリターンとなればな」

「投資はリスクを伴う。世界中どこにも百パーセントの利益を出す奴なんているわけがないだろう」

「そうだろうな。しかし、大事な客は必ず儲けさせている。ロシアンマフィアをはじめとした国際犯罪組織の連中をな」

「知らないな」

「お前が斡旋して福岡で手術を受けている連中の身柄も拘束したぜ」

「なに？」

神宮寺武人の顔色が変わった。これを見て青山が言った。

「さて、これからじっくりここにあるコンピュータと、これにつながっているらしい隠しコンピュータを解析させてもらうかな。今日はあるもの全部押さえさせてもらう。ついでにお前の自宅と西麻布にある二つのマンションにも今、捜査員が入っているところだ」

「なんだと……」

神宮寺武人の拳が震えていた。

「今日は、公安部だけでなく、組対、捜査二課も一緒だ。早く片付けてやるから、再びお前の柄《ガラ》を取るまでには時間をかけないようにしてやる。二十四時間態勢で完全視察してやるから、国際犯罪組織の連中が襲ってきても助けてやる。安心していろ」

ニヤリと笑って青山は神宮寺武人の肩をポンと叩いた。

四人は四谷荒木町にある小料理屋の個室で酒を酌み交わしていた。

「今日、二課長に辞めること言うたわ」

「大変だったろう？」

「まあな。けど刑事部長も二課長も来春異動やから、一緒に卒業や」

龍が笑うと、大和田も苦笑いをして言った。

「総監と俺の辞任を聞いて、副総監が椅子から転げ落ちた」

「そうだろうな……警視総監代行はできんしな。秘書室長の上にいた理事官までいなくなるんだからな。一瞬でもお先真っ暗になるのはわかる気がする」

藤中が笑いながら言うと大和田が言った。

「それにしても青山、今回も見事だったな」

「本当は本気で清水保をパクるつもりだった。しかし、奴の方が一枚も二枚も上だったよ。まだまだ僕も甘い」

「清水のおっさんは日本の反社会的勢力の将来だけでなく、政財界のあらゆる連中が海外の国際犯罪組織からボロボロにされるのを憂えていたということだったんだな」

「そういうことだ。頭はいいが、調子に乗り過ぎている神宮寺と清水組二代目にブレーキを掛けたかったのかもしれない」

「そやけど、覚醒剤中毒殺人事件があそこまで根が深いもんやとは思わへんかったな。青山が兵庫大空銀行の不正に辿り着かへんかったら、ホンマにお宮入りになるとこやったで」

「それも清水保のアドバイスがあったからだ。清水組二代目のところにいた元コリアンマフィアの奴が『あの処刑ができるのは二人だけ』ということと、入国記録がなければ、博多ではなく新潟から密入国していることを教えてくれたからな」

「そんで、あれは昔ながらの『みせしめ』やったんやろう？」

「四井銀行の総務部長が自殺未遂を起こしたが、何とか一命を取り止めたそうだな」

　大和田が言うと、青山が答えた。

「被害者と一緒にマラソンをしていた竹之内総務部長は殺されたマル害の裏の仕事を知らないと思われていたが、実際は奴が直轄で動かしていたようだ。マラソンを口実に裏の仕事の打合せをやっていたんだな。証拠隠滅に必死だったんだろうが、公安部が裏帳簿を押さえたからな……逃げ場がないと思ったんだろう」

「岡広組の裏金だったのか？」

「それもあったようだが、ロシアンマフィアに対する不正融資が発覚して、一族郎党を守るために、自分の命を賭けて、何とかマフィアとの取引の停止を阻止しようとするのが本当の目的だったようだ」

「マフィアとの取引は命懸けの取引ということか……三社祭の殺人は浅草中村組も調子に乗り過ぎて、錦糸町だけでなく銀座にあるロシアンマフィアが経営しているロシアンバーに乗っ取りを掛けたからだったらしいな」

「岡広組総本部が裏で動いた可能性もあるが、今の総本部にはそれだけの余裕がなかった……ということだ。だから清水組二代目の手助けをするような倉庫業にまで手を出したんだな」

「これから国会ルートまでやるんやけど、はよせんと退職でけへんようになるからな」

龍の言葉を聞いて青山が言った。

「去る者は追わず。しかし、残る者は辛しだ」

「今年は忘年会と新年会はなしだな。春に盛大な祭りをやるか」

藤中の言葉で仕事の話は終わった。

懐かしい警察学校時代の話に話題が変わった。

エピローグ

「青山、ところで清水のおっさんを二十四時間態勢で行確しようと思ったのはいつのことだったんだ？」

藤中が熱燗の酒を口に運びながら訊ねた。

「高野山の聖域に足を踏み入れた時だ」

「おっさんに会いに行った時……ということか？」

「唵《おん》　阿謨伽《あぼきゃ》　尾盧左曩《べいろしゃのう》　摩訶母捺囉《まかぼだら》　麽抳《まに》　鉢納麽《はんどま》　入嚩攞《じんばら》　鉢囉韈哆野《はらばりたや》　吽《うん》という、密教の真言を心の中で唱えてみたんだ」

「なんだって？　もう一度、ゆっくり言ってみろよ」

「『おん　あぼきゃ　べいろしゃのう　まかぼだら　まに　はんどま　じんばら　はらばりたや　うん』だ」

「なんでそんなことまで覚えているんだ？」

「たった二十七文字だ。僕は般若心経《はんにゃしんぎょう》も覚えている」

それを聞いた龍が笑いながら言った。

「ええ趣味なんかどうかわからんけど、物知りもそこまでいったら呆れてしまうで。まさか写経せんでも、般若心経を筆で書ける……とは言わんやろうな」

「坊さんでもそんな人は少ないだろう。ただ、般若心経には前経ともいう般若心経奉讃《ほうさん》文《もん》というものがあって、『抑《そもそも》、般若心経と申し奉る御経《おんきよう》は、』から始まるんだが、それも覚えている」

「もうええわ」

龍が大笑いしながら言うと大和田が真顔で言った。

「それで、そのお経というのか何かわからんが、それを心中で唱えている時に思いついたのか？」

「そうだな……閃《ひらめ》き、という感覚だったかな。しかし、結果的にそれをやったおかげで清水保の動きがわかったんだ」

「空海のご加護があったのかな……」

「その後、清水保と会って話をした時に、清水本人の心が揺れているような気がしたんだ」

龍が今度は真顔になって青山に訊ねた。

「やっぱりお前は霊感を持っとるのかも知れんな。どや、大和田は当選すると思うか？」

「なんだ、そこか……当選もしないのに辞めるわけがないだろう。大和田は政治家になるよ。国家が求めているんだ」

今度は藤中が不思議そうな顔をして訊ねた。

「龍はどうなんだ？」

「龍は強い星の下に生まれてきたんだ。警察よりもむしろ経済界の方が成功するんじゃないかな。吉澤清造顧問のような人が、ちゃんと待ってくれているんだからな」

龍が再び呆れたような顔つきで言った。

「爺の名前まで、よう覚えとるな。驚くわ。俺らはええとして、警察に残るお前ら二人はどうなんや。どこまで昇りつめるんや」

「自分のことはわからないな。藤中は次の異動で捜査第一課長かもしれないな」

「正の親父をやらんで……か？」

警視庁で警視正の署長を経験せずに捜査第一課長に就任した例は過去になかった。

「署長も鑑識課長も今の藤中には必要ないだろう。時間の無駄だし、今の藤中の仕事は警視正ポストと同じだからな。刑事部もそのつもりだと思う」

青山の解説に三人はお互いに顔を見合わせて、示し合わせたかのように猪口に手を伸ばした。それを見て青山も熱燗を咽喉に流した。

ふと龍が思い出したように青山に訊ねた。

「めでたい話はここまでにして、ちょっと教えてくれるか。神戸の造船所の件やけど、あそこに入ってたチャイニーズマフィアの連中はどうなったんや？」

「そうか、そこは今、外事二課が兵庫県警と一緒にやっているところなんだが、大物が出てきたんだ」

「チャイニーズマフィアの大物か？」

「いや、中国共産党の大物と日本の政治家だ」

「日本の政治家やて？　サンズイはないんか？」

「それが出たら龍にも速報することになるだろう。チャイニーズマフィアの中国東北部系ナンバーツーが哈爾濱工業大学卒の李兆国という奴だったんだが……こいつの叔父が中国共産党中央政治局常務委員で、日本からのＯＤＡ担当窓口だったんだ」

「ＯＤＡか……また裏がぎょうさんありそうやな」

「しかも、中国の大学の中でも特に重要な学科として指定されている、材料科学・工学、動力工学及び工学熱物理、制御科学の四つの一級国家重点学科が複合的にかかわる、船舶の艤装を狙っていたんだ」

　青山の説明に大和田が訊ねた。

「チャイニーズマフィアの情報収集というよりも、国家的な背景を感じるな……そこにかかわっている日本の政治家は誰なんだ？」

「外務省チャイニーズスクール出身の経済産業副大臣、中根《なかね》泰介《たいすけ》だ」

「中根？　幹事長派閥じゃないか」

「総監経由で幹事長に伝えておいた方がいいだろうな。大和田の政界進出に余計なものは今のうちに排除しておいた方がいいだろう」

「ありがとう。感謝するよ」

「ところで青山、清水のおっさんがどうしてあれだけのリップサービスをしてくれたんだと思う？」

「実はそこは僕も不思議に思っているところなんだ」

藤中の問いに青山が答えると、藤中が頷きながら言った。

「神宮寺をパクった後で、俺はもう一度清水のおっさんと会ったんだ」

「どこで？」

「高野山まで行ってきたんだ。おっさんの本心を知りたくてな。ちょっと話が長くなるが大和田も聞いておいた方がいい内容だ」

大和田も猪口をテーブルに置いて藤中を見た。

「上海マフィアの周永漢や、香港マフィアのドン黄劉亥が、今、清水のおっさんを頼っているようなんだ。その背景には習近平による粛清の第二弾が始まったことにあるらしい」

「粛清の第二弾やて？」

龍が口を挟んだタイミングで藤中はビールを一口ゴクリと飲んで話を続けた。

「最近、中国で范冰冰《ファンビンビン》という美人女優が行方不明になったのを知っているだろう？　莫大なカネを稼ぐ中国のトップ女優だが、習近平一派とカネでつながっていたと暴露されたんだ。ほかにも、金融系大手の明天グループ創始者・肖建華が香港で拉致された。その一カ月前には習近平一派の資金源だった海航集団の王健が事故死。さらに香港の有名ホテルのオーナー・劉希泳は贈賄の疑いで中国の公安当局に身柄を拘束され拷問死を遂げている」

「それはほんまのことか？」

「香港ではとっくに報道されている。そしてついに、中国で最も尊敬される経営者といわれる、アリババ・グループを五十兆円企業にしたジャック・マーが突然の引退を発表した。これらの背景は、間違いなく中国共産党、というよりも習近平にとって都合が悪い企業や人物が消されているんだ。その不都合の最大の理由は習近平の周辺を『知りすぎた存在』だったからに他ならない。だから周永漢や黄劉亥も次は自分たちになるのではないか……と心配するようになったそうだ」

藤中の話を聞いて青山が首を傾げて訊ねた。

「奴らが清水保に泣きつく背景は何があるんだ？」

「まだ周永漢や黄劉亥の二人には、日本の医療と安全な食を中国人に提供できるという強みがある。これは一般的な中国富裕層に共通する安全問題ワーストワンツーだからな」

「それはわかるとして、清水がどうして僕たちに情報を提供してくれるか……だ」

青山の質問に藤中が一度咳払いをして答えた。

「清水のおっさんは日本の政府や政治家など全く信用していない。清水のおっさんは日本の警察経由で世界の情報機関に情報を発信してもらいたいんだ」

「なんだって？」

「青山、お前の存在はそれだけ重大だということだ。ヨーロッパ諸国の多くは極東の問題などほとんど歯牙にもかけていない。しかし、中国とロシアの動きだけには注目している。特に中国から融資を受けている国家やアフリカの国々の宗主国となっている国家。そしてロシアとトルコの関係には敏感なんだ」

青山は頷いていた。確かに藤中の言うとおりだった。藤中はそれを見て満足気に話を続けた。

「プーチンの意識がヨーロッパに向いている間に、ロシアの極東地域では反プーチンの機運が盛り上がってしまった。これに手を貸しているのが中国の東北部三省を根城にしているチャイニーズマフィアと極東のロシアンマフィアなんだそうだ。北朝鮮による瀬取りに手を貸している連中と同じだ」

「ロシアと中国の綻《ほころ》びの端緒情報を欧米の情報機関が欲している……ということか」

「ピンポーン。青山君正解」

「なるほど……そうなると清水保という男はとてつもない政治家……ということになるな」

「ちょっと足りない嫁さんに振り回されているどこかの政治家や、忖度《そんたく》に血眼になっている官僚たちとは思考の次元が違うということだ。もう一つ清水のおっさんが言っていたのは、習近平は今、中国が自己救済を行なった結果、世界最大の経済規模になろうとしている……というキャンペーンを広げているそうだ」

「あれだけ人口が多いのだから、経済規模の拡大は当然だろう」

「一九九〇年に七億五千万いた極貧人口を二〇一五年には一千万人に減らした。中国人は自分たちを極貧から救った……とプロパガンダしているんだ」

「笑い話だな。奴らが言っている『極貧』の定義は何だ。田舎から街に強制転居させて何の仕事も与えず、子供も作れず、ひと世代だけで終わらせるような行為を救済というのなら、砂漠が広がるのも救済になるのと同じだ」

「青山らしい言い回しやな。中国かてええところもあるやろう」

「中国が悪いとは言っていない。今の政治体制が悪いと言っているだけだ。中華料理は何と言っても歴史が深いからな」

「確かにそうやけど、食の安全を考えると中国本土でいくら美味い言うても、喰う気はせんけどな」

「高級なフカヒレ、干しアワビのほとんどは日本製だ。日本の中華料理だってそうそう中国本土には負けていない。上海蟹などの季節の美味だって専門店を選べば中国の本場といい勝負をしている」

「結果的に、中国本土の中華料理は否定しとるやん」

「北京に各省が置いている料理店は確かに美味い。しかし、要は水なんだ。素材が揃って料理人の腕がいくらよくても、水で全てが死んでしまう」

「そうやな。中国で食べ物に当たる人のほとんどが氷と生野菜ちゅうからな。その点日本は世界有数の水の安全国やからな」

「その水資源を守るのが日本の生命線になるかもしれない。日本は静かな危機に直面している。子供と人口が減り続ける国に活力も成長も望むことはできない。この数十年なんの政策も打ってくることができなかった政治家の怠慢と、国民の浅はかさがこの国を滅ぼそうとしている。ロシアや中国の破綻以前に日本が滅びる方が早いかもしれないな。と言っても今のテレビ番組を観ていると、マスコミにその危機感はないようだけどな」

青山がため息交じりに言うと、ようやく大和田が口を開いた。

「政治家を志すまともな人材が減ってきたと言われる時代だ。青山の言うとおり、いたずらに危機感を煽っても仕方ないが、最大でも五年スパンで将来の日本の姿を示す時代になっていることは確かだな」

「五年は長すぎる。せめて三年後の国家の姿を示すべきだな。まずは東京オリンピック終了後の日本がどうなっているか……清水保はすでにそこを見切っているのかもしれない」

「清水のリップサービスの深謀遠慮が見えてくるようだな」

大和田が自分に言い聞かせるように静かに言った。


四人は四ツ谷駅で別れた。青山が官舎がある半蔵門方面に向かって歩いていると、後ろから藤中が走ってきた。

「青山、ちょっと話がある」

「どうしたんだ？」

「一つだけ聞かせてくれ。お前は辞めないよな」

「考えたことがないわけではないが、五十を過ぎて稼ぐとすれば独立するしかないからな。次に何をするかなかなか思い浮かばなかった」

「俺は、お前が一番に辞めてしまうんじゃないかと、ずっと思っていたんだ」

「それなのに文子を紹介したのか？」

「いや、それは関係ない。お前ほど面白い男はいないからな。赤の他人と結婚してしまうのが惜しいと思っていたからだ」

「赤の他人か……」

「親戚になってしまうと、逆に、もし他人になってしまったらどうなるだろう……と考えるようになったんだ。その時にお前が警察を辞めてしまったら、本当に赤の他人になってしまいそうな気がしたんだ」

「仕事を辞めても、文子と別れることはないさ」

「そうか……それを聞いて安心した。俺は警察に入って、今が一番楽しいんだ。これもお前のお陰だと思っているんだ」

「僕が何をした？」

「お前の幅広い知識と深い良識に学ぶところが大きかったんだ。そこに一番感謝しているし、文子と二人で幸せになって欲しいとも思っている」

「僕もお前には感謝しているよ」

藤中は嬉しそうな顔をして青山の背中をポンと叩き「文子によろしくな」と言って踵《きびす》を返した。

「大和田さんと龍さんはどうだった？」

「もう、すっかり先を見据えているな」

「そうか……転職は大決断よね」

「そうだな……上手くいってくれることを祈るだけだな」

文子と青山は官舎のベランダでミルクティーを飲んでいた。文子の妊娠がわかって、官舎の冷蔵庫からアルコールが消えた。もちろん、青山自身の判断だった。

「龍さんは神戸に帰っちゃうんでしょ？」

「実家を継ぐみたいだからな。一族郎党をまとめていくのも大変だろうが、やりがいもあるだろう」

「望さんは、今のままでいいの？」

「自分で選んだ仕事だし、自分に向いているとも思っている」

「そうか……父は望さんは物足りなさを感じているんじゃないかと心配していたわ。結婚披露宴出席者の顔ぶれを見てからそう思ったみたい。うちの銀行の上司も同じようなことを言ってたけどね」

新郎側の主賓席には警察関係者だけでなく政官財の要人も多く顔を揃えていたからだった。

「それも警察の看板を背負って仕事をした結果だからね。それだけ大事な仕事だと周囲も思ってくれている……ということだよ。生まれてくる子供も、父親が警察官というのは小学生のうちまでは喜ばれると思うよ」

「小学生のうちか……卒業するころには定年よね」

「まあ、それもいいじゃないか。第二の人生を歩んでいるかもしれない」

「そうか……するとこれからは藤中のおじちゃまと競争だね」

「競争？　何の？」

「ライバルなんでしょう？」

「藤中とライバル？　考えたこともないな」

「父がよきライバルだと言っていたわ」

「藤中と競争する点がないからな。仕事以外でも、競うものがないよ」

「そうか……まあいいや。なかよしが一番だものね」

「なかよし……か、それもまた気持ち悪い表現だな」

「気持ち悪い？　それってひどくない？」

「いい仲間で親戚……でいいんじゃないか」

青山が言うと文子は少し首を傾げたが、ニコリと笑って自分の下腹部を優しく撫でながら言った。

「優しいパパでよかったわねえ。あなたは幸せになれるわよ」

心地よい皇居からのみどりの風が二人を穏やかに包んだ。

この作品は文春文庫のために書き下ろされたものです

この作品は完全なるフィクションであり、登場する人物や団体名などは、実在のものと一切関係ありません

文春文庫

警《けい》視《し》庁《ちょう》公《こう》安《あん》部《ぶ》・青《あお》山《やま》望《のぞみ》

定価はカバーに
表示してあります

最《さい》恐《きょう》組《そ》織《しき》

2018年12月10日　第1刷

著　者　濱《はま》　嘉《よし》之《ゆき》

発行者　花田朋子

発行所　株式会社　文藝春秋

東京都千代田区紀尾井町 3-23　〒102-8008
TEL　03・3265・1211㈹
文藝春秋ホームページ　http://www.bunshun.co.jp

落丁、乱丁本は、お手数ですが小社製作部宛お送り下さい。送料小社負担でお取替致します。

印刷・凸版印刷　製本・加藤製本　Printed in Japan
ISBN978-4-16-791151-5

文春文庫　書きおろし警察小説&エンタテインメント

（　）内は解説者。品切の節はご容赦下さい。

濱 嘉之
警視庁公安部・青山望 完全黙秘
財務大臣が刺殺された。犯人は完黙し身元不明のまま。捜査する青山望は政治家と暴力団・芸能界の闇に突き当たる。元公安マンが圧倒的なリアリティで描くインテリジェンス警察小説。
は-41-1

濱 嘉之
警視庁公安部・青山望 政界汚染
次点から繰上当選した参議院議員の周辺で、次々と人が死んでいく。警視庁公安部・青山望の前に現れた、謎の選挙ブローカー、刀匠らが、大きな権力の一点に結び付く。シリーズ第二弾。
は-41-2

濱 嘉之
警視庁公安部・青山望 報復連鎖
大間からマグロとともに築地に届いた氷詰めの死体。麻布署に異動した青山が、その闇で見たのは「半グレ」グループと中国マフィアが絡みつく裏社会の報復。大人気シリーズ第三弾！
は-41-3

濱 嘉之
警視庁公安部・青山望 機密漏洩
平戸に中国人五人の射殺体が漂着した。捜査に乗り出した青山は日本の原発行政をも巻き込んだ中国の大きな権力闘争に気付く。そして浮上する意外な共犯者……。シリーズ第四弾。
は-41-4

濱 嘉之
警視庁公安部・青山望 濁流資金
仮想通貨取引所の社長殺害事件と急性心不全による連続不審死事件。所轄から本庁に戻った青山は、二つの事件の背後に広がる闇に戦慄する。リアリティを追求する絶好調シリーズ第五弾。
は-41-5

濱 嘉之
警視庁公安部・青山望 巨悪利権
湯布院温泉で見つかった他殺体。マル害は九州ヤクザの大物だった。凶器の解明で見えてきた、絡み合う巨大宗教団体と利権の構造。ついに山場を迎えた青山と黒幕・神宮寺の直接対決。
は-41-6

濱 嘉之
警視庁公安部・青山望 頂上決戦
分裂するヤクザとチャイニーズ・マフィア！　悪のカリスマ、神宮寺武人の裏側に潜んでいたのは中国の暗闇だった。青山、大和田、藤中、龍の「同期カルテット」が結集し、最大の敵に挑む！
は-41-7

（　）内は解説者。品切の節はご容赦下さい。

濱 嘉之
警視庁公安部・青山望
聖域侵犯

パナマ文書と闇社会。汚職事件、テロリストの力学。日本の聖地、伊勢で緊急事態が発生。からまる糸が一筋になったとき、公安のエース青山望は「国家の敵」といかに対峙するのか。

は-41-8

濱 嘉之
警視庁公安部・青山望
国家簒奪《さんだつ》

組のご法度、覚醒剤取引に手を出した暴力団幹部が爆殺された。背後に蠢く非合法組織は、何を目論んでいるのか。国家の危機に、公安のエース、青山望が疾る人気シリーズ第九弾！

は-41-9

濱 嘉之
警視庁公安部・青山望
一網打尽

祇園祭に五発の銃声！　背後の中国・南北コリアン三つ巴のマフィア抗争、さらに半グレと芸能ヤクザ、北朝鮮サイバーテロの闇を、公安のエース・青山望が追いつめる。シリーズ第十弾！

は-41-10

濱 嘉之
内閣官房長官・小山内和博
電光石火

権力闘争、テロ、外交漂流……次々と官邸に起こる危機を警視庁公安部出身の著者が内閣官房長官を主人公に徹底的なリアリティーで描く。著者待望の新シリーズ、堂々登場！

は-41-30

秦 建日子
殺人初心者
民間科学捜査員・桐野真衣

婚約破棄され、リストラされた真衣。どん底から飛び込んだ民間科捜研に勤務開始早々、顔に碁盤目の傷を残す連続殺人に遭遇する。「アンフェア」原作者による書き下ろし新シリーズ。

は-45-1

秦 建日子
冤罪初心者
民間科学捜査員・桐野真衣

民間科学捜査研究所の真衣は、アジアからの出稼ぎ青年に着せられた冤罪を晴らそうと奮起した。しかしひょんなことから連続殺人の渦中に――科学を武器に謎に挑む人気シリーズ第二弾！

は-45-2

（　）内は解説者。品切の節はご容赦下さい。

宇佐美 蓮
W《ダブル》　警視庁公安部 スパイハンター
警視庁公安部きってのスパイハンター・樋口一樹。捜査一課のエース刑事・西村康仁。捜査手法も性格も正反対の二人が、同じ標的を追って、火花を散らす。文庫オリジナルの新警察小説。
う-31-1

堂場瞬一
潜る女　アナザーフェイス8
結婚詐欺グループの一員とおぼしき元シンクロ選手のインストラクター・荒川美智留。大友は得意の演技力で彼女の懐に飛び込んでいくのだが——。シリーズもいよいよ佳境に！
と-24-11

堂場瞬一
親子の肖像　アナザーフェイス0
初めて明かされる「アナザーフェイス」シリーズの原点。人質立てこもり事件に巻き込まれる表題作ほか、若き日の大友鉄の活躍を描く、珠玉の6篇！　（対談・池田克彦）
と-24-7

似鳥《にたどり》 鶏《けい》
午後からはワニ日和
「怪盗ソロモン」の貼り紙と共にイリエワニ、続いてミニブタが盗まれた。飼育員の僕は獣医の鴇《とき》先生と事件解決に乗り出す。個性豊かなメンバーが活躍するキュートな動物園ミステリー。
に-19-1

似鳥 鶏
ダチョウは軽車両に該当します
ダチョウと焼死体がつながる？　——楓ヶ丘動物園の飼育員「桃くん」と変態（？）「服部くん」、アイドル飼育員「七森さん」、そしてツンデレ女王の「鴇先生」たちが解決に乗り出す。
に-19-2

似鳥 鶏
迷いアルパカ拾いました
書き下ろし動物園ミステリー第三弾！　鍵はフワフワもこもこ愛されキャラのあの動物！　飼育員の桃くんと七森さん、ツンデレ獣医の鴇先生、変態・服部君らおなじみの面々が大活躍。
に-19-3

似鳥 鶏
モモンガの件はおまかせを
体重50キロ以上の謎の大型生物が山の集落に出現。その「怪物」を閉じ込めたはずの廃屋はもぬけのから!?　おなじみの楓ヶ丘動物園の飼育員達が謎を解き明かす大人気動物園ミステリー。
に-19-4

（　）内は解説者。品切の節はご容赦下さい。

北村　薫
玻璃《はり》の天
ステンドグラスの天窓から墜落した思想家の死は、事故か殺人か――表題作「玻璃の天」ほか、ベッキーさんの知られざる過去が明かされる、『街の灯』に続くシリーズ第二弾。（岸本葉子）
き-17-5

北村　薫
鷺《さぎ》と雪《ゆき》
日本にいないはずの婚約者がなぜか写真に映っていた。英子が解き明かしたそのからくりとは――。そして昭和十一年二月、物語は結末を迎える。第百四十一回直木賞受賞作。（佳多山大地）
き-17-7

貴志祐介
悪の教典（上下）
人気教師の蓮実聖司は裏で巧妙な細工と犯罪を重ねていたが、綻びから狂気の殺戮へ。クラスを襲う戦慄の一夜。ミステリー界の話題を攫った超弩級エンターテインメント。（三池崇史）
き-35-1

木下半太
女王ゲーム
女王ゲームとは命がけのババ抜き。優勝賞金10億円、イカサマ自由、但し負ければ死。さまざまな事情を背負った男女8人の死闘がはじまる。一気読み必至のギャンブル・サスペンス。
き-37-1

黒川博行
離れ折紙
失われた名画、コレクターの愛蔵品、新発見の浮世絵、折紙つきの名刀…。幻の逸品をめぐる騙しあいを描き、人間の尽きることない欲望をあぶり出す傑作美術ミステリ。（柴田よしき）
く-9-12

黒川博行
後妻業
結婚した老齢の相手との死別を繰り返す女・小夜子と、結婚相談所の柏木につきまとう黒い疑惑。高齢の資産家男性を狙う〝後妻業〟を描き、世間を震撼させた超問題作！（白幡光明）
く-9-13

今野　敏《びん》
曙光の街
元ＫＧＢの日露混血の殺し屋が日本に潜入した。彼を迎え撃つのはヤクザと警視庁外事課員。やがて物語は単なる暗殺事件から警視庁上層部のスキャンダルへと繋がっていく！（細谷正充）
こ-32-1

（　）内は解説者。品切の節はご容赦下さい。

今野　敏
白夜街道
外務官僚が、ロシア貿易商と密談後に変死した。警視庁公安部の倉島警部補は、元ＫＧＢの殺し屋で貿易商のボディーガードとなったヴィクトルを追ってロシアへ飛ぶ。緊迫の追跡劇。
こ-32-2

今野　敏
凍土の密約
公安部でロシア事案を担当する倉島警部補は、なぜか殺人事件の捜査本部に呼ばれる。だがそこで、日本人ではありえないプロの殺し屋の存在を感じる。やがて第2、第3の事件が……。
こ-32-3

今野　敏
アクティブメジャーズ
「ゼロ」の研修を受けた倉島に先輩公安マンの動向を探るオペレーションが課される。同じころ、新聞社の大物が転落死した。二つの事案は思いがけず繋がりを見せ始める。シリーズ第四弾。
こ-32-4

近藤史恵
天使はモップを持って
小さな棘のような悪意が平和なオフィスに八つの事件をひきおこす。新人社員の大介には、さっぱり犯人の見当がつかないのだが——名探偵キリコはモップがトレードマーク。（新井素子）
こ-34-1

近藤史恵
モップの精は深夜に現れる
大介と結婚したキリコは短期派遣の清掃の仕事を始めた。ミニスカートにニーハイブーツの掃除のプロは、オフィスの事件を引き起こす日常の綻びをけっして見逃さない。（辻村深月）
こ-34-5

近藤史恵
賢者はベンチで思索する
常連客の老人には指定席があった。公園のベンチでみかける彼の印象は全く違う。久里子は不思議に思うのだが。日常の魔の謎を老人と少女が鮮やかに解決するミステリー。（柴田よしき）
こ-34-3

小森健太朗
大相撲殺人事件
相撲部屋に入門したマークを待っていたのは角界に吹き荒れる殺戮の嵐だった。立ち合いの瞬間、爆死する力士、頭のない前頭。本格ミステリと相撲、伝統と格式が融合した傑作。（奥泉　光）
こ-35-2

（　）内は解説者。品切の節はご容赦下さい。

笹本稜平
時の渚
探偵の茜沢は死期迫る老人から、昔生き別れになった息子を捜し出すよう依頼される。やがて明らかになる「血」の因縁と意外な結末。第18回サントリーミステリー大賞受賞作品。（日下三蔵）
さ-41-1

笹本稜平
フォックス・ストーン
あるジャズピアニストの死の真相に、親友が命を賭して迫る。そこには恐るべき国際的謀略が。「フォックス・ストーン」の謎とは？　デビュー作『時の渚』を超えるミステリー。（井家上隆幸）
さ-41-2

佐々木　譲
廃墟に乞う
道警の敏腕刑事だった仙道は、ある事件をきっかけに休職中。だが、心身ともに回復途上の仙道には、次々とやっかいな相談事が舞い込んでくる。第百四十二回直木賞受賞作。（佳多山大地）
さ-43-5

佐々木　譲
地層捜査
時効撤廃を受けて設立された「特命捜査対策室」。たった一人の専従捜査員・水戸部は退職刑事を相棒に未解決事件の深層へ切り込む。警察小説の巨匠の新シリーズ開幕。（川本三郎）
さ-43-6

佐々木　譲
代官山コールドケース
神奈川県警より先に17年前の代官山で起きた女性殺しを解決せよ。密命を受け、特命捜査対策室の刑事・水戸部は女性刑事とコンビを組んで町の奥底へ。シリーズ第二弾。（杉江松恋）
さ-43-7

島田荘司
最後のディナー
石岡と里美が英会話学校で知り合った孤独な老人は、イヴの夜の晩餐会の後、帰らぬ人となった。御手洗が見抜いた真相とは？「龍臥亭事件」の犬坊里美が再登場！　表題作など全三篇。
し-17-9

島田荘司
アルカトラズ幻想（上下）
ワシントンDCで発生した猟奇殺人は、恐竜絶滅の謎を追うひとりの男をあぶり出す。そして舞台は難攻不落の牢獄アルカトラズへ。現代ミステリーを導く鬼才の到達点！　（伊坂幸太郎）
し-17-10

（　）内は解説者。品切の節はご容赦下さい。

中山七里
静おばあちゃんにおまかせ
警視庁の新米刑事・葛城は女子大生・円に難事件解決のヒントをもらう。円のブレーンは元裁判官の静おばあちゃん。イッキ読み必至の暮らし系社会派ミステリー。（佳多山大地）
な-71-1

中山七里
テミスの剣《つるぎ》
自分がこの手で逮捕し、のちに死刑判決を受けて自殺した男は無実だった？　渡瀬刑事は若手時代の事件の再捜査を始める。冤罪に切り込む重厚なるドンデン返しミステリ。（谷原章介）
な-71-2

西村京太郎
十津川警部　ロマンの死、銀山温泉
サラ金強盗、幼児誘拐、痴漢恐喝 etc.。二百万円と強奪金額を決めた謎の連続事件の影に、山形の銀山温泉にロマンを求める若い男女のグループが。十津川警部は背後の巨悪を暴けるか。
に-3-39

西村京太郎
男鹿・角館 殺しのスパン
小さな店の六畳間でなまはげの扮装のまま発見された死体は、本来の住人ではなかった。ではいったい誰なのか？　事件の手がかりをつかむため、十津川警部は秋田・男鹿半島へ向かう！
に-3-41

西村京太郎
十津川警部 謎と裏切りの東海道
徳川家康を殺した男
徳川家康を敬愛する警備保障会社社長が犯してしまった殺人は、果たして正当防衛だったのか？　捜査のなかで見えてきた、社長の「過去の貌」とは？
に-3-42

西村京太郎
新・寝台特急《ブルートレイン》殺人事件
暴走族あがりの男を揉み合う中で殺した青年はブルートレインで西へ。追いかける男の仲間と十津川警部。青年を捕えるのはどちらか？　手に汗握るトレイン・ミステリーの傑作！
に-3-43

西村京太郎
十津川警部 京都から愛をこめて
テレビ番組で紹介された「小野篁の予言書」。前所有者は不審死し、現所有者も失踪した。京都では次々と怪事件が起きはじめた。十津川警部が挑む魔都・京都１２００年の怨念とは！
に-3-44

（　）内は解説者。品切の節はご容赦下さい。

西村京太郎
東北新幹線「はやて」殺人事件
十和田への帰省を心待ちにしていた男が殺された。ゆかりの女が遺骨を携えて新幹線「はやて」に乗ると、思いもよらぬ事態が待ち受けていた！　十津川警部の社会派トラベルミステリー。
に-3-45

西村京太郎
十津川警部 陰謀は時を超えて
リニア新幹線と世界遺産
雑誌編集者が世界遺産・白川郷で入手した秘薬。それをめぐっておきた殺人事件の真相とリニア新幹線計画とをつなぐ点と線とは何か。うずまく陰謀を、十津川警部たちは阻止できるか？
に-3-46

西村京太郎
十津川警部「オキナワ」
沖縄と米軍基地、その狭間から死が誘う！　東京の安宿で発見された死体と遺された文字、「ヒガサ」。たどり着いたのは沖縄。そこで十津川警部は何を見たのか。円熟の社会派ミステリー。
に-3-47

西村京太郎
消えたなでしこ　十津川警部シリーズ
サッカー日本女子代表二十二人が誘拐された。身代金の要求は百億円！　十津川警部は、ひとり難を逃れた澤穂希選手に協力を依頼。十津川×澤という夢の2トップが解決に向け動き出す。
に-3-48

西村京太郎
上野駅13番線ホーム
十津川警部シリーズ
郷里に帰るため、失意を抱え上野駅に来た男。彼は駅構内で口論の末、人を殺してしまう。やがて起きる第二の殺人。北へのターミナルを舞台に、十津川警部の推理が冴え渡る長編推理！
に-3-49

西村京太郎
そして誰もいなくなる
十津川警部シリーズ
高額賞金のクイズ大会に参加したが、優勝候補者の不自然な脱落に疑問を抱く私立探偵の橋本。背後を探り始めた十津川警部にも危機が迫る。作品内に難問クイズが登場、貴方は解けるか？
に-3-50

西村京太郎
寝台急行「銀河」殺人事件
十津川警部クラシックス
東京―大阪間を結ぶ「銀河」で女性の他殺体が見つかった。容疑をかけられた旧友を、十津川警部は救えるか？　今はなき寝台急行を舞台にした傑作が、新装版で甦る！　（寺本光照）
に-3-51